Bernard Mac Laverty

Tanzen hat seine Zeit

Erzählungen
Aus dem Englischen von
Hans-Christian Oeser

Diogenes

Titel der bei Jonathan Cape, London,
erschienenen Originalausgaben:
›A Time to Dance‹ Copyright © 1982 by
Bernard Mac Laverty und
›The Great Profundo‹ Copyright © 1987 by
Bernard Mac Laverty
Umschlagillustration:
Félix Vallotton, ›Le Ballon‹,
1899 (Ausschnitt),
Musée National d'Art Moderne, Paris,
Copyright Foto © Réunion
des musées nationaux,
Paris

60/92/44/1
ISBN 3 257 01919 X

Inhalt

Vater und Sohn

Weil ich nicht gut schlafe, höre ich, wie mein Vater sich erhebt, um zur Arbeit zu gehen. Ich weiß, in wenigen Minuten wird er hereinkommen, um mich im Schlaf zu betrachten. Er wird nachkontrollieren wollen, ob ich gestern abend heimgekommen bin. Schuhe und Socken in der Hand, wird er sich barfuß hinstellen und mich betrachten. Seinetwegen will ich mich schlafend stellen. Unten höre ich den Schalter am Wasserkessel klicken. Ich höre, daß er nichts ißt, sondern mit einem Darm voller Wind in der Küche umherläuft. Bevor er zur Arbeit geht, wird er noch einmal hereinkommen, um mich zu betrachten. Er wird sich unterhalten wollen. Er steigt die Treppe hinauf und steht da mit einem leeren Henkelmann in der Armbeuge, atmet durch die Nase und schaut auf mich herab.

Dies ist mein Sohn, der mich enttäuscht hat. Ich liebe ihn so sehr, daß es schmerzt, er aber will mit mir nicht reden. Er erzählt mir nichts. Ich höre ihn stöhnen und sehe, wie sich seine Augenlider zuckend öffnen. Als er mich erblickt, wendet er sich so heftig ab, daß das Bettzeug aufwogt.

»Steh auf, Junge. Ich muß zur Arbeit. Wo gehst du heute hin?«

»Was geht es dich an?«

»Wenn ich weiß, was du treibst, mache ich mir nicht so viele Sorgen.«

»Scheißspiel.«

Ich schlafe nicht. Mein Vater schläft nicht. Die Sirenen der Rettungswagen durchdringen die Dunkelheit. Ich schlafe bei Tageslicht. Das ist sicherer. Nachts, wenn er über den Linoleumboden läuft, höre ich seine nackten Füße aufklatschen. Die Haustür erzittert, wenn er hinaustritt.

Mein Sohn bricht mir das Herz. Es ist ja schon gebrochen. Ist es meine Schuld, daß es keine Frau im Hause gibt? Ist es meine Schuld, daß eine brave Frau sterben muß? Sein Gesicht fühlte sich nie weicher an, als wenn ich mich rasiert hatte. Ein Säugling, den ich an meine glattrasierte Wange drückte. Inzwischen ist sein Kinn wie Sandpapier. Er ist zum Mann geworden. Als er noch ein Junge war, nahm ich ihn mit zum Angeln. Ich zeigte ihm, wie man vier halbe Schläge knotet, wie man eine Fliege auswirft, wie man den Fisch auf den Haken spießt, damit er nicht entkommt. Wie man einen Fisch auszappeln läßt. Der grüne Bus zu stillen Tagen in Toome. Wie er mich mit Fragen löcherte. Wenn ich ihn in Frieden lasse, bricht es mir das Herz. Ich muß mit ihm reden. Heute beim Abendessen. Falls er zu Hause ist.

»Du solltest ins Bett. Ein Mann in deinem Alter. Es ist schon eins durch.«

»Ich mache dir was zu essen.«

Der Junge zuckt die Achseln und setzt sich. Er greift sich die Zeitung, die zwischen ihm und seinem Vater liegt.

»Wo treibst du dich so spät noch herum?«

»Geht es schon wieder los?«

»Antworte mir gefälligst.«

»Ich unterhalte mich.«

»Mit wem?«

»Mit Freunden. Nun geh schon ins Bett, Pa, mach schon.«

»Worüber redet ihr?«

»Über nichts Besonderes.«

»Rede doch mit mir, Junge.«

»Worüber?«

Mein Sohn, er sieht durcheinander aus. Ich will, daß du mit mir so redest, wie ich dich mit den Leuten an der Tür reden höre. Ich will dich mit mir lachen hören wie früher. Ich will wissen, was du denkst. Ich will wissen, weshalb du so wenig ißt. Seit vier Wochen nichts als Herumstochern. Dein Gesicht ist schmal. Deine Finger sind orangefarben vor Nikotin. Ich habe dich schon einmal dem Tod entrissen, und jetzt willst du nicht mit mir reden. Ich will wissen, ob du wieder in Gefahr schwebst.

»Über...«

»Du hast dich noch nicht rasiert.«

»Das wollte ich gerade tun. Das Wasser im Kessel ist heiß.«

»Warum rasierst du dich nachts?«

»Weil morgens meine Hand zittert.«

Morgens zittert deine Hand, Pa, weil du ein Feigling bist. Du meinst, um die Ecke lauert dir die Welt auf, um dich in die Luft zu jagen. Als Frühstück zwei Valium, der Rest klappert in deiner Tasche, wenn du die Straße hinunter zur Arbeit gehst. Die Haustür öffnest du nicht, ohne zuerst aus dem Schlafzimmerfenster gespäht zu haben. Er fürchtet sich vor seinem eigenen Schatten.

Mein Sohn, deine Zeit ist bald abgelaufen. Als du nach Hause kamst, hat deine Hand gezittert. Ich habe dir das Leben geschenkt, das du jetzt führst. Mit einem Löffel habe ich dir die Suppe eingeflößt, die deine Hand verschüttet hätte. Laß mich meinen Arm um deine Schultern legen und laß mich hören, was dich so mager macht. Am Wochenende werde ich mit ihm reden.

Schwer zu sagen, ob er in seinem Bett geschlafen hat. Es ist immer zerwühlt. Ich habe meinen Sohn zwei Tage lang nicht gesehen. Dann höre ich im Radio, daß er tot ist. Man gibt seine Personenbeschreibung bekannt. Ich trinke Milch. Ich weine.

Aber zum Abendessen kommt er nach Hause.

»Warum sagst du mir nicht, wo du steckst?«

»Weil ich selbst nie weiß, wo ich stecke.«

Meine Mutter ist tot, aber an ihrer Stelle habe ich eine andere. Er ist eine alte Frau. Er hat geweint. Ich weiß, die ganze Zeit betet er für mich. Früher hat er den Garten umgegraben und für die halbe Nachbarschaft Gemüse angebaut und Blumen gezüchtet. Früher ist er angeln gegangen. Hat mich zum Angeln mitgenommen. Jetzt wartet er nur noch. Sitzt da und wartet auf mich, und überall wuchert das Unkraut. Am liebsten würde ich ihm eine Ohrfeige verpassen und einen Mann aus ihm machen.

»Ich habe dich schon einmal losziehen lassen – und du weißt, was dabei herausgekommen ist.«

»Nicht schon wieder die alte Leier.«

Der Junge wirft die Lippen auf, als hinge er an einem Angelhaken.

Zwei Jahre lang habe ich keinen Mucks von dir gehört. Von London habe ich über die Zeitung erfahren. Mir in den Nachrichten Szenen aus London angesehen, dem Reporter über die Schulter geschaut, Fußgänger in den Straßen betrachtet. Ich kenne dich, mein Sohn, du läßt dich leicht verführen. Dann hat mich ein Arzt auf der Arbeit angerufen. Der vornehmste Mann, mit dem ich je gesprochen habe.

»Ich mußte los und dich einsammeln. Wie einen Hund.«

Der Junge hat eine Zeitung genommen. Geräuschvoll blättert er die Seiten um, sie knistern wie Feuer.

»Neue Klamotten von Littlewoods.«

Socken, Unterhosen, Hemd, die volle Montur. In einer Tragetüte. Der Arzt sagte, daß er alles verbrennen mußte, was du auf dem Leib hattest. Ich sorgte dafür, daß du dir deine Mädchenhaare schneiden ließest. Erst in Belfast sprachen wir miteinander. Du hattest eine Spur England in der Stimme.

»Heute dachte ich, du wärst tot.«

Jeden Tag denkst du, ich sei tot. Du lebst in Furcht. Vor deinem eigenen Tod. Hinter Vorhängen hervorspähen, das Radio immer laut genug, um jegliche Geräusche zu übertönen, die dir Angst einjagen könnten, Türen gleich zweimal abschließen. Wenn du glaubst, daß ich nicht hinsehe, greifst du dir an den Magen. Ausziehen tust du dich im Dunkeln, weil du Angst hast, daß dein Schatten auf die Rouleaus fällt. Nachts liegst du da mit dem Kissen überm Kopf. An deinem Bett ein Beil, von dem du so tust, als hättest du vergessen, es wegzuräumen. Selbst Mäuse sind mutiger als du.

»Wie du siehst, bin ich nicht tot.«

»Warum sagst du mir nicht, wo du hingehst.«

»Hör zu, Pa, ich hab' das Zeug, seit ich hier bin, nicht wieder angerührt, verstehst du?«

»Warum hast du kein Mädel wie alle anderen auch?«

»Ach, Scheiße!«

Er rafft die Zeitung zusammen, schleudert sie in die Ecke und stampft die Treppe hoch auf sein Zimmer. Der alte Mann schreit die verschlossene Tür an.

»Du sollst nicht immer solche Wörter in den Mund nehmen!«

Er weint von neuem. Dabei starrt er an die Decke, so daß die Tränen ihm auf die Ohren herabrinnen.

Mein Sohn, er ist voller Haß. Auf mich, auf alles. Beim Sprechen spuckt er. Wenn er schreit, bricht seine Stimme, und er ist wie eine Frau. Er knirscht mit den Zähnen, und um den Mund herum wird seine Haut ganz weiß. Seine Hände zittern. Und all das nur, weil ich ihn frage, wo er hingeht.

Vielleicht muß ich ihm mehr Liebe entgegenbringen. Mich mehr um ihn kümmern, als ich's tue.

Leise steige ich die Treppe hinauf, um mich zu entschuldigen. Mein Sohn, es tut mir leid. Ich tu's doch nur, weil ich dich liebe. Laß dich umarmen und sprich mit mir wie früher im Bus nach Toome. Weshalb kämpfst du dich von mir los?

Die Tür springt auf. Er schiebt eine Pistole unters Kopfkissen. Hab' sie aber lange genug gesehen, schwarz und kompakt, mattglänzend wie eine Schnecke. Er richtet sich auf, mein Sohn, seine Hände leer und untätig, und stiert haßerfüllt.

»Was spionierst du mir immer nach, du verdammter Schnüffler?« Seine Stimme bricht, seine Augen treten hervor.

»Was ist das da? Unter deinem Kopfkissen?«

»Das geht dich einen Scheißdreck an.«

Mit dem bloßen Fuß schlägt er mir die Tür vor der Nase zu.

Ich stehe im Dunkel des Flurs. Ich muß für ihn beten. Auf Knien will ich für seine Sicherheit beten. Vielleicht habe ich ja gar nicht gesehen, was ich sah. Vielleicht irre ich mich. Mein Sohn fährt auf dem Sozius eines Motorrads mit. Heut' nacht werde ich nicht schlafen können. Ich glaube nicht, daß ich je wieder schlafen kann.

Es ist zehn Uhr. Die Nachrichten beginnen. Wie ein Weibsbild stehe ich da, trockne einen Teller ab und sehe mir die Nachrichten an. Es klingelt an der Tür. Der Junge öffnet, sein Hemdschoß hängt heraus. Stimmen in der Diele.

Mein Sohn mit Freunden. Er redet. Was er mit mir nicht tut.

Ein Knall. Das Spültuch fällt mir aus der Hand, und ich renne zur Küchentür. Ungläubig spähe ich in die Diele. Ein sonderbarer Geruch. Mein Sohn liegt auf dem Boden, sein Kopf am Treppenende, seine Füße auf der Schwelle. Die Nachrichten sind bis zu meiner Tür vorgedrungen. Das Haus läßt die Nacht ein. Sonst ist niemand da. Mit feuchten Händen gehe ich auf ihn zu.

»Bist du verletzt?«

Aus seiner Nase strömt Blut.

Sie haben dich nur geschlagen, und du bist nicht schwer verletzt. Deine Nase blutet. Am Nacken etwas Kaltes.

Ich nehme das schlaffe Haupt meines Sohnes in die Hände und erblicke in seiner Nase ein Loch, das da nicht sein dürfte. Gleich unterm Nasenloch.

Mein Sohn, laß dich umarmen.

Tanzen hat seine Zeit

Nelson, über einem Auge eine Binde, stand da und betrachtete müßig die Schaufensterauslage von Mothercare. Die Sonne hinter ihm schien hell und verwandelte die Scheibe in einen Spiegel. Angewidert besah er sich seine Augenklappe und betastete sie mit dem Finger. Das Hansaplast war rauh und trocken und fühlte sich unangenehm an. Schmerzgefaßt riß er es ab und stieß einen gellenden Schrei aus. Eine Frau blickte neugierig auf ihn herab, um zu sehen, weshalb er solchen Lärm veranstaltete, doch da hatte er die Augenbinde bereits in der Hosentasche verschwinden lassen. Ohne hinzuschauen, wußte er, daß Teile seiner Augenbraue daran klebten.

Den größten Teil des Vormittags hatte er sich im Park herumgetrieben und war Uniformierten tunlichst aus dem Weg gegangen, aber jetzt, da es langsam Mittag wurde, wagte er sich wieder hinaus auf die Straße. Seine Augenbinde hatte er länger als sonst anbehalten, weil seine Mutter ihm am Abend zuvor gesagt hatte, wenn er sie nicht trage, werde er noch einmal »stockblind«.

Nelson war besorgt, wußte er doch, was es bedeutete, blind zu sein. Der Arzt in der Augenklinik hatte ihm eine Schachtel Augenklappen gegeben, die ihm für den Rest seines Lebens reichen würde. Opticludes. Eines Tages hatte Nelson gleich zwei auf einmal getragen und versucht, bis ans Ende der Straße und wieder zurück zu laufen. Es war ein schreckliches Gefühl. Er mußte den Kopf zurückbiegen, für den Fall, daß er irgendwogegen stieß, und die Hände ständig vor sich hin und her rotieren lassen, als seien es Scheibenwischer. Andauernd trat er auf leere Blechdosen und hörte, wie sie wegkullerten. Unter seinen Füßen knirschten Glasscherben, und er konnte nicht herausfinden, wie dicht er an der Mauer war. Einige Male hörte er Schritte nahen. Sie verlangsamten sich, als wollten sie ihn in seiner Hilflosigkeit angreifen, dann gingen sie davon. Einer der Schritte hatte sogar gelacht. Da vernahm er eine Stimme, die er nur allzu gut kannte.

»Jesses, Nelson, was treibst du denn nun schon wieder?« Es war seine Mutter. Sie führte ihn zurück zum Haus, ihre Stimme gellte ihm im Ohr.

Sie war immer am Schreien. Gestern abend zum Beispiel hatte sie ihn angefahren, weil er nicht frontal ferngesehen hatte. Sie hatte ihn zu dem Stuhl vor dem Gerät gezerrt.

»So werden in der Fabrik die Fernseher konstruiert. Das Bild ist vorne. Aber nein, unserem Nelson ist das nicht gut genug. Er muß von der Seite fernsehen. Schielen? Daß ich nicht lache! Du wirst noch mal blind – stockblind.«

Daraufhin hatte Nelson den Kopf gewendet und frontal ferngesehen. Blindheit hatte sie bis dahin nie erwähnt. Bislang hatte sie immer nur gesagt: »Wenn du die Klappen da nicht trägst, wird sich dein Auge noch nach innen drehen, bis es deinen Grips besichtigen kann. Nicht, daß es da 'ne Menge zu sehen gibt, weiß Gott nicht.«

Seine Mutter war Irin. Deshalb trug sie einen Namen wie Skelly. Deshalb redete sie auch so komisch daher. Aber sie war stolz auf ihre Ausdrucksweise, und nichts brachte sie so sehr auf die Palme, wie wenn sie Nelson sagen hörte: »Weeß ick« und »Det is' mir vielleicht wat!« Sie erzählte ihm immer, eines Tages, wenn sie genügend Pennies zusammengekratzt hätte, würden sie zurückkehren. »Ich lasse nicht zu, daß man bis dahin einen Schotten aus dir gemacht hat.« Aber Nelson sprach so, wie ihm der Schnabel gewachsen war.

Seine Mutter hatte ihn Nelson getauft, weil sie, wie sie sagte, der Überzeugung war, sein Vater sei zur See gefahren. Am Tage seiner Geburt hatte sie im *Reader's Digest* einen Artikel über Nelson Rockefeller, einen der reichsten Männer der Welt, gelesen. Es schien nur recht und billig, dem Jungen eine gute Starthilfe zu geben. Auch meinte sie, der Name habe den Vorteil, daß er sich nicht abkürzen lasse, aber da irrte sie sich. Die meisten Jungen in der Siedlung nannten ihn Nelly Skelly.

Er überlegte, ob er sich zum Mittagessen in die Schule zurückschleichen und sich nachmittags wieder verdrücken solle. In der Schule hatten sie gutes Mittagessen – wie in einem Hotel, mit Auswahl. Pommes frites und wunderbaren Nachtisch wie Rhabarber mit Streuseln. Es gab da eine mollige Serviererin, die ihm jedesmal, wenn sie ihn sah, doppelte Portionen austeilte. Sie sagte ihm, er gehöre herausgefüttert. Der einzige Nachteil an dem ganzen System war, daß er sein Mittagessen kostenlos erhielt. Einige seiner Mitschüler bezogen Essensgeld, und es lag an ihnen, ob sie ohne Mittagessen auskamen und sich von dem Geld lieber Coca-Cola und alle möglichen Naschereien kauften. Das war eine Wahl, die Nelson nicht hatte, so daß er sich etwas anderes ausdenken mußte, wollte er seiner Mutter Geld aus der Tasche ziehen. In der Fastenzeit gab es die Black Babies; die Mahngebühren der Bücherei waren hin und wieder zehn Pence wert, obwohl er sich bisher aus der Schulbibliothek noch gar keine Bücher ausgeliehen hatte und man ohnehin keine Gebühr zu zahlen brauchte, selbst wenn man sie zu spät zurückgab; für Hauswirtschaftslehre mußten sie Geld mitbringen, um Zutaten zu kaufen, und Nelson schlug jeweils zwanzig Pence auf.

»Zum Teufel, was für Rezepte bringen die euch eigentlich bei – Rinderbraten oder was?« brüllte seine Mutter dann. Wandertage erforderten zusätzliches Geld. Doch selbst wenn es damit nach dem zweiten Trimester ein Ende hatte, bat Nelson seine Mutter freitags auch weiterhin um fünfzig Pence, um »reiten zu gehen«. Seine Mutter trennte sich nie von ihrem Geld, ohne eine Rede vom Stapel zu lassen.

»Reiten gehen? Reiten gehen? Jesses, ich weiß nicht, auf was für eine Schule ich dich geschickt habe. Ist etwa Princess Anne in deiner Klasse oder was? Heiliger Strohsack, reiten gehen!«

An nassen Tagen bestanden die Wandertage meistens aus Museumsrundgängen; wenn es trocken war, fuhren sie gelegentlich nach Portobello an den Strand, um auf einem flatternden Blatt Kanzleipapier die sichtbaren Anzeichen von Umweltverschmutzung zu notieren. Nelson fand, die allerbeste Form des Wandertags war genau das, was er jetzt trieb. Schwänzen. Da konnte man wenigstens tun und lassen, was einem gefiel.

Er suchte in seiner Hosentasche nach dem Rest der fünfzig Pence und betrat ein Geschäft. Dort kaufte er sich ein riesiges Bubble gum und stopfte es sich in den Mund. Zuerst war es hart und trocken, und er konnte nicht antworten, als die Verkäuferin ihn ansprach.

»Waaaass?«

»Heb das Papier vom Boden auf, Junge! Wozu ist der Korb da?«

Er hob das Papier auf und knüllte es zu einer Kugel zusammen. Nur um sie zu ärgern, zielte er am Korb vorbei, traf aber trotzdem. Als er das Ende der Straße erreichte, war der Kaugummi weichgekaut. Mit der Zunge stieß er in die Masse hinein und blies. Eine enttäuschend kleine Blase platzte mit einem leisen Plop. Erst am unteren Ende der Princes Street gelangen ihm große, wabbelnde rosa Blasen, die er unter der Nasenspitze sehen konnte. Sie zerplatzten mit einem Knall, und er mußte die Fetzen vom Kinn ablösen.

Plötzlich zerteilte sich der Käuferstrom, und er erblickte seine Mutter. In demselben Augenblick erkannte sie ihn. Noch bevor er daran denken konnte, wegzurennen, hatte sie ihn auch schon am Schlafittchen. Sie packte ihn am Pelzbesatz seines Parka und begann ihm ins Gesicht zu schreien.

»In Gottes Namen, Nelson, was treibst du dich hier herum? Weshalb bist du nicht in der Schule?« Sie begann ihn durchzurütteln. »Weißt du, was das bedeutet? Sie werden mich einlochen. Verdammt noch mal, ich werde noch in Saughton landen, darauf kannst du Gift nehmen.« Sie hatte die Zähne zusammengebissen, und ihr Mund war verzerrt. Da begann Nelson zu schreien.

»Hilfe! Hilfe!« brüllte er.

Eine Frau mit einer enormen Brust wie eine Taube hielt an. »Was geht hier vor?« fragte sie.

Nelsons Mutter wandte sich zu ihr um. »Das geht Sie einen feuchten Kehricht an.«

»Ich werde entführt«, brüllte Nelson.

»Junge Frau. Junge Frau ...«, sprach die Dame mit dem gewaltigen Vorbau und versuchte Nelsons Mutter mit ihrem Schirm an der Schulter anzustupsen, aber Mrs. Skelly wirbelte mit einem solchen Fauchen herum, daß die Frau sich zögernd davonstahl. Sie blickte über die Schulter zurück und schnalzte mißbilligend mit der Zunge, gerade so laut, daß die vorbeiziehende Menschenmenge sie hören konnte.

»Hilfe! Ich werde entführt«, kreischte Nelson, aber alle Welt ging weiter und blickte in die andere Richtung. Seine Mutter kauerte sich vor ihm nieder, wobei sie noch immer seine Jacke festhielt. Sie senkte die Stimme und versuchte einen vernünftigen Ton anzuschlagen.

»Schau her, Nelson, Liebling. Hör mir zu. Wenn du die Schule schwänzt, weißt du, was mir dann passiert? In der Volksschule hat das Schulamt damit gedroht, mich vor Gericht zu stellen. Da bist du gerade eben erst auf die Oberschule gekommen, und schon wollte mir diese Dingsbums, diese Schulaussichtsbehörde eine Strafe aufbrummen. Jesses, wenn sie dich noch einmal erwischen ...«

Nelson wehrte sich nicht mehr. Ihr neuer Tonfall hatte ihn besänftigt. Sie richtete sich wieder auf, blickte wild um sich und überlegte, was zu tun sei.

»Du mußt umgehend wieder zur Schule, hörst du?«

»Ja.«

»Versprich mir, daß du hingehst.« Der Bub blickte zu Boden. »Versprochen?« Der Junge antwortete nicht.

»Wenn du nicht zurückgehst, bringe ich dich um. Ich würde dich ja begleiten, wenn ich nicht zur Arbeit müßte. Ich komme sowieso schon zu spät.«

Wieder blickte sie sich um, als erspähe sie plötzlich jemanden, der ihr beispringen könnte. Nach wie vor hielt sie die Jacke fest. Sie biß sich auf die Lippen.

»O Gott, Nelson.«

Der Junge blies eine fleischfarbene Blase und ließ sie zwischen den Zähnen zerplatzen. Sie schüttelte ihn.

»Dieser Scheißkaugummi.«

Plötzlich ertönte ein lauter Knall, die Ein-Uhr-Kanone wurde abgefeuert. Beide machten sie einen Satz.

»O Jesus, jedesmal, wenn die Kanone losgeht, dreht sich mir das Herz im Leibe um. Komm, Junge, du mußt mitgehen. Ich komme zu spät. Ich weiß zwar nicht, was die dazu sagen werden, wenn sie dich sehen, aber ich bring' dich zur Schule, und wenn ich dich am Ohr hinzerren muß. Hörst du?«

Sie begann, die Straße entlangzuhasten, Nelsons Ärmel in der einen Hand, ihre Tragetasche in der anderen. Wenn er nicht mitgeschleift werden wollte, mußte der Junge in einen Laufschritt verfallen.

»Untersteh dich, mir noch einmal so einen Streich zu spielen. Entführt! Große Güte, Nelson, wenn ich jemanden wüßte, der dich entführen könnte, würde ich ihm freiwillig Geld dafür zahlen. Mich mitten auf der Straße so in Verlegenheit zu bringen!«

Sie bogen von der Hauptstraße ab, betraten einen Korridor und stiegen eine mit Teppichen ausgelegte Treppe hinauf. An der Wand hingen mannshohe Spiegel. Nelson hielt an, um sich selbst Grimassen zu schneiden, aber seine Mutter zerrte ihn am Arm weiter. Am oberen Treppenabsatz stand ein feister Mann in Hemdsärmeln.

»Was zum Teufel soll denn das heißen?« sagte er. »Sie kommen zu spät, und wer zum Teufel ist das?« Über seinen Wanst hinweg musterte er Nelson.

»Erkläre ich Ihnen später«, sagte sie. »Ich sorg' schon dafür, daß er in der Garderobe bleibt.«

»Ihr Auftritt ist *jetzt* fällig«, sagte der Mann, wandte sich um und schritt durch die Pendeltür davon. Sie folgten ihm, und bevor seine Mutter ihn in den Umkleideraum schubste, sah Nelson, daß es sich um eine vornehme, mit Teppichen ausgelegte Bar handelte, in der ein Haufen Männer herumstand und trank.

»Du bleibst hier sitzen, Nelson, bis ich fertig bin, und dann bringe ich dich wieder zur Schule. Aus dir wird nichts werden, wenn du nicht am Unterricht teilnimmst. Ich muß mich jetzt umziehen.«

Sie stellte ihre Tragetasche auf den Fußboden und schleuderte ihre Schuhe von sich. Nelson setzte sich hin und sah ihr zu. Sie hielt inne, blickte ihn über die Schulter hinweg an und biß sich wieder auf die Lippen.

»Wo ist die verdammte Augenbinde, die du tragen sollst?« Nelson deutete auf seine Hosentasche.

»Dann trag sie gefälligst auch.« Nelson holte die zerknitterte Binde aus der Tasche hervor und zupfte an ihr herum, um die zusammengeklebten Enden zu glätten, bevor er sie wieder über sein schlimmes Auge klebte. Seine Mutter nahm ihre Handtasche hervor und begann in deren Tiefen herumzuwühlen. Nelson hörte ihre Parfümfläschchen und Lippenstifthülsen klirren.

»Ah, hier«, sagte sie, holte eine weitere Augenklappe hervor und klopfte sie sauber. »Zieh die auch noch an, bis ich umgekleidet bin. Ich will nicht, daß du Stielaugen kriegst.« Sie kam auf ihn zu, zog die weiße Schutzschicht ab und klebte die Augenbinde über sein anderes Auge. Er stellte sich vor, wie sie sich konzentrierte und dabei die Zungenspitze hervorschob. Um sicherzugehen, daß die Augenklappen wirklich festsaßen, fuhr sie mit den Daumen über seine Brauen. »Jetzt rühr dich nicht von der Stelle, sonst stößt du noch überall an.«

Nelson hörte, wie ihre Kleider an ihr herabglitten und sie leise Grunzlaute von sich gab, während sie sich eiligst umzog. Danach hörte er sie in ihrer Handtasche herumnesteln und vernahm ein leises Klicken und Klirren, als sie ihre Kapseln aus dem Behälter nahm. Sie nannte sie ihre »Seduktiva«, kleine schwarze und rote Torpedos. Dann ertönte ihre Stimme.

»Du bleibst einfach so sitzen, bis ich wiederkomme. Dann kann dir gar nichts geschehen. Hörst du, Nelson? Wenn ich zurückkomme und du hast die Dinger abgezogen, *bringe ich dich um*. Ich bin bald zurück.«

Nelson nickte aus seiner Finsternis.

»Die Tür ist abgeschlossen, wegrennen kommt nicht in Frage.«

»Weeß ick.«

Als sie ihm mit ihrer knochigen Hand plötzlich eine Ohrfeige verpaßte, explodierte seine Finsternis lichterloh.

»Du weeßt nicht, Nelson. Du *weißt.*«

Er hörte, wie sie hinausging und den Schlüssel im Schloß herumdrehte. Sein Ohr dröhnte und fühlte sich heiß an. Er wandte sein Gesicht der Decke zu. Sie mußte das Licht angelassen haben, denn durch die Augenklappen konnte er etwas Rötliches erkennen. Er roch Bier und schalen Qualm. Draußen hatte laute Popmusik eingesetzt. Das Hämmern der tiefen Töne drang bis zu seinem Sitzplatz hindurch. Mit der Hand betastete er sein Ohr. Es *war* heiß.

Unter gräßlichen Schmerzen und leisen Aua-Lauten löste er langsam beide Augenbinden ab, vom Nasenrücken nach außen. Für den Fall, daß seine Mutter zurückkäme, nahm er sie nicht ganz ab, sondern ließ sie neben den Augen herabbaumeln. Als er sich umdrehte, um sich umzuschauen, flatterten sie wie Scheuklappen.

Eigentlich war es gar keine Garderobe, sondern eher ein Besenschrank. Vor der einen Wand waren Bierkästen aufgestapelt; neben einem sehr niedrigen Ausguß standen Besen, Mops und Eimer; an einer Reihe von Mantelhaken hingen einige schlaffe Regenmäntel und fleckige weiße Jacken; am letzten Haken hingen die Sachen seiner Mutter. Der Boden war mit plattgetretenen Korkmundstücken übersät. Nelson stand auf, um in Augenschein zu nehmen, worauf er saß. Es war ein Kasten mit Leergut. Er ging zum Schlüsselloch und spähte hindurch, doch außer einem Tapetenstreifen gegenüber konnte er nichts erkennen. Über der Tür befand sich ein schmales Fenster. Er blickte hinauf, und seine Augenbinden flappten und berührten seine Ohren. Dann ging er zum Spülstein hinüber, um unter dem niedrigen Hahn einen Schluck Wasser zu trinken. Geräuschvoll schlürfte er an der Wassersäule, die ins Becken platschte. Er hielt inne und wischte sich den Mund ab. Nach dem Pfefferminz des Kaugummis schmeckte das Wasser kalt. Er schaute auf zu den Sachen seiner Mutter, die an dem Haken hingen; es waren ihre Strumpfhose und ihr Schlüpfer, nur verkehrt herum; X-beinig hingen sie über den restlichen Kleidern. In ihrer Tasche fand er ihre blonde Perücke und probierte sie an, wobei er den Parfümduft roch. Daheim steckte er gern seine Nase ins Zimmer seiner Mutter; roch an ihren Schminkfläschchen; sah sich ihre mit Pailletten besetzten Sachen an. Um sich im Spiegel zu betrachten, mußte er sich auf den Kasten stellen, aber die Silberschicht war mit braunen Rostflecken übersät, und die Augenbinden beeinträchtigten die Wirkung. Er setzte sich wieder und begann das Bubble gum in die Länge zu ziehen, um zu sehen, wie weit er es dehnen konnte, bevor es riß. Draußen bummerte nach wie vor die Musik. Sie war so laut, daß die Vibrationen ihn an den Füßen kitzelten. Er seufzte und blickte wieder zum Fenster hinauf.

Falls seine Mutter ihn zur Schule zurückbrachte, sah er Probleme auf sich zukommen. Als er nach St. Johannes der Täufer versetzt wurde, hatte sie ihm eine funkelnagelneue Adidas-Tasche für seine Schulbücher gekauft. Die habe sie mehr als fünf Pfund gekostet, sagte sie. Als er das erste Mal so richtig schwänzte, hatte er die Tasche eine Woche lang jeden Morgen in die Mülltonne am Fuß der Haustreppe gepfeffert und war ohne Gepäck in die Stadt gefahren. Am Freitag war er gerade noch rechtzeitig gekommen, um zu sehen, wie der Müllwagen in einer bläulichen Abgaswolke davonfuhr. Seiner Mutter hatte er erzählt, die Tasche sei ihm in der Pause auf dem Spielplatz gestohlen worden. Sie hatte ihm damit gedroht, die Schule anzurufen, aber Nelson hatte ihr hastig versichert, daß der gesamte Vorfall vom Direktor höchstpersönlich untersucht werde. Die Drohung brachte ihn davon ab, sie um Geld für die Neuanschaffung der Bücher zu bitten. Zu dem Zeitpunkt hatte er sich noch keine genaue Summe ausgedacht. Vielleicht könnte er es später, wenn sich die Aufregung gelegt hatte, von neuem versuchen. Aber wenn ihn seine Mutter jetzt zur Schule brachte, konnte es heiter werden.

Er zerrte zwei Kästen zur Tür und kletterte hinauf, aber sie waren nicht hoch genug. Er stellte einen dritten obenauf, kletterte erneut hinauf und richtete sich behutsam auf, indem er auf dem Rand balancierte. Auf Zehenspitzen konnte er hinausspähen. Seine Mutter war nirgends zu sehen. Er erblickte eine Gruppe von Männern, die einen Halbkreis bildeten. Hinter ihnen brannten einige grelle Lampen, rot, gelb und blau. Die Männer hielten Pints in den Händen, die sie jedoch nicht zu trinken schienen. Sie schauten sich alle irgend etwas an, das sich Nelsons Blikken entzog. Plötzlich verstummte die Musik, und die Männer fingen alle an zu trinken und sich zu unterhalten. Nelson hatte so lange auf den Zehenspitzen gestanden, daß seine Beine zu zittern begannen und er die Flaschen im Kasten klirren hörte. Er ruhte sich einen Augenblick aus. Da hob die Musik von neuem an. Er blickte hinaus. Jetzt standen die Männer wieder nur da und schauten zu. Es war, als sähen sie ein Gespenst. Dann jubelten sie alle lauter als die Musik.

Nelson kletterte herab und schob die Kästen von der

Tür weg, damit seine Mutter eintreten konnte. Die Augenbinden pappte er eine Zeitlang zu, aber sie kam immer noch nicht. Er lauschte einer anderen Schallplatte, diesmal einer langsamen Nummer. Er beschloß, zum Becken zu tappen und noch einen Schluck Wasser zu sich zu nehmen. Unterdessen wechselte die Musik das Tempo. Wieder hörte er die Anfeuerungsrufe der Männer und gleich danach das Klimpern des Schlüssels im Schloß. Nelson, der seine Arme vor sich rotieren ließ, versuchte sich zu seinem Bierkasten zurückzutasten. Die Stimme seiner Mutter sagte: »Untersteh dich, die Augenbinden abzunehmen.« Ihre Stimme keuchte. Da stieß er mit der Hand gegen sie. Es war ihr Bauch, heiß und schweißnaß. Sie führte ihn zu seinem Sitzplatz, wobei sie heftig durch die Nase atmete.

»Ich zieh' mich nur rasch um, dann geht's schnurstracks zur Schule, Junge.« Nelson nickte. Er hörte, wie sie sich während des Umkleidens eine Zigarette anzündete. Als sie fertig war, riß sie ihm die rechte Augenklappe ab.

»Siehst du, jetzt sind wir soweit«, sagte sie und überhörte Nelsons gepeinigten Aufschrei.

»Das ist doch das verkehrte Auge«, rief er.

»Ach du Scheiße«, sagte seine Mutter, riß die andere ab, drehte sie herum und klebte sie auf sein rechtes Auge. Der Rauch der Zigarette in ihrem Mund kringelte ihr ins Auge, so daß sie blinzeln mußte. Unter ihrem Make-up konnte Nelson hellglänzende Schweißperlen erkennen. Sie war immer noch außer Puste. Sie roch nach Alkohol.

Beim Hinausgehen hielt ihr der feiste Mann mit den aufgekrempelten Hemdsärmeln zwei Fünf-Pfund-Noten entgegen, und Nelsons Mutter steckte sie in ihre Börse.

»Der Bub da – nie wieder«, sagte er und sah auf Nelson nieder.

Sie nahmen die Linie 12 zur Schule St. Johannes der Täufer. Sie hatten den denkbar schlechtesten Zeitpunkt gewählt, denn als sie eben hineingehen wollten, klingelte es zum Unterrichtsende, und plötzlich füllte sich der Pausenhof mit Schülern, die Nelson und seine Mutter anstarrten. Einige Oberklässer pfiffen ihr nach, andere blieben stehen und stierten herüber. Nelson verspürte Stolz in sich aufwallen, weil sie Aufsehen erregte. Sie trug hautenge, seidige schwarze Jeans, und ihre rosa Bluse war vorn zusammengeknotet, so daß man ihre gebräunte nackte Taille sah. Sie gingen ins Büro, und eine Sekretärin trat ans Fensterchen.

»Bitte?« sagte sie und musterte Mrs. Skelly von Kopf bis Fuß.

»Ich möchte mit dem Herrn Direktor sprechen«, sagte diese.

»Er ist leider bei einer Besprechung. Worum handelt es sich?«

»Um den da.« Mit dem Daumen wedelnd deutete sie über die Schulter auf Nelson.

»In welcher Klasse ist er denn?«

»In welcher Klasse bist du, Junge?« Seine Mutter drehte sich zu ihm um.

»In der ersten.«

»In der ersten Klasse. Oh, dann wenden Sie sich am besten an Mr. MacDermot, den Betreuer der ersten Klassen.« Die Sekretärin beschrieb ihnen den Weg zu Mr. MacDermots Büro. Es lag auf der anderen Seite des Schulgebäudes, und sie mußten nichtendenwollende Korridore entlang, bevor sie es fanden. Mrs. Skellys Pfennigabsätze klapperten auf den Kacheln.

»Ein Wunder, daß du dich hier nicht verirrst, Junge«, sagte sie, während sie an der Tür des Klassenstufenbetreuers anklopfte. Mr. MacDermot öffnete und bat Mutter und Sohn herein. Nelson merkte, daß auch er sie betrachtete, mit aufgerissenen Augen und lächelndem Mund.

»Was kann ich für Sie tun?« fragte er, als man sich gesetzt hatte.

»Es handelt sich um ihn«, sagte Mrs. Skelly. »Er hat schon wieder geschwänzt. Heut' morgen hab' ich ihn dabei ertappt.«

»Verstehe«, sagte Mr. MacDermot. Für einen Betreuer war er sehr jung. Er trug einen schwarzen Schnurrbart, über den er sich mit dem Handrücken strich. Er legte eine lange Pause ein. Dann sagte er: »Wie heißt du doch gleich, mein Junge?«

»Oh, entschuldigen Sie«, sagte Mrs. Skelly. »Mein Name ist Skelly, und das ist mein Sohn Nelson.«

»Ach ja, Skelly.« Der Betreuer erhob sich und holte aus dem Aktenschrank einen gelben Aktenordner hervor. »Sie müssen mir verzeihen, aber in der letzten Zeit haben wir von Nelson nicht gerade viel gesehen.«

»Stört es Sie, wenn ich rauche?« fragte Mrs. Skelly.

»Nicht im geringsten«, sagte der Klassenstufenbetreuer und stand auf, um das Fenster zu öffnen.

»Das Dumme ist, letztes Mal, als wir bei dieser Dingsbums, dieser Schulaussichtsbehörde waren, haben die gesagt, sie würden die Sache vor Gericht bringen, falls das wieder vorkommt. Nun ist es wieder vorgekommen.«

»Nun ja, so schlimm wird's schon nicht werden mit der Schul*auf*sichtsbehörde. Falls es uns gelingt, die Sache im Keim zu ersticken. Falls Nelson sich Mühe gibt. Stimmt's, oder habe ich recht, Nelson?« Nelson saß schweigend da.

»Antworte, wenn der Herr Lehrer mit dir spricht«, brüllte Mrs. Skelly.

»Ja«, sagte Nelson, so unvernehmlich er konnte.

»Sie sind wohl auch Ire«, sagte Mrs. Skelly lächelnd, an den Betreuer gewandt.

»Richtig«, sagte Mr. MacDermot. »Ihr Akzent kam mir auch schon vertraut vor. Woher stammen Sie denn?«

»Meine Familie kommt aus der Gegend um Derry. Und Sie?«

»Ach, das ist ja lustig. Ich stamme von der anderen Seite der Grenze. Aus Donegal.« Während sie sich unterhielten, starrte Nelson aus dem Fenster. Noch nie hatte er seine Mutter so höflich erlebt. Er konnte gerade noch eine Ecke des Sportplatzes wahrnehmen und sah, wie eine Klasse mit ihrem Turnlehrer herausgelaufen kam. Nichts war Nelson so verhaßt wie Turnen. Sport war Scheiße. Er verabscheute die Umkleideräume, in denen er sich vor den anderen ausziehen mußte, und kam sich blöd vor, wenn er den Ball nicht traf. Die Rauchschwaden von der Zigarette seiner Mutter zogen in einem Bogen zu dem geöffneten Fenster. In der Ferne vernahm er das Geschrei der Klasse, die gerade ein Fußballspiel begann.

»Nelson! Stimmt's, oder habe ich recht?« fragte Mr. MacDermot laut.

»Was?«

»Daß du selbst dann, wenn du anwesend bist, nicht fleißig genug lernst?«

»Hmmm«, sagte Nelson.

»Das brauchen Sie mir nicht zu sagen«, meinte seine Mutter. »Es sind ja nicht nur seine Augenmuskeln, die träge sind. Wenn Sie mich fragen, ist der ganze Kerl stinkendfaul. Ich hab' mein Lebtag noch nicht gesehen, daß er abgespült hätte, und er hinterläßt überall immer nur Chaos.«

»Tja«, sagte der Klassenstufenbetreuer. Wieder strich er sich über den Schnurrbart. »Was wir von Nelson erwarten, ist eine andere Einstellung. Einstellung, Nelson. Verstehst du ein Wort wie Einstellung?«

»Ja.«

»Er hat einfach kein Interesse an der Schule, Mrs. Skelly.«

»Ich kann da natürlich gar nicht mitreden. Ich mußte mit fünfzehn abgehen«, sagte sie und verdrehte ihre Augen in Nelsons Richtung. »Sie verstehen, was ich meine? Sonst wäre ich ja auf der Schule geblieben und hätte die Prüfung gemacht.«

»Verstehe«, sagte Mr. MacDermot. »Dürfen wir mit einer anderen Einstellung rechnen, Nelson?«

»Hm-hm.«

»Hast du denn keine Freunde in der Schule?« fragte der Betreuer.

»Nee.«

»Und auch kein Interesse daran. Verstehst du, ein Schulfach wird erst dann interessant, wenn man dafür auch büffelt. Arbeit macht sich bezahlt...« Er legte eine Pause ein und blickte Mrs. Skelly an. Diese zog an ihrer Zigarette.

Er fuhr fort: »Haben Sie die Möglichkeit in Betracht gezogen, daß Nelson an Schulphobie leidet?«

Mrs. Skelly sah ihn an. »An Phobie? Gewäsch!« sagte sie. »Dem gefällt's einfach nicht in der Schule.«

»Verstehe. Verrichtet er denn zu Hause seine Schularbeiten?«

»Nicht, seit ihm seine Schultasche mit allen seinen Büchern gestohlen worden ist.«

»Gestohlen?«

Nelson beugte sich in seinem Stuhl vor und sagte laut und deutlich: »Ich werde mich bemühen, mich von heute an zu bessern. Wirklich. Ich werde mich bemühen, Sir.«

»Das hört sich schon besser an«, sagte der Klassenstufenbetreuer, der sich gleichfalls vorneigte.

»Ich werde nicht mehr schwänzen. Ich will mich wirklich bemühen, Sir. Ich werde mein Bestes tun.«

»Das ist artig. Ich nehme an, Mrs. Skelly, wenn ich mit den verantwortlichen Stellen rede und ihnen den Inhalt unseres Gesprächs übermittle, wird es zu einer Gerichtsverhandlung wohl nicht kommen. Überlassen Sie das ruhig mir, ja? Ich will sehen, was ich ausrichten kann. Natürlich kommt es ganz auf Nelson an. Ob er Wort hält. Wenn er noch einmal unentschuldigt fehlt, werde ich es melden müssen. Und er muß einsehen, daß er noch drei volle Schuljahre vor sich hat, bevor er abgehen kann. Über meine Position in dieser Angelegenheit mußt du dir im klaren sein. Verstehst du, was ich meine, Nelson?«

»Ick weeß«, sagte er, »ich weiß.«

»Du machst dich jetzt auf den Weg in deine Klasse. Mit deiner Mutter habe ich noch einiges zu bereden.«

Nelson erhob sich und schlurfte zur Tür. Dort blieb er stehen.

»Wohin muß ich denn, Sir?«

»Ja, hast du denn deinen Stundenplan nicht?«

»Nein, Sir. Der ist verlorengegangen.«

Der Klassenstufenbetreuer schnalzte mißbilligend mit der Zunge, warf einen Blick in einen anderen Aktenordner, las auf einer Karteikarte nach und sagte ihm, daß er im Raum 72 Religionsunterricht habe. Als er das Zimmer verließ, fiel Nelson auf, daß seine Mutter ihr Knie gegen den Schreibtisch des Betreuers gestemmt hatte und sich auf ihrem Stuhl wiegte.

»Tschüß, Liebling«, sagte sie.

Als er Raum 72 betrat, erhob sich unter seinen Klassenkameraden ein gewaltiges Oh und Ah. Er sagte der Lehrerin, er habe Mr. MacDermot gesprochen. Sie reichte ihm eine Bibel und hieß ihn sich setzen. Er wußte ihren Namen nicht. Dabei hatte er sie nicht nur in Religion, sondern auch in Englisch. Sie schwafelte immer über Poesie.

»Du da, der Junge, der eben hereingekommen ist. Damit du Bescheid weißt, wir besprechen und lesen gerade, wie man sich organisiert. Auf Seite 666. Wie wir unser Leben zwischen Arbeit und Gebet aufteilen sollen. Wie wir jede einzelne Tageszeit und jede einzelne Jahreszeit nutzen können. Es handelt sich um eine der schönsten Stellen in der ganzen Bibel. Lauscht auf den Rhythmus, während ich vorlese.« Mit der geballten Faust trommelte sie leise auf das Katheder vor ihr.

»Ein jegliches hat seine Zeit, und alles Vorhaben unter dem Himmel hat seine Stunde: geboren werden hat seine

Zeit und sterben hat seine Zeit; pflanzen hat seine Zeit und ausreißen, was gepflanzt ist, hat seine Zeit ...«

»Welche Seite, haben Sie gesagt, Miss?« fragte Nelson.

»Sechs-sechs-sechs«, bellte sie ihn an und las mit bebender Stimme weiter: »Töten hat seine Zeit und heilen hat seine Zeit; abbrechen hat seine Zeit und bauen hat seine Zeit; weinen hat seine Zeit und lachen hat seine Zeit; klagen hat seine Zeit und tanzen hat seine Zeit ...«

Nelson sah aus dem Fenster, zu dem winzigen weißen H, das in der Ferne die Torpfosten bildeten. Er nahm sein Bubble gum aus dem Mund und klebte es unter das Pult. Vom Kauen der inzwischen fade schmeckenden Masse taten ihm die Kiefermuskeln weh. Er blickte auf Seite 666 mit ihrer mikroskopisch kleinen Schrift hinab, dann neigte er sein Gesicht nach unten. Er riß seine Augenklappe ab und dachte, wenn er schon erblinden müsse, dann je früher, desto besser.

Mein lieber Palestrina

Nun komm schon, Liebling, es ist doch nur zu deinem eigenen Besten«, sagte sie. In den Bäumen zu ihren Köpfen stimmten die Saatkrähen ein langsames, heiseres Gekrächze an. Auf den Bürgersteig war Schlacke geschüttet worden, die, als sie die Meile von der Stadt zum Haus von Miss Schwartz zurücklegten, zerbarst und unter ihren Schuhen hervorspritzte. Die Rundung der Baumkronen warf das Geräusch zurück. Der Junge blieb, seine Mutter ein wenig zur Rechten, einen Schritt hinter ihr zurück. Um ihre Entschlossenheit zu demonstrieren, hatte sie ihn zuerst bei der Hand gefaßt, aber dann war es ihr töricht erschienen, einen Buben in seinem Alter hinter sich herzuzerren. Obzwar sie jetzt jeder für sich gingen, waren sie mittlerweile schon so weit vorangekommen, daß sie wußte, sie hatte gesiegt. Bei der alten Schmiede blieb der Junge stehen, starrte durch die Tür ins Dunkel und lauschte auf den hohen, hellen Ton des Schmiedehammers.

»Ich will den Weg nicht umsonst gemacht haben, Danny, oder soll ich ein Exempel an dir statuieren?« Sie wartete und betrachtete ihn über die Schulter hinweg. Seine Augen waren noch immer gerötet vom Weinen.

Miss Schwartz hatte einen hübsch blankgeriebenen Messingklopfer an ihrer schwarzen Haustür, der im ganzen Haus widerhallte. Es schien viel Zeit zu vergehen, bevor sie öffnete.

»Ja? Kann ich Ihnen behilflich sein?«

Die Mutter des Jungen erwiderte ihr Lächeln und nickte zum Ende des Gartenwegs hin, wo der Junge stand.

»Ich möchte gern, daß er Klafierstunden nimmt«, sagte sie.

Keuchend nach dem Gang, ließ Mrs. McErlane sich in einen Sessel fallen, stützte ihre Tasche aufs Knie und hörte zu, wie Miss Schwartz einzelne Tasten anschlug, die sie ihren Danny nachsingen ließ. Seine Stimme klang klar, wenn auch nicht voll, und der lange Weinkrampf vom Nachmittag hallte in ihr nach. Miss Schwartz' langer, bleicher Finger stocherte auf dem Klavier herum, doch wo immer er hinwanderte – Dannys Stimme folgte ihm. Dann spielte sie ganze Notentrauben, und Danny sang sie nach. Sie bat den Jungen wegzuschauen und drückte eine Taste nieder.

»Kannst du diese Note finden?« – und Danny spielte sie nach. Sie wiederholte den Vorgang, und jedesmal fand der Junge den richtigen Ton. Als sie sich verabschiedeten, sagte Miss Schwartz auf der Türschwelle, das Vergnügen, ihn zu unterrichten, sei ganz ihrerseits. Auf Wiedersehen.

»Hast du das gehört?« fragte Mrs. McErlane auf dem Heimweg. »Jedenfalls wird es dir guttun. Es ist doch eine wunderbare Kunst. Die anderen sind schon zu alt, um noch zu lernen.«

Danny erwiderte nichts, sondern zog zum Schutz gegen das Dunkel und die Kälte der hereinbrechenden Nacht die Schultern hoch.

»Der Gedanke, daß das Klafier ungenutzt bleibt, wäre mir sehr unangenehm«, sagte sie.

Da die McErlanes einen Buben hatten, jung genug, um das Klavierspiel zu erlernen, waren sie es gewesen, die nach dem Tod von Onkel George dessen Klavier erhalten hatten. Sie bekamen auch einen Rasenmäher und einen Staubsauger, dabei hatten sie gar keinen Teppichboden im Haus.

Das Piano traf abends ein, als Danny schon im Bett lag. Wenn er Onkel George besucht hatte, schlich sich Danny stets ins Vorderzimmer, kletterte auf den Klavierhocker und suchte sich die Noten mit einem Finger zusammen. Er bevorzugte die weißen, denn als er seine erste schwarze Taste anschlug, hatte sie so traurig geklungen, daß er ein ganz flaues Gefühl in der Magengegend bekam. Der Klavierhocker hatte einen gepolsterten Sitz, der sich aufklappen ließ und Packen alter Notenblätter mit Bildern von Filmstars auf dem Umschlag freigab.

Bing Crosby, Johnny Ray, Rosemary Clooney. Letztere hatte er im Rundfunk singen hören.

A cannon-ball don't pay no mind
Whether you're gentle or you're kind.

Es handelte von einem Bürgerkrieg. Ihm gefiel ihre Art, wie sie ihre Stimme herumwirbeln ließ. Wenn er das Lied zu singen versuchte, ahmte er stets einen amerikanischen Akzent nach.

Two brothers on their way
One wore blue and one wore grey.

Nach Unterrichtsschluß lief er durch die Straße, in der der Wind trockene Schneeflocken umherwirbelte, zu seiner ersten Klavierstunde. Die Tür zur Schmiede war geschlossen, und das Gebäude lag still. Auf dem Weg kam ihm ein Auto entgegen, das zur Stadt zurückfuhr. Ein weißes Gesicht preßte sich gegen die Rückscheibe. Weiße Haare, blaue Brillengläser und eine rote Zunge, die ihm herausgestreckt wurde. Mingo. Danny haßte Mingo, mit seinen seltsamen Augen und seiner weißen, fleischigen Haut. Einige Schulkameraden hatten ihm erzählt, daß Mingo aus Albanien stamme und alle dort so aussähen.

Miss Schwartz hatte in ihrem Wohnzimmer ein warmes Feuer brennen.

»Dir ist doch bestimmt kalt«, sagte sie. »Komm, wärm dir die Hände.«

Danny streckte seine aufgesprungenen Hände aus und spürte die Hitze auf ihnen. Die warmgewordenen Handteller rieb er auf seinen bloßen Knien in dem Bemühen, auch diese aufzuwärmen. Miss Schwartz lächelte.

»Du bist ein hübscher Bengel«, sagte sie. Verlegen stand Danny da, wandte seine braunen Augen ab und blickte auf das Kaminfeuer nieder. Sein vom Wind zerwühltes und zerzaustes blondes Haar verlieh ihm ein wildes Aussehen.

»Du siehst aus wie der Erzengel Gabriel«, sagte sie und verzog den Mund zu einem breiten Lächeln. »Setz dich – hier ans Feuer – ich will dir etwas über Musik erzählen.« Sie sprach mit einem sonderbaren Akzent, so als ob einige ihrer Wörter in eine falsche Form gequetscht würden. Ihr Mund war elastisch. Zwar kannte Danny jedes Wort, das sie verwendete, aber so hatte er noch nie jemanden reden hören.

»Was für Musik hörst du gern?«

»Weiß nich'«, sagte Danny nach kurzem Nachdenken.

»Hast du denn keinen Lieblingssänger?«

»Ich mag Elvis.«

»Unsinn«, sagte sie, noch immer lächelnd. »Was ich dir jetzt sage, wirst du nicht glauben. Du wirst mich nicht verstehen, aber sagen muß ich es dir trotzdem. Ich werde dir allerhand beibringen. Ich hoffe, ich werde in dir eine Liebe erwecken, die du nie wieder vergessen wirst.« Das Lächeln war aus ihrem Gesicht entschwunden, ihre Augen weiteten sich und bohrten sich in Dannys. »Musik ist die wunderbarste Sache der Welt. Heutzutage ist das Wort ›wunderbar‹ besudelt, aber ich meine es wörtlich. Wunderbar.« Sie ließ das Wort im Raum stehen.

»Musik ist der Grund, weshalb ich nicht sterbe. Andere Leute haben Blut in den Armen«, mit dem Fingernagel stach sie in die Innenseite ihres Ellbogens, »mich hält Musik am Leben. Es ist, wie man so sagt, die Nahrung der Liebe. Ich betone nochmals, daß du mir nicht glauben wirst, aber du *mußt* mir *vertrauen*. Wenn du mich läßt, werde ich dich in alles einweihen. Rilke sagt, Musik beginnt, wo die Sprache endet – und er mußte es ja wissen.«

Danny betrachtete sie und die beiden nadelkopfgroßen Spiegelungen des Feuers in ihren Augen. Sie sah gut aus, mit einem langen, schmalen Gesicht und einem breiten Mund, den sie unablässig verzerrte, wenn sie darum rang, ihre seltsamen Worte verständlich zu machen. Anders als seine Mutter trug sie keinen Lippenstift. Ihr pechschwarzes Haar war im Nacken zu einem Knoten zusammengebunden, ihr Scheitel so schnurgerade, als sei er mit dem Lineal gezogen worden. Danny hatte sie schon früher zu Gesicht bekommen, wenn sie in der Kirche Orgel spielte, gelegentlich auch, wenn sie die Läden in der Stadt aufsuchte – eine kaum beachtenswerte dunkle Gestalt, die, den Korb am steifen Unterarm, ihr Handgelenk gen Himmel reckte. Hier jedoch schien sie mit ihrer Redeweise und ihren gestikulierenden Händen das ganze Zimmer auszufüllen. Die ganze Zeit saß sie auf der Stuhlkante, beugte sich zu ihm vor, redete auf ihn ein. Er wich zurück, soweit sein Hocker es zuließ.

»Warte«, sagte sie, stand auf, ging zum Sekretär und zog aus einer Schreibmaschine einen Bogen Papier heraus. Sie hielt ihn in die Höhe.

»Hier, sieh ihn dir genau an.«

Danny sah hin, konnte aber nichts erkennen, außer dem leicht gewellten Ende der Seite, dort wo sie in die Schreibmaschine eingespannt gewesen war.

»Ich gebe dir ein weißes Blatt Papier. Es ist nichts Besonderes. Aber die schwarzen Punkte... Die schwarzen Punkte, Danny. Die machen seine Bedeutung aus. Die Musik, die Worte. Das sind die schwarzen Punkte«, erläuterte sie, und ihr ganzes Antlitz erglühte vor Leidenschaft. »Diese Punkte werde ich dir nahebringen. Später werde ich dich lehren, daraus die wunderbarste Musik zu zaubern. Komm, laß uns anfangen.« Als sie sich ans Klavier setzte, schnaubte sie: »Elvis Presley!«

Als die Stunde vorüber war, erhob sich Miss Schwartz und verließ das Zimmer mit der Bemerkung, daß sie sich beide eine Tasse Tee verdient hätten. Danny setzte sich auf den Klavierhocker und sah sich in der Stube um. Es war ein eigentümlicher, mit Bildern behangener Raum. Die Tapete hinter den Bildern war dunkelbraun, jedenfalls so alt, daß sie dunkelbraun aussah. Das ganze Zimmer war vollgestellt mit Topfpflanzen, die auf Untertassen standen. Große dunkelgrüne Stacheln mit ledernen Blättern, kleine Hängepflanzen, eine davon mit einer blassen Blume. Der Wind pfiff ums Haus und rüttelte an der Esse. Er hörte den Schnee an den Fensterscheiben und das Dröhnen eines Lastwagens, der den Hügel hinaufkroch.

»Ich hoffe, der bleibt liegen«, sprach er mit sich selbst. Das Feuer zischte und sandte eine kleine Flammenfeder aus.

Miss Schwartz trug ein Tablett herein und schloß die Tür mit dem Zeh, der unter ihrem Morgenrock hervorlugte. Dieser war aus schwarzer Seide und fiel, ihren Körper umfließend, bis auf den Boden herab. Auf dem Rücken war ein merkwürdiges chinesisches Muster aus scharlachroten, grünen und silbernen Fäden aufgestickt. Er erinnerte Danny an den Rock, den der Zauberer in dem Comic strip Rupert der Bär im *Daily Express* trug.

»So, während wir unseren Tee trinken, muß ich dir etwas Musik vorspielen«, sagte sie. Sie hob den Deckel eines der Möbelstücke an und legte eine Schallplatte auf. Sie drehte so laut auf, daß die Musik im Raum anschwoll. Derartige Musik hatte er noch nie zu Ohren bekommen, und er fand sie abscheulich. Sie hatte überhaupt keine Melodie, und vergebens wartete er darauf, daß jemand sang. Er verzehrte zwei Kekse und trank, so schnell er konnte, seinen Tee aus. Dann ließ sie ihn ziehen.

Auf dem Heimweg schnitt ihm der Januarwind ins

Gesicht und fächerte die ihm zum Üben mitgegebenen Noten auf, die er sich unter den Arm geklemmt hatte. In den Telephondrähten über seinem Kopf vernahm er das Geräusch einer geschälten Ligustergerte, die wieder und wieder durch die Luft peitschte. Bei der Schmiede überquerte er die Straße, um einen genaueren Blick hineinzuwerfen. Eigentlich war es eher ein Schuppen als ein Gebäude; die Wände bestanden aus Wellblech und Hartfaserplatten, deren verblichene Farben abblätterten. An der Tür hatte jemand einen Pinsel gesäubert oder verschiedene Farbtöne an der Mauer ausprobiert. Um den Schuppen herum lagen die rostigen Bruchstücke zerbrochener landwirtschaftlicher Maschinen. Aus der Dunkelheit drang der rhythmische Lärm von Hammerschlägen. Plötzlich erscholl aus der Schwärze eine Männerstimme: »Was willst du, Junge?«

Danny zuckte zusammen.

»Komm her!« sprach die Stimme. Danny bewegte sich auf die Schwelle zu und versuchte, in die Finsternis zu spähen. »Was kann ich für dich tun?«

»Ich wollte nur mal schauen.«

»Also, da draußen siehst du jedenfalls nichts. Komm rein.«

Das Innere roch nach Metall und Koksdämpfen und Öl. Danny konnte einen Mann in Lederschürze ausmachen. Für einen Hufschmied sah er zu jung aus, mit seinen dichten, schwarzen Locken.

»Wie heißt du?« fragte er. Als Danny ihm seinen Namen nannte, überlegte er einen Augenblick. »Ist dein Vater nicht Busfahrer? Habe ich recht oder nicht?«

Während der Arbeit redete der Mann weiter. In der Koksglut seines Feuers erhitzte er ein Band Metall und schlug, solange es rot war, darauf ein. Jeder Hammerschlag ging Danny, wie die Schallplatte bei Miss Schwartz, durch und durch.

»Und was treibst du dich hier herum?« Danny erzählte ihm, daß er Musikstunden nahm.

»Bei Miss Warze?« rief er. »Ob sie wohl dieses Lied mag?« Lauthals begann er *If I Was A Blackbird* zu singen und schwang dazu im Rhythmus seinen Hammer. Als er zu dem Vers gelangte: *»And I'd bury my head on her lily white breast«*, zwinkerte er Danny zu. Er hatte eine gute Stimme und zwirbelte sie wie Rosemary Clooney. Nachdem er den Song beendet hatte, fragte er Danny nach der Schule aus. Viel schien er nicht gerade davon zu halten, denn er sagte, das sei der allerschlimmste Ort zum Lernen. Er redete munter drauflos, und Danny half ihm, den Blasebalg für sein Feuer zu bedienen. Als er das glühend heiße Metall aus dem Feuer nahm, entstanden winzige Funken, die aufblitzten und verglühten. Der Mann erklärte, das seien Staubkörner, die bei der Berührung sogleich verbrannten. Während der Schmied arbeitete, beobachtete Danny, wie seine Arme, die nicht sonderlich muskulös waren, dafür aber straffe Sehnen und Stränge aufwiesen, auf das Metall einhämmerten. Er mußte brüllen, um sich bei dem Lärm verständlich zu machen.

»Schulen bringen nur Menschen nach ihrem Geschmack hervor. Sie nehmen ihnen die Schärfe. Nur so können sie uns niederhalten.« Er nickte Danny zu, stärker zu pumpen. »Aber so wird es nicht immer bleiben. Unsere Zeit wird kommen, Junge, und dann werden es nicht mehr Hufeisen sein, auf die wir einschlagen. Mitnichten, mein Herr.«

Vom Pumpen geriet Danny ganz außer Atem. Der Grobschmied betrachtete ihn und hob eine Augenbraue.

»Bist du nicht der Bursche, der vor noch gar nicht so langer Zeit sehr krank war?«

Danny schöpfte Atem und nickte.

»Dann hörst du jetzt lieber damit auf und machst dich auf den Heimweg.«

Danny hob seine Notenblätter von der vollgestellten Bank und pustete den braunen Rost weg. Als er hinaustrat, rief der Mann hinter ihm her: »Wenn du das nächste Mal vorbeikommst, schau ruhig herein, mein Junge.«

Auf der Straße versuchte Danny, im Takt des verhallenden Hammerschlags zu laufen.

Als er durch die Hintertür eintrat, schrie seine Mutter ihn an: »Wo ist die schöne Wollmütze, die ich dir gestrickt habe?«

»Ach, entschuldige, die hab' ich liegenlassen.«

Sie half ihm dabei, den Mantel aufzuknöpfen, während sie ihn sorgenvoll schalt: »Du bist doch noch gar nicht ganz wiederhergestellt, das weißt du doch. Ich weiß nicht, was die Frau sich dabei gedacht hat, dich ohne Mütze weggehen zu lassen. Sind dir denn nicht die Ohren abgefroren?«

»Nein, mir fehlt nichts.«

»Doch! Ich hab' noch nie jemanden getroffen, der sich soviel zuzieht wie du. Es gibt nicht eine Krankheit, von der die Ärzte wissen, die du nicht gehabt hättest. Vielleicht sogar doppelt soviel, wie den Ärzten überhaupt bekannt ist. Du mußt besser auf dich achtgeben, Danny.«

Der Junge ging auf sein Zimmer und legte sich aufs Bett. Seine Mutter hatte ja recht. Ständig war er krank. Das letzte Mal war es ihm am schlimmsten ergangen. Die einzige angenehme Erinnerung, die er daran hatte, war das Bett, das gemacht worden war, während er darinnen lag. Da lag er, während seine Mutter das Bettzeug abzog und mit übertriebenem Brummen an dem Laken unter ihm herumzupfte, um es glattzustreichen. »Du hast vielleicht ein Gewicht!« rief sie aus. Und er ließ seine Finger gleich einem Fächer über die Glätte unter ihm gleiten. Seine Mutter sortierte das Bettzeug, stellte sich am Bettende auf und schüttelte das obere Laken aus, bis es sanft auf ihn herabfiel. Mit einem nach Baumwolle duftenden Lufthauch senkte es sich langsam, kühl, milchig auf ihn herab. Fast war es durchsichtig, und er konnte auf seine Füße herabschauen und sich in einer weißen Welt wähnen, in seiner Isolation, seinem Zelt. Zwar drang Licht hindurch, doch er war von allem abgeschnitten. Er machte keinerlei Anstalten, das Laken von seinem Gesicht herunterzuziehen. Er vernahm ihre Stimme, und dann spürte er auch schon, wie die schwereren Decken über seinem Leib ausgebreitet wurden und das Licht schwand. Erst dann schlug er das Laken zurück und blickte sie an. Verharren wollte er im Augenblick des Lakens, in dessen zwangloser Weiße, doch immer nahte das Ende. Ihm war bewußt, daß er an seinem Kopf und seinen Zehen Hügel aufwarf. Er hatte Möbelstücke gesehen, die auf diese Weise verhängt waren, und seinen Großvater in der Leichenhalle des Krankenhauses.

»Jetzt setz dich auf und nimm deine Medizin.« Auch die war weiß gewesen. Klebrige Süße, die einen ekligen Grundgeschmack verzuckern sollte. Sein Vater schenkte ihm ein Six-Pence-Stück, wenn er sie bei sich behielt. Nach einer Woche hatte er auf seinem Nachttisch einen ganzen Schilling liegen. Wenn seine Mutter ihm das Zeug verabreichte, öffnete *sie* den Mund. Sie legte den Löffel nieder und hob für alle Fälle die Schale hoch. Von der Mixtur wurde seine Zunge ganz pelzig. Kleine Spritzer warmen Speichels flossen ihm in den Mund, und er mußte würgen, aber es blieb unten. »So ist's brav. Wieder sechs Pence verdient. Warte nur, wenn die Flasche alle ist, bist du ein reicher Mann.«

Jetzt ließ er sich vom Bett herabrollen und beschloß, nach unten zu gehen und seiner Mutter vorzuspielen, was er nachmittags gelernt hatte.

»Erst leerst du mir das aus«, sagte sie. Danny ging mit den Küchenabfällen zum Komposthaufen am Ende des Gartens. Auf dem Rückweg schwenkte er das leere Sieb und lauschte dem leisen Wimmern des Windes, der durch die Löcher pfiff. Geräuschen hörte er gerne zu. Im Zimmer mit den beiden Uhren lauschte er darauf, wie das Ticken der einen das der anderen einholte, einen Augenblick lang im Gleichtakt mit ihr tickte und sich daraufhin wieder zu einem eigenen leisen Ticktack verselbständigte. Oder das Rascheln von Miss Schwartz' Morgenrock, wenn diese sich regte. Das leise Quietschen des Zirkels, wenn er dessen Schenkel löste. Das Schmatzen der Lippen, wenn sich sein Vater die Pfeife ansteckte. Er stellte den leeren Seiher auf die Geschirrablage.

»Bist du soweit?« fragte er sie. Den Kopf zur Seite geneigt, hörte sich seine Mutter seine Tonleitern an, wobei sie sich die Hände an der Schürze abtrocknete. Er spielte recht holperig.

»Eine Melodie ist da ja nicht gerade herauszuhören«, meinte sie. »Wie lange sollst du denn üben?«

»Bis ich es fehlerfrei kann, sagt sie.«

»Wer ist denn ›sie‹ – etwas, was die Katze bringt?«

»Miss Schwartz.«

»Ein bißchen Respekt, bitte, Danny.«

Danny schien seine Tonleitern fast mühelos zu erlernen, doch das bißchen Mühe, das es ihn kostete, mußte seine Mutter ihm abverlangen. Alles, was Miss Schwartz ihn lehrte, beherrschte er schon nach wenigen Anläufen. Daher steigerte Miss Schwartz in den ersten Monaten sowohl den Schwierigkeitsgrad als auch die Länge seiner Übungsstücke. Stets war er dem gewachsen.

Zu beiden Seiten des Gartenwegs, der zu ihrem Hause führte, erblickte Danny das gelbe Scharbockskraut und die weißen Blüten mit dem merkwürdigen Geruch. Bärenlauch hatte sie die genannt. Er begegnete Mingo, der gerade den Weg heruntergelaufen kam, zu der Stelle, wo sein Vater den Wagen geparkt hatte. Als sie aneinander vorbeigingen, stieß Mingo durch die Zähne einen vulgären Laut aus, den Danny geflissentlich überhörte. Miss Schwartz hielt ihm die Tür auf, und er überreichte ihr den Umschlag mit den klirrenden Geldstücken.

Als er sich ans Klavier gesetzt hatte, fragte er: »Taugt Mingo was?«

»Mingo?«

»Der Junge mit den weißen Haaren, der gerade herausgekommen ist.«

»Heißt er bei euch so? Dieser Junge ...«, sie hielt inne, »ist Durchschnitt.«

»Spielt er so gut wie ich?«

»Mach dir um andere Leute keine Gedanken. Du wirst so gute Fortschritte machen, wie du eben kannst.« Sie lächelte über die Art, wie er sie ansah, dann fügte sie hinzu: »In der ersten Stunde hast du schon mehr gewußt, als Mingo, wie du ihn nennst, je in seinem Leben wissen wird. So, und jetzt spiel mir vor.«

Danny spielte ihr das Stück vor, und als er geendet hatte, zuckte sie mit den Schultern und lächelte.

»Tadellos«, sagte sie, »aber doch noch zu mechanisch. Danny, du bist eine kleine Maschine. Ein Pianola. Hör zu.« Sie setzte sich auf den Hocker und begann zu spielen. Danny hörte ihr zu und betrachtete ihre geschlossenen Augen und ihren Körper, der sich fast unmerklich wiegte, während sie den Tasten Klänge entlockte. »An dieser Stelle muß es sanglich klingen. *Cantabile.*« Sie sprach, während sie spielte, und wies ihn darauf hin, wo er falsch gespielt hatte. »Jetzt versuch's noch einmal.«

Danny spielte Miss Schwartz das Stück abermals vor, und als es verklungen war, glänzten ihre Augen.

»Das war schon viel besser«, sagte sie. »Wunderbar. Du lernst so schnell.«

»Zu Hause kann ich so nicht spielen«, sagte er, »aber hier ist es anders.«

»Ich glaube, es ist Zeit für eine Prüfung«, sagte Miss Schwartz. »Das wird deiner Mutter gefallen. Und ich denke, dir auch, denn dann dürfen wir in die große Stadt fahren. Und ...«, setzte sie nach einiger Überlegung hinzu, »mir auch. Ich werde deiner Mutter eine Mitteilung schreiben. In meinem Brief werde ich es zwar nicht erwähnen, aber falls ihr wegen des Fahrgelds in Verlegenheit geraten solltet, werde ich dafür aufkommen. Wenn nicht, brauchst du mir nichts zu sagen.«

Sie fingen an, ein neues Stück ihres Lieblings Schubert einzustudieren, und als Miss Schwartz den Eindruck hatte, genügend geleistet zu haben, stand sie auf und ging Tee machen.

Allein gelassen, starrte Danny die Bilder im Zimmer an. Sie nannte sie Schattenrisse. Kohlrabenschwarze Umrisse von Komponisten, deren Namen sie ihm genannt hatte. Beethoven, Mahler auf Zehenspitzen, Schubert. Beethoven gefiel ihm am besten, wegen seiner Haare, die in alle Richtungen abstanden.

Während sie ihren Tee tranken, spielte sie ihm die Platte vor, die sie ihm schon während der ersten Stunde vorgeführt hatte. Inzwischen kannte Danny sie und konnte die Melodie mitsummen.

Einige Wochen zuvor war sie mit dem Tee ins Zimmer getreten und hatte Danny in der Ecke vorgefunden, wie er kauernd ihre Schallplatten betrachtete. Sie bewahrte sie in dicken Alben auf. Jede Seite wies in der Mitte ein kreisförmiges Loch auf, so daß das Etikett der Platte zu erkennen war. Danny blätterte die steifen Seiten um, wobei er sorgfältig die Etiketten studierte: scharlachrote mit einem Hund, der in einen Trichter bellte, grüne, deren Titel in Schrägschrift gehalten waren. Eine der Scheiben nahm er heraus und begutachtete eingehend ihre Oberfläche, indem er sie schräg gegen das Licht hielt. Intensives Schwarz, aber in den Rillen erglänzte das Licht. Sie behandelte sie wie rohe Eier. Als sie eintrat, sagte sie lediglich: »Gib acht, Danny«, schenkte Tee ein und vollendete ihren Satz, »oder sie enden noch so.« Sie beugte sich vor und hob eine Platte auf, bei der ein großes Stück der Scheibe fehlte.

»Einige Jungen, die hierherkommen, sind nicht so achtsam wie du. Leb wohl, Dinu Lipatti. Ich fürchte, wir müssen einen Blumentopf aus dir machen. Siehst du?« Sie deutete auf eine ihrer Pflanzen. Eine Platte war auf irgendeine Art hochgebogen worden, so daß ein Behälter entstanden war. »Man erhitzt und formt sie, bis sie die gewünschte Form erhalten. Ich hasse Verschwendung. Das rührt noch vom Kriege her.« Sie biß in ihre Ingwerwaffel und sagte kauend: »Ich hätte ihm gern seine Brille zertreten.«

Danny liebte es, seine Waffel in den Tee einzutunken und die warme, matschige Süße zu schmecken.

Als er seiner Mutter Miss Schwartz' Mitteilung übergab, zauste sie ihm mit der Hand das Haar.

»Deine Haare sind ja gar nicht mehr richtig blond«, sagte sie, »aber im Sommer wird die Sonne sie dir schon wieder bleichen.« Als sie den Brief durchgelesen hatte, blickte der Junge sie entscheidungsheischend an.

»Ja, du kannst gehen«, beschied sie ihm. »Aber du mußt die Nacht über dableiben. Ich lasse nicht zu, daß du an einem Tag so lange unterwegs bist. Vielleicht kannst du bei Tante Letty unterkommen.«

In der Großstadt gingen sie zum Versammlungssaal des Orange Order, und Danny bestand seine Prüfung mit Auszeichnung. Auf dem Weg die Stufen hinunter ergriff Miss Schwartz seine Hand und hielt sie fest, obwohl er einen halbherzigen Versuch unternahm, sie ihr zu entziehen. Ohne ihn anzuschauen, sagte sie, indem sie geradeaus auf das Gewühl des Stoßverkehrs starrte: »Es ist noch nicht zu spät. Du kannst großartig spielen. Wenn du dir Mühe gibst, kannst du wahrhaft großartig spielen.« Sie drückte seine Hand so fest, daß es schmerzte. Dann erst ließ sie ihn los.

»Haben Sie das zu mir gesagt?« fragte Danny.

»Ja, Danny. Zu dir.«

Hinterher trafen sie sich mit einem Freund von Miss Schwartz und gingen in The Cottar's Kitchen Tee trinken. Danny hatte sie noch nie in so ausgelassener Stimmung erlebt. Sie lachte und schwatzte und lobte ihn so sehr, daß er sich genierte. Sie nannte ihn »mein Lieber« und stellte ihn ihrem Freund als ihren Starschüler, ihr Wunderkind vor.

»... und das ist Mr. Wyroslaski. Er spielt Violoncello in einem Symphonieorchester.«

Mr. Wyroslaski war ein hochgewachsener Mann mit einem äußerst schmalen Gesicht. Er hatte dunkelbraune, tiefe Augen, nicht unähnlich denen von Miss Schwartz. Seine Haare trug er sehr lang, fast wie die einer Frau.

»Wieso haben alle Musiker so komische Namen?« erkundigte sich Danny.

»Wie zum Beispiel?« fragte Miss Schwartz.

»Wie Schwartz und Wyro ... Wyro – wie Ihr Name«, sagte er und nickte ihrem Freund zu, »und all diese Komponisten?«

»Namen tun nichts zur Sache; eines Tages wirst du, mein Lieber, ein bedeutender Musiker sein.«

»Mein Name ist Danny McErlane«, und die Art, wie er es sagte, löste bei allen Lachen aus. Miss Schwartz lehnte sich über den Tisch und gab Danny einen Schmatzer auf die Stirn. Er errötete und blickte vor sich auf seinen Teller.

»Außerdem«, sagte Mr. Wyroslaski, »gibt es da ja auch noch John Field. Das ist ein irischer Komponist. Namen tun nichts zur Sache. Was zählt, ist das Herz, das Gemüt. Hast du je von einem Komponisten namens Joe Green gehört?«

Danny schüttelte den Kopf.

»So heißt Giuseppe Verdi auf englisch.«

»Wer ist das?« fragte Danny. Unsicher fiel er in das Gelächter ein, das seine Frage hervorgerufen hatte. Mr. Wyroslaski sah ihn an und holte aus seiner Tasche ein großes Schneuztuch hervor. Bedächtig faltete er es zu einem Polster, das er ableckte. Dann beugte er sich zu Danny hinüber.

»Marysia, du drückst aber auch allen deinen Stempel auf.« Er rieb fest Dannys Stirn. Dieser war überrascht, daß Miss Schwartz auch einen Vornamen besaß. Er sprach ihn im Geiste aus, Maur-ish-a, Maur-ish-a. Es wäre ihm nicht im Traum eingefallen, sie je anders als mit Miss Schwartz anzureden.

Heute sah sie ganz verändert aus. Als sie aus der Damentoilette trat, war ihr schwarzes Haar gelöst, so daß es ihr über die Schultern fiel. Ihre für gewöhnlich bleichen Wangenknochen waren rosig, und ihre Augen schienen stärker zu funkeln und zu blitzen als in der Düsternis ihres Wohnzimmers. Sie hatte ein braunes Kostüm und eine cremefarbene Spitzenbluse an. Am Halsausschnitt trug sie eine Kameenbrosche, die gut zu dem braunen Kostüm paßte. Es war das erstemal, daß Danny ihre Beine gesehen hatte, das erstemal, daß sie nicht in ihrem Morgenrock steckte.

Mr. Wyroslaski gefiel Danny nicht mehr. Er war vor dem Taschentuch zurückgeschreckt, doch mit knochiger Hand hatte der Mann ihn am Nacken gepackt, so daß er ihm nicht weiter ausweichen konnte. Jetzt, da Mr. Wyroslaski Miss Schwartz zuhörte, stand ihm der Mund offen, und er hob die Augenbrauen wie Pausenzeichen, als könne er nicht recht glauben, was sie da sprach. Obwohl gar nichts Komisches gesagt wurde, wollte sein Gesicht jeden Augenblick in Gelächter ausbrechen. Sie redeten einfach zuviel. Danny begann die Speisekarte zu lesen. Da zog Mr. Wyroslaski eine Augenbraue wieder herab und machte eine Bemerkung in einer fremden Sprache, woraufhin Miss Schwartz lachte und die Hände vor dem Gesicht zusammenschlug. Sie entgegnete ihm in derselben Sprache. Danny drehte die Speisekarte um, aber auf der Rückseite stand nichts geschrieben.

Schließlich wandte sie sich Danny zu und sagte: »Er ist so ein hübscher Bengel, mein Erzengel, nicht wahr? Mein Lieber, wir müssen alle gehen. Deine Tante Letty wird sich schon Sorgen um dich machen. Mr. Wyroslaski hat sich freundlicherweise erboten, dich in seinem Wagen zu ihr zu fahren. Was sagst du dazu?«

»Danke«, sagte Danny.

»Wir setzen dich dort ab, und morgen früh hole ich dich rechtzeitig ab, damit wir den Bus nicht verpassen.«

Als sie sich von der Tafel erhoben, strich sich Mr. Wyroslaski mit knochiger Cellistenhand die Haare aus dem Kragen.

Während der langen Busfahrt tags darauf schwieg Miss Schwartz und schien oft gar nicht aufzunehmen oder zu verstehen, was Danny ihr erzählte. Freilich wies sie ihn auf die Frische der grünen Landschaft hin. Hecken flogen vorbei, Felder zogen vorüber, Berge drehten sich in der Ferne.

»Es ist Frühling. Die Säfte steigen, in allen Dingen erwachen die Triebe. Fühlst du es nicht?«

»Nein«, sagte Danny. Und sie verfielen wieder in Schweigen.

Vor der nächsten Stunde öffnete Miss Schwartz die Tür wieder in ihrem vertrauten schwarzen Morgenrock.

»Nun, Danny, hast du mir verziehen?«

»Wofür?«

»Ich dachte, du hättest dich mit mir zerstritten. Ist dem nicht so?«

»Nein.«

»Du hast dich nicht vernachlässigt gefühlt?«

Danny fing an, die Seiten umzublättern, bis er sein Stück fand. Er zuckte die Achseln.

»Es war doch *dein* besonderer Tag. Es war verkehrt von mir, mich zu amüsieren.« Er stellte das Notenheft aufs Klavier.

»Was hältst du von Mr. Wyroslaski? War er nicht . . ?«

»Er hat zu viel gelächelt«, unterbrach Danny sie.

»Du bist also doch ärgerlich, stimmt's, Danny?«

»Nein.«

Und sie berührte mit ausgestreckter Hand sein Haar, und ihr Gesicht öffnete sich zu einem warmen Lächeln ungläubigen Entzückens.

Nachdem er ihr vorgespielt hatte, fragte sie ihn: »Wie hat deiner Mutter das Zeugnis gefallen?«

»Sie hat gesagt, sie will Dad dazu überreden, es rahmen zu lassen.«

»Sag ihr, das sei nicht nötig. Es wird noch mehr davon geben. Größere und bessere. Und darüber hinaus kannst du ihr ausrichten, daß ich dir zusätzliche Stunden erteilen werde, ganz gleich, ob sie bezahlen kann oder nicht. Zwei Stunden die Woche zum Preis für eine. Gefällt dir das?«

Danny war sich nicht sicher, aber um ihr eine Freude zu bereiten, sagte er ja.

Im Juli heiratete Dannys Schwester. Was an Gästen nach dem Empfang im Hotel übriggeblieben war, drängte sich im Vorderzimmer der McErlanes. Dannys Mutter saß benommen und sichtlich angeheitert da. Harry, ihr Mann, war noch bezechter als sie, hatte sich jedoch in jahrelanger Praxis die Fähigkeit erworben, immer weiterzusaufen. Er fragte reihum, was an Getränken gewünscht werde. Tante Letty, die keinen Alkohol trank, half ihm dabei, Whiskey einzuschenken und Bierflaschen zu öffnen. In der Ecke saß Danny mit einem Orangensaft in der Hand, den er nicht zu trinken wagte. An diesem Tag hatten ihm alle Orangensaft spendiert.

»So, das wär's«, sagte Harry und ließ sich mit angewinkelten Knien in einen Sessel fallen. Mit dem Daumen wies er in die Ecke: »Jetzt ist nur noch einer über. Der Nachzügler ist noch zu vergeben.«

»Das braucht aber noch ein Weilchen, Harry«, erwiderte ein Nachbar, »und der wird auch nur gehen, wenn ihm danach zumute ist. Der wird nicht gezwungen sein.«

Harry zwinkerte mit den Augen und fixierte den Sprecher. Es war Red Tam.

»Tam, ich hoffe, du willst mit deiner Bemerkung keine Anspielungen machen.«

»Was denn für Anspielungen?«

»Was den Zwang angeht. Bei der Heirat heute gab's keinen Zwang, das weißt du so gut wie ich.«

»Das Kind, Harry«, mahnte Mrs. McErlane.

»Mein Mädel ist ein braves Mädel. Die gibt sich nicht ab mit Ferkeleien.« Das letzte Wort spie Dannys Vater aus.

»Ja, ja, ich weiß. Warten wir's ab«, sagte Red Tam.

»Verdammt, was soll das heißen, ›warten wir's ab‹? Wenn du Stunk suchst, Red Tam, den kannst du haben.« Mühsam rappelte er sich auf. Red Tam hob abwehrend die Hände und lachte.

»Ich will doch damit nur sagen, Harry, daß es sich mit der Zeit erweisen wird. Das ist alles. Menschenskinder, du bist viel zu nervös.«

Harry war sich dessen nicht so sicher. Da schaltete Mrs. McErlane sich ein.

»Danny wird uns jetzt etwas am Klafier vorspielen. Nicht wahr, Söhnchen? Ein bißchen Unterhaltung tut uns allen gut.«

»*The Old Joanna*«, schrie jemand über den Lärm hinweg.

»Prima!« Im Zimmer erhob sich prasselnder Beifall. Danny errötete.

»Mit einem Mädchen, das sich vor der Ehe zu Schweinereien verleiten läßt, würde ich nichts zu tun haben wollen.«

»Es kommt immerhin vor, Harry. Es kommt immerhin vor.«

»Nicht in meinem Haus, hier nicht.«

»Schau dir doch die dicke Maureen aus der Bank Street an. Zweiunddreißig soll die sein. Man sollte meinen, daß man sich in ihrem Alter vernünftiger verhält.«

»Ein Tier«, sagte Harry, »wie es noch nie eines gab. Die hat's mit so vielen getrieben, daß sie nicht einmal weiß, wer der Vater ist. Die Tiere auf dem Felde ...«

»Hör endlich auf, Harry. Das Kind«, zischelte Mrs. McErlane. »Geh und hol deine Noten, Söhnchen.« Sie wandte sich an ihre Nachbarin und gab zur Erklärung von sich: »Ohne die darf er nämlich nicht spielen.«

Danny wankte schüchtern aus seiner Ecke hervor und wehrte ab, doch er sah sich von Händen ergriffen, die ihn durch den überfüllten Raum zum Klavier drängten. Er holte die Noten zu dem Stück hervor, das er gerade eingeübt hatte.

»Wie heißt das denn, was du uns vorspielen willst?«

Danny stellte die Notenblätter aufrecht hin, öffnete den Klavierdeckel, und im Zimmer wurde es still. Nur in der Küche lärmte jemand beim Abwasch. Er begann einen Satz aus einer Haydn-Sonate zu spielen.

»Großartig«, übertönte sein Vater stolz die Musik.

»Ziemlich hochgestochen, aber gut. Er spielt schön«, sagte Red Tam.

»Er hat einen guten Anschlag«, bemerkte Mrs. McErlane. »Seine Klafierlehrerin hat's mir gesagt. Miss Schwartz, wißt ihr. Aber man braucht ihm ja nur zuzuhören, dann merkt man's auch von allein.«

Danny spielte weiter, die funkelnden Phrasen gewannen an Eleganz. Letty kam aus der Küche herbei, lehnte sich zur Tür herein, und da sie merkte, daß sie leise sein mußte, zischte sie: »Harry, willst du noch einen Stout?«

»Na klar.«

»Pscht, wir wollen was hören«, sagte Dannys Mutter. Mit hornigem Fingernagel klimperte Red Tam auf seinem leeren Whiskeyglas herum und schwenkte es Letty entgegen. Das Stück näherte sich seinem Ende. Kaum hatte Danny die Finger von den Tasten gehoben, faltete er auch schon die Notenblätter zusammen. Alle applaudierten lautstark.

»Was war denn das?« fragte Red Tam.

»Haydn«, sagte Danny mit kaum vernehmlicher Stimme.

»Großartig. Kennst du irgendwelche Melodien von Winifred Atwell? Das ist eine Pianistin. Ich versteh' nicht, wie die das hinkriegt. Die Frau muß an jeder Hand zehn Finger haben. Kannst du *The Black and White Rag*?« Red Tam nahm einen Schluck von seinem frisch eingeschenkten Whiskey. »Hast du je etwas von der gehört, Harry?«

»Klar, die spielt doch im Radio, oder?«

»Das kannst du wohl sagen. Sie ist immer im Radio. Die Frau macht Geld wie Heu.« Er schüttelte ungläubig den Kopf. »Dabei ist das 'ne Farbige.«

»Magst du Rock ’n’ Roll, Tam?« fragte Mrs. McErlane zwinkernd. »Das ist doch bestimmt dein Fall.«

»Überhaupt nicht.«

»Da hast du endlich mal recht«, warf Dannys Vater ein. »Was der Junge da spielt, dieses klassische Zeug, kann ich zwar auch nicht pausenlos vertragen, aber daß Rock ’n’ Roll Schwachsinn ist, das kann ich bezeugen.«

»*Einige* klassische Sachen mag ich ganz gern«, sagte Tam, »Mantovani ...«

»Mir gefällt gute Musik – alles, was ’ne hübsche Melodie hat«, fuhr Harry fort. »Bing Crosby ist genau mein Mann.« Er steckte sich die Pfeife in den Mundwinkel und stimmte, die Worte auf amerikanische Art miteinander verschleifend, gefühlvoll *»A’m dream-ing of a wha-ite Christmas ...«* an.

»Tja«, sagte Tam und unterbrach das Lied, »damit machst du Geld. Dieser Rock ’n’ Roll wird ja doch nicht vorhalten.«

»Nach einem Jahr wird davon nicht mehr die Rede sein«, pflichtete Harry ihm bei. »Der Junge könnte sich bald schon Geld verdienen. Wenn er älter wäre, würde sich ihn so manche Combo schnappen. Das klassische Zeug gibt schon was her. Macht die Hände gelenkig. Gute Übung, wißt ihr. Aber bei den Bands, da ist Geld zu holen.«

»Oder beim Rundfunk«, fügte Tam hinzu. Harry erhob sich und baute sich breitbeinig schwankend vor dem Kamin auf.

»Dafür, daß du nicht gewohnt bist zu reden, Harry, war deine Ansprache richtig gut«, sagte seine Frau.

»Tja. Zumindest bin ich nicht anzüglich geworden. Das ist mehr, als ich von anderen behaupten kann.«

»Onkel Bob! War das nicht eine Blamage?«

Einer der Gäste, der noch betrunkener war als der Rest, bekam die Bemerkung mit und äffte Bob nach: »Braut und Bräutigam sind soeben nach oben gegangen, um ihre Siebensachen zusammenzutun.« Die Hälfte der Anwesenden brach erneut in Lachen aus.

Harry sagte: »Dieser Mann hat ein Gemüt wie eine Jauchegrube.«

Danny schlängelte sich zur Tür hindurch und schüttete wie schon zuvor den Rest seines Orangensafts in die Toilette.

Den ganzen Sommer arbeiteten sie hart, der Junge am Klavier in Hemdsärmeln, Miss Schwartz trotz der Hitze noch immer in ihrem seidenen Morgenrock. Eines Tages entdeckte er, daß sie darunter nichts anhatte, denn als sie sich zum Notenblatt vorlehnte, um ihn auf eine schwierige Stelle hinzuweisen, verschob sich der Überlapp ihres Morgenmantels, und er erblickte, darein geschmiegt, die weiße Birnenform einer ihrer Brüste. Er tat so, als verstünde er die Notation nicht, doch als sie sich neuerlich vorbeugte, war ihr Morgenrock wieder in Ordnung.

»Die schwarzen Punkte, Danny. Achte auf die schwarzen Punkte.«

Er spürte, wie ihm die Knie weich wurden, und konnte sich nicht mehr auf sein Klavierspiel konzentrieren.

Nach dem Unterricht gingen sie stets in den kleinen Garten hinaus und nahmen ihren Tee unter dem Apfelbaum zu sich, und zwar mit einer Scheibe Zitrone, nicht mit Milch – etwas, wovon Danny noch nie gehört hatte. Miss Schwartz hatte ihn darauf aufmerksam gemacht, daß die Blüten abfielen, und jede Wochen nahmen sie nun die schwellenden Früchte in Augenschein. Zurückgelehnt in gestreiften Liegestühlen, betrachteten sie beide das flimmernde Himmelsblau, das zwischen den Blättern hervorblitzte.

Auf dem Dachboden hatte Miss Schwartz ein uraltes Grammophon aufgetrieben, auf dem sie im Freien Platten spielte. So lernte Danny viele Musikstücke kennen. Manchmal, wenn es im Rundfunk ein Konzert gab, öffnete sie das Küchenfenster, drehte das Radio voll auf und kehrte den Apparat zum Garten hin. Eines Tages sagte sie während einer Darbietung der *Kindertotenlieder* von Mahler: »Weißt du, Danny, daß ich das Haus wegen des Gartens gekauft habe? Als ich ein Mädchen war, hatten wir genauso einen Garten. Ich war etwa in deinem Alter, als wir ihn zurücklassen mußten.«

»Wo war das?«

»In Polen. In einem Ort namens Praszka. In der Erinnerung kommt er mir wunderbar vor.«

»Weshalb gehen Sie dann nicht zurück?«

Sie lachte. »Weil ich schon zu lange fort bin. Je länger man fort ist, desto heftiger sehnt man sich zurück. Und dennoch erkennt man: je länger man fort ist, desto unmöglicher wird einem die Rückkehr. Die frühen Mönche hatten einen Ausdruck dafür – für dieses Leid. Für Gott zu sterben, das war einfach. Das war das rote Martyrium. Wer jedoch Gott zu Gefallen das eigene Land verließ und abgeschieden lebte, der erlitt das weiße Martyrium. Exiliert, vom eigenen Lande abgeschnitten zu sein, ist etwas Schreckliches.« Sie lächelte. »Allerdings bin ich nicht Gott zuliebe fortgegangen, sondern meiner Annehmlichkeit halber. Es war eine Zeit der Furcht.« Sie schauderte und blickte zum Apfelbaum empor.

Bis auf seine Shorts saß Danny nackt da. Er schaute zu der Stelle auf, von der die Musik kam, und erblickte in der Fensterscheibe sein leuchtendes Spiegelbild. Seine Haare waren länger und dunkler geworden. Ein Löffel auf dem Tablett, das im Grase lag, warf Lichtstrahlen in sein Gesicht zurück.

»Aber ganz so schlimm ist es nun auch wieder nicht. Es gibt Entschädigungen«, sagte sie und lächelte ihn an.

Auf dem Heimweg verweilte Danny häufig an der Schmiede, wenn sie geöffnet war, und lauschte dem Hufschmied. Ihm gefiel es, daß der Mann sich nicht oft rasierte und daß ihm ums Kinn herum, wie den Bösewichtern in den Cowboy-Comics, schwarze Stoppeln sprossen. Stets war er zum Scherzen und Plaudern aufgelegt. »Habe ich recht oder nicht?« war seine Lieblingswendung. Eines Tages sprach er, rittlings auf dem Amboß sitzend, über Miss Schwartz.

»Sie ist ein komischer Vogel, habe ich recht?«

Danny nickte.

»Wieso stimmst du mir zu? Kopfnicken ist das erste Anzeichen für einen Jasager. Bist du auch nur ein Jasager?«

»Nein«, erwiderte Danny und lachte.

»Dieses gottverdammte Land ist voll von Jasagern, und die meisten stammen aus der Arbeiterklasse.« Er stieg von seinem Amboß herunter und begann das Feuer zu schüren, bis es glühte. »Jawohl, Euer Gnaden, nein, Euer Gnaden.

Herzöge und vermaledeite Textilmagnaten, die noch das letzte aus uns herauspressen und eine Seite gegen die andere aufhetzen. Teile und herrsche. Das ist eine alte List, und die Fenier und die Orangemen dieses gottverlassenen Landes sind wieder einmal darauf hereingefallen.« Er fing an, den Blasebalg zu betätigen, und das Feuer flackerte in der Mitte auf. Danny liebte die blaue Farbe, die die kleinen Flammenzungen annahmen, wenn sich das Feuer erhitzte. Auf einer Gesichtshälfte und auf seinem bloßen Arm konnte er die Wärme des Feuers verspüren. Jetzt sprach der Schmied ins Feuer hinein.

»Aber es wird sich noch alles ändern, Danny Boy. Wir müssen positiv denken. Den Boden bereiten. Die Menschen erziehen. In die Zukunft schauen, so wie Connolly und Larkin im Jahre 1913.«

Er schleuderte den Schürhaken zu den restlichen Feuergeräten und wandte sich zu Danny um. Sein Gesichtsausdruck wechselte, und er lächelte.

»Du hast keinen blassen Dunst, wovon ich rede, stimmt's?«

»Nein.«

»Aber habe ich recht oder nicht?«

»Sie haben recht«, lautete Dannys Antwort stets.

Um diese Zeit begann Danny eine Veränderung an Miss Schwartz wahrzunehmen. Sie wurde launisch, lächelte und lachte nicht mehr so oft wie ehedem. Als er eines Tages zu früh zum Unterricht eintraf – völlig außer Atem, weil er fast die ganze Strecke gerannt war –, dauerte es lange, bis sie öffnete. Als sie ihm endlich aufmachte, stopfte sie sich ein

Taschentuch in den Ärmel; offensichtlich hatte sie geweint. Ihre Augen waren gerötet, ihre Lider schwer.

Als sie ins Wohnzimmer trat, sagte sie: »Jetzt komm erst einmal wieder zu Atem«, und fing an, mit einer kleinen japanischen Teekanne ihre Blumen zu begießen, wobei sie ihm den Rücken kehrte. Sie sprach mit den Pflanzen, so wie andere Leute mit ihrem Haustier sprechen. Das befördere ihr Wachstum.

»Überhäufe alles, was wächst, mit Liebe und Zuwendung, und du wirst nicht enttäuscht werden.«

»Und was ist mit Ihrem Apfelbaum? Sprechen Sie mit dem auch?«

»Der hört ja die Musik im Haus.« Sie schmunzelte schwach über ihre Entgegnung.

»Aber ich kenne Häuser...«

»Dein Stück, Danny. Ich möchte es hören.«

Danny lächelte wissend. Miss Schwartz lehnte sich auf dem Sofa am Erkerfenster halb zurück und zog die Beine an. Sie drehte sich dem Licht entgegen und wartete. Danny legte seine Noten auf den Klavierstuhl und hob an zu spielen. Es handelte sich um den ersten Satz der Sonate in cis-Moll von Beethoven. Sie hatte eine Abneigung gegen die Bezeichnung »Mondschein-Sonate«. Danny wandte den Kopf, um zu sehen, ob sie ihm Beachtung schenkte, doch sie hatte die Augen geschlossen. Er spielte weiter und versuchte die Musik so tief zu empfinden, wie sie es getan hätte. In das Zimmer fiel Sonnenlicht ein, und Danny fand, daß ihr Gesicht verhärmt aussah. Einige Strähnen ihres straffen Haars hatten sich gelöst und hingen ihr am Hals herab.

Als er geendigt hatte, schlug Miss Schwartz die Augen auf. Sie waren glasig vor Tränen.

»Wie wunderbar, Danny«, flüsterte sie.

»Sie haben es gar nicht gemerkt«, sagte er und ließ seine Füße vom Schemel herabbaumeln.

»Was?«

»Ich habe ohne Noten gespielt.«

Miss Schwartz ging auf ihn zu.

»Wie ausgesprochen herrlich!« sagte sie und nahm sein Gesicht in ihre Hände. Sie schlang die Arme um seinen Kopf und drückte ihn in freudiger Umarmung fest an sich. Auf den Wangen fühlte Danny die gewaltige Weichheit ihrer Brüste, die sein Gesicht bedeckten, ihren schwachen Duft, das Stück faltiger Haut an ihrer Kehle.

»O Danny, wie herrlich!« Diesmal hielt sie ihn auf Armeslänge entfernt und sah zu, wie ihm die Röte ins Gesicht schoß. Danny versuchte sein Können herunterzuspielen.

»Ich habe das –

ganze Wochenende über geübt«, sagte

er.

»O Danny«, Miss Schwartz stieß einen leisen Schrei der Verwunderung aus. »Sag das noch einmal.«

»Ich ha –

be das ganze Wochenende über geübt.«

»Danny, du bist ja im Stimmbruch!« Mit einem ungläubigen Ausdruck in den Augen schlug sie eine Hand vor den Mund. Sie setzte sich ans Klavier und bat ihn, einige Noten nachzusingen, die sie ihm vorspielte. Zwar traf er stets die richtigen Noten, doch kippte seine Stimme immer wieder um eine Oktave nach unten. Spielbereit saß sie am Piano.

Ihre Finger berührten die Klaviatur, aber nicht kräftig genug, um die Tasten zu drücken. Den Kopf hielt sie gesenkt.

»Das Reinste auf der Welt ist die Stimme eines Knaben vor dem Stimmwechsel«, sagte sie. »Bevor er sich behaart. Bevor er anfängt, solche – solche Sachen zu denken.« Ihr Gesicht hatte denselben Ausdruck, wie wenn er schlecht spielte.

»Aber ich bemerke es selber kaum, Miss.«

»Aber ich, und das genügt«, sagte sie. »Heute werde ich dir im Garten vorspielen, was Reinheit ist.«

Während sie den Tee aufbrühte, war die Küche von stummer Geschäftigkeit erfüllt. Danny trug das Tablett hinaus, sie die Schallplatte. Es war ein Knabensopran, der lateinisch sang. Eine Amsel auf dem Dachfirst zwitscherte laut genug, um einige Passagen zu übertönen. Als die Musik verklungen war, sagte Danny: »Meine Mutter läßt Ihnen ausrichten, daß ich aufs Gymnasium gehen werde.«

»Du hast die Aufnahmeprüfung bestanden!?« Danny nickte. »Oh, da freue ich mich aber. Auf welche Schule denn?«

»Our Lady's High School.«

»Hm.« Sie dachte einen Augenblick lang nach, dann lächelte sie. »Da haben sie noch keinen Musiklehrer.«

Danny saß auf dem Schulhof und verzehrte, eine Flasche Milch in der Hand, sein Käsebrot. Er sah, wie Mingo auf ihn zulief, sein weißes Haar sich einen Weg durch das Gewühl bahnte. Auch er war im September aufs Gymnasium gekommen, doch wußte alle Welt, daß sein Vater für das Schulgeld aufkam.

»Na, du Pisser«, begrüßte ihn Mingo. »Nimmst du immer noch Klavierstunden bei der alten Zimtzicke?« Danny blickte ihn an, konnte jedoch nichts erwidern, da ihm der zähe Käse am Gaumen klebte.

»Du Trottel«, sagte Mingo. »Ich brauche nicht mehr hinzugehen. Ha-ha-ha.« Er brachte sein Gelächter in einzelnen Wörtern hervor.

»Und warum nicht?«

»Weil meine Alte mir's verboten hat. Sie hat in der Stadt mit Schwartzy geredet, kam nach Hause und sagte: ›Schluß damit, keine Klavierstunden mehr für dich, mein Junge.‹ Ha-ha-ha. Und McErlane, der Trottel, muß immer noch hin.«

»Na und? So schlecht ist sie doch nicht.«

»Sie hat ganz schöne Titten, was?« sagte Mingo und betastete die Luft vor ihm. »Sie mag dich, McErlane. Du bist ihr Schätzchen. Hast du sie schon mal betatschen dürfen?« Danny betrachtete Mingos flatternde weiße Wimpern – hinter seinen Brillengläsern zwinkerte er unaufhörlich. Er hätte ihm gern eins in seine fiese Fresse gehauen. Statt dessen sagte er: »Einmal hab' ich sie gesehen.«

»Ihre Titten?«

»Ja.«

»Wie sahen sie aus?«

»Ganz normal.« Danny beschrieb sie mit den Händen.

»Wie kommt's, daß du sie gesehen hast?«

»Einmal hat sie ihren Morgenrock aufgemacht, und darunter hat sie keinen ... hat sie nichts angehabt.«

»Du Lügner. Glaub' ich dir nicht.«

Danny zuckte mit den Achseln und warf die Brotkanten in den Papierkorb.

»Waren's denn so richtige dufte Blubber?«

»Ja.«

Durch den Strohhalm saugte Danny die bläulich-wäßrige Milch ein, bis sie alle war. Auf dem Grund der Flasche gab es ein hohl klapperndes Geräusch. Er fragte Mingo: »Wirst du bei jemand anders Klavierunterricht nehmen?«

»Gott sei Dank gibt's hier meilenweit niemanden.«

»Ich glaub' nicht, daß ich woanders hingehen würde.«

»Klar doch. Wo sie dir ihre Titten zeigt, kann ich's dir nicht verdenken.«

Es entstand eine Pause. Danny band den gebrauchten Strohhalm zu einem kantigen Knoten.

»Sie zeigt sie nicht nur dir«, sagte Mingo.

»Was willst du damit sagen?«

»Sie ist 'n Schlitten.«

»Was ist ein Schlitten?«

»Ha-ha-ha, er weiß es nicht.« Mingo krümmte sich vor gespieltem Lachen. »Sie kriegt 'n Kind.«

»Na und?«

»Also ist sie 'n Schlitten.«

»Woher weißt du das?«

»Meine Mutter hat's gesagt.«

»Deine Mutter ist ... ein Schlitten«, sagte Danny.

Mingo holte jählings aus und grapschte Danny am Ohr, grub seine Fingernägel hinein und brüllte: »Das sagt über meine Mutter niemand.«

Danny stieß einen gellenden Schmerzensschrei aus und schlug zu. Er boxte Mingo auf die Nase und stieß ihm die

Brille herunter. Mingo ließ Dannys Ohr los, machte kehrt und rannte, die Brille gegen die Brust gepreßt und Blutstropfen auf der weißen Oberlippe, davon. Am anderen Ende des Spielplatzes hielt er an und machte mit zwei Fingern ein obszönes Zeichen. Die ausgedehnte Gebärde setzte auf dem Fußboden ein und endete über seinem Kopf. Er wiederholte die Geste mehrere Male und sprang dabei auf und nieder, um ihre Wirkung zu verstärken. Danny wandte sich angewidert ab und stellte die leere Milchflasche in den Kasten.

Die Straße, die zu Miss Schwartz führte, war knöcheltief von raschelndem braunen Laub bedeckt. Die Äpfel an ihrem Baum waren reif, und sie hatte Danny einen geschenkt. Er biß hinein, und knackend löste sich ein Stück des weißen Fruchtfleischs. Saft rann ihm übers Kinn.

»Das macht bestimmt die Musik«, sagte er mampfend.

Inzwischen übte er mit großer Entschlossenheit, stand morgens zusammen mit seinem Vater auf und übte eine Stunde vor Schulbeginn. Er mußte warten, bis sein Vater aus dem Haus gegangen war, weil dieser sich beschwerte, daß er diesen Krach nicht schon am frühen Morgen vertrüge. Abends spielte er eine weitere Stunde, bevor sein Vater heimkam. Seiner Mutter schien es nichts auszumachen. Sie schlief durch die morgendliche Übungsstunde, und wenn er abends übte, hielt sie sich größtenteils in der Küche auf, wo sie das Abendessen für Harry zubereitete. Sie war froh, daß das Klavier soviel Verwendung fand. Eines Abends kam Dannys Mutter herein, um den Tisch zu decken, und sah ihm beim Spielen zu.

»Deine Haare werden dunkler. Ich dachte, die Sonne würde helfen«, sagte sie. Danny brach ab.

»Mum«, sagte er. »Miss Schwartz möchte wissen, ob du sie dieses Trimester im voraus bezahlen kannst.«

»Ach, ich glaube nicht. Denk an das Geld, das ich für deine Schuluniform anlegen mußte.« Sie trat zum Schrank und schaute in dem Krug auf dem obersten Regalbrett nach. »Nein, sag ihr, es täte mir leid, aber ich kann nicht.«

»Eine ganze Menge von ihren Schülern hören bei ihr auf.«

»Weshalb denn?«

»Ich weiß nicht«, antwortete Danny und klappte den Klavierdeckel zu.

Kurz darauf gab es keine Kekse mehr. Miss Schwartz entschuldigte sich mit der Begründung, sie werde zu dick. Allerdings tranken sie immer noch Tee zusammen.

Als Busfahrer konnte Dannys Vater sich sämtliche im Bus herumliegenden Zeitungen aussuchen, aber die einzige, die er mit nach Hause brachte, war der *Daily Express*, den er sehr bewunderte.

»Immer als erste dabei«, meinte er, »und keine Ferkeleien.«

Von seinem Lehnsessel aus las er Danny einen Artikel vor, in dem es hieß, daß die Russen einen Satelliten in den Weltraum geschossen hätten, der bei guten Wetterbedingungen die kommenden Abende über am Himmel zu beobachten sei.

»Ist das nicht sagenhaft?« sagte er kopfschüttelnd. »An einem Ende der Welt feuern die Russen so Dinger in den

Weltraum, und in der Stadt haben wir immer noch einen Hufschmied, der Pferde beschlägt.«

»Er behauptet, dich zu kennen«, sagte Danny.

»Wer?«

»Der Hufschmied.«

»Wann hast du mit ihm geredet?« Seines Vaters Stimme wurde laut.

Danny hob die Schultern.

»Nach dem Klavierunterricht«, antwortete er.

»Also, damit hört es sich auf. Verstanden? Wenn ich dich in der Schmiede erwische, bekommst du meinen Gürtel zu spüren.«

Die laute Stimme alarmierte Dannys Mutter in der Küche. Neugierig und besorgt legte sie den Kopf schief.

»Um wen geht's denn?« fragte sie.

»Du weißt schon, um wen – um den Hufschmied. Wenn er dir dasselbe Gift ins Ohr träufelt, Söhnchen, das er in der Kneipe verspritzt, ist er ein schlechter Einfluß für dich. Fehlt nur noch, daß er dich mit Waffen und Gott weiß was in Berührung bringt. Religion leugnet er aus vollem Hals.«

»Gott sei ihm gnädig«, sagte Mrs. McErlane.

»Jawoll, und das ist noch nicht alles. Sagt er doch, daß es den Leuten 1922 nicht Ernst war, weil sie nicht einen einzigen Priester erschossen hätten.«

»Hat er das gesagt?«

»Hast du mich verstanden, Danny? Um solches Pack machst du mir einen großen Bogen, oder du bekommst meine Hand zu spüren.«

In der nächsten Klavierstunde erzählte Danny Miss Schwartz von dem Satelliten. Sie war damit einverstanden, daß sie um sechs vors Haus träten und danach Ausschau hielten.

Die Nacht war kalt, schwarz und klar wie ein Diamant. Ein dichter Sternendunst bedeckte den Himmel, auch nicht ein Fingerbreit Abstand schien zwischen zwei Sternen zu sein. So standen sie da, reckten die Hälse und warteten.

»Ist es nicht wunderbar?« ließ Miss Schwartz sich vernehmen. Danny sagte nichts. Seine Augen fahndeten nach dem Satelliten.

»Können Sie ihn sehen?« fragte er.

Als sie wieder stehenblieben, knirschte es nicht länger unter ihren Fußtritten, und die Stille schien ungeheuerlich. Im Frost rührte sich nichts. Dann wisperte Miss Schwartz: »Sieh nur! Da!« Es war, als hätte sie ein Tier erspäht und dürfte nicht sprechen, um es nicht zu verschrecken.

»Wo?«

»Da, wo mein Finger hinzeigt.«

In der Finsternis mußte Danny näher an sie herantreten, um der Linie ihres Armes zu folgen. Er roch ihr Parfüm und den kaum merklichen Hauch ihres Körpergeruchs, und er spürte, wie er mit dem Gesicht ihren Kleiderstoff streifte.

»Da«, sagte sie, »siehst du ihn? Wie eine Sternschnuppe. Ein bißchen heller als die anderen.«

»Au ja, jetzt sehe ich ihn.«

Schweigend standen sie dicht nebeneinander und beobachteten, wie der Lichtpunkt, vom Horizont kommend, seine Bahn durch den Himmel zog. Linkerhand war die schwach-orangene Lichtkuppel der Stadt zu sehen. Als sich der Satellit unmittelbar über ihnen befand, stand er still oder schien stillzustehen, und sie hielten, ihre Gesichter dem Himmel dargeboten, den Atem an. Miss Schwartz legte ihren Arm um Dannys Schulter.

»Wie entsetzlich einsam«, sagte sie. »Diese Unermeßlichkeit flößt mir Angst ein.«

Sie blieben lange stumm und beobachteten, wie der Satellit auf der anderen Hälfte des Himmel herniedersank, sich bewegte, ohne sich zu bewegen. Einige Kilometer entfernt schlug ein Hund an. Die Scheinwerfer eines Autos sandten Fächer in den Himmel, und das Surren des Motors hörten sie als ein leises Atmen. Miss Schwartz flüsterte: »Der Sphärengesang. Hörst du ihn, Danny?«

»Nein. Was ist das?«

»Es ist eine Art Stille«, sagte sie, und trotz der Dunkelheit wußte er, daß sie lächelte. Plötzlich sprach sie wieder mit gewohnter Lautstärke.

»Was ich nicht verstehe, Danny«, ihre Finger begannen seine Schulter zu kneten, »ist, wie es kommt, daß er oben bleibt. Was diese Dinge angeht, bin ich ziemlich dumm. Wieso stürzt er nicht ab?«

»Er schwebt sozusagen. Außerhalb des Schwerefeldes der Erde. Ich glaube, der Mond zieht ihn in die eine Richtung und die Erde in die andere, und keiner gewinnt – also bleibt er genau da, wo er ist. Irgendwie so. In den Zeitungen steht, daß er nach einigen Monaten wieder auf die Erde herabfallen wird.«

»Gefangen zwischen Himmel und Erde. Wie gut du Bescheid weißt, Danny.«

»Der Physiklehrer hat uns heute im Unterricht davon erzählt.« Er begann vor Kälte zu bibbern.

»Aber du zitterst ja. Wir müssen hinein, oder deine Mutter wird böse auf mich. Wenn du dir eine Erkältung holst, bringt sie mich um.«

Drinnen bereitete Miss Schwartz den Tee, während Danny wartete. Er saß auf seinem Schemel am Kamin und hörte sich eine Schallplatte an, die er sich selbst ausgesucht hatte.

»Es freut mich, daß du gerade die gewählt hast«, sagte sie, als sie ins Zimmer trat. »Am Sonntag werde ich dir in der Kirche dein Lieblingsstück vorspielen.«

»Welches?«

»Bachs *Liebster Jesu, wir sind hier.*«

Danny fragte sie nach der Bedeutung des deutschen Titels.

»Komisch, so etwas noch zu sagen. Man sollte meinen, daß Er das weiß.«

»Manchmal bin ich mir nicht so sicher«, sagte sie und blies in ihren Tee; denn ohne jede Milch oder eine Scheibe Zitrone war er so heiß.

Auf dem Heimweg folgte Danny der schwankenden gelben Scheibe seiner Taschenlampe auf dem Boden. Er fürchtete sich nicht vor der Dunkelheit, sondern fühlte sich irgendwie in ihr geborgen. Noch bevor er an der Schmiede anlangte, bemerkte er das Licht, das aus ihr hervorschien. Die Tür stand offen, und davor war ein Teil der Fahrbahn zu erkennen. Der Hufschmied mußte ihn gehört haben; als nämlich Danny vor der Tür stehenblieb, stimmte er *Oh Danny Boy* an.

»Immer hereinspaziert«, brüllte er. Danny freilich weigerte sich, über die Schwelle zu treten.

»Warum denn das?«

»Mein Dad sagt, ich darf nicht.«

Der Hufschmied lachte und sagte, er könne sich schon recht gut vorstellen, weshalb.

»Was würde er denn mit dir anstellen, wenn er dich hier erwischt?«

»Den Gürtel losschnallen.«

Der Mann schnaubte und trat zu Danny in den Eingang. Er schob seine Lederschürze hoch und steckte die Hände in die Hosentaschen.

»Danny«, sagte er, gefolgt von einer langen Pause. »Du kommst jetzt langsam in ein Alter, wo du selbst denken mußt. Du darfst nicht alles für bare Münze nehmen, was die Leute dir erzählen – und wenn's auch dein Vater ist. Besonders, wenn es dein Vater ist. Und dasselbe gilt auch für mich.«

Behutsam lehnte sich Danny mit der Hüfte gegen einen riesigen Traktorreifen, der aufrecht bei der Tür stand.

»Dein Vater und ich haben unterschiedliche Auffassungen. Er akzeptiert den chaotischen Zustand, in dem sich die Welt befindet, ich nicht. Wir müssen sie verändern – wenn nötig, mit Gewalt.«

»Haben Sie den Satelliten gesehen?« fragte Danny. Der Hufschmied nickte lachend.

»Dazu braucht's erst die Russen. Ich wette, das hat die

Yankees ganz krank gemacht. Das ist gerade so ein Beispiel dafür, wovon ich rede. Gerecht teilen und gleiche Chancen, das führt zum Fortschritt, Danny. Die klassenlose Gesellschaft. Bald ist es auch in Irland soweit. Habe ich recht oder nicht?«

Danny lächelte und sagte, er müsse sich auf den Weg machen. Der Hufschmied faßte ihn bei der Schulter.

»Wenn du wiederkommen möchtest, Danny, dann tu's. Laß dich von dem Gürtel nicht abhalten. Du mußt dein eigener Herr werden, Danny Boy.«

»Vielleicht sehe ich Sie wieder einmal.«

Wieder auf der Straße, wartete Danny auf die Hammerschläge, damit er im Takt dazu gehen könnte, doch es fielen keine, und er mußte seinen eigenen Laufrhythmus wählen.

Am Sonntag wartete Danny auf das vertraute Stapfen von Miss Schwartz, wenn sie ihren Platz auf der Orgelbühne einnahm. Zwar hing sie nicht dem gleichen Bekenntnis an wie die McErlanes, doch wie sie Danny erzählt hatte, benötigte sie das Geld und nutzte gern die Gelegenheit, regelmäßig auf der besten Orgel im Umkreis von zwanzig Meilen zu spielen. Nach der Messe hatte sie ihn einige Male auf die Empore mitgenommen, und er hatte sich über die Vibrationen, das Fauchen, Schnaufen und Rasseln der Apparatur gewundert – Geräusche, die er vom Kirchenschiff aus gar nicht bemerkt hatte. Er liebte die Klangfülle des Instruments, wenn sie alle Register zog, um die Gemeinde zum Verlassen der Kirche zu bewegen.

Er hörte, wie sich die Tür zum Orgelchor schloß, und als er sich umwandte, war er erstaunt, einen Mann zu erblikken. Seine Glatze war von einem Hufeisen weißer Haare umringt, und er trug eine Hornbrille. Als die Kommunion ausgegeben wurde, spielte er, mit der linken Hand eine Menge falscher Noten hämmernd, traditionelle Kirchenlieder. Hinterher fuhr er in einem weißen Morris Minor davon.

An der Kirchenauffahrt hatte Father O'Neill eine Unterredung mit Dannys Mutter. Der Junge wurde vorausgeschickt, während sie sich besprachen. Den ganzen Sonntag über wurde im Haus geflüstert. Sobald Danny ein Zimmer betrat, verstummte die Unterhaltung. Er nahm an, daß Miss Schwartz erkrankt sei.

Als er am folgenden Tag, dem Montag vor Weihnachten, aus der Schule nach Hause kam, saß seine Mutter am Tisch und schrieb einen Brief. Er klaubte seine Noten zusammen und wollte schon aus dem Haus gehen, als sie ihn zurückrief.

»Hier sind ein paar Zeilen für deine Klafierlehrerin.« Dann setzte sie hinzu: »Sei nicht enttäuscht, Söhnchen.«

»Was meinst du damit?«

»Ach, nichts. Zeig ihn deiner Lehrerin, vielleicht wird sie's dir erklären.«

Der Wind auf der Straße war schneidend kalt. Es waren Hagelschloßen gefallen, die sich wie ein Saum am Straßenrand angesammelt hatten. Der Wind schmerzte an seinen Ohrläppchen und seiner Nasenspitze.

Er händigte Miss Schwartz den Brief aus, und sie öffnete ihn, den Falz ausfransend, mit dem Zeigefinger. Das Geld ließ sie klirrend in ihre Hand gleiten, danach las sie sich den

Brief durch. Sie sah aus, als sei sie dem Weinen nahe, doch sie unterdrückte die Tränen, indem sie sich auf die Lippen biß. Ihre Zähne waren schön gerade und weiß.

»Spiel mir vor«, sagte sie.

Danny begann das Nocturne von John Field zu spielen, daß er eingeübt hatte. Langsam senkte sich Dunkel herab. Als er geendigt hatte, sagte sie: »Heute halten wir keine normale Stunde ab. Wir wollen alle unsere schönsten Stücke spielen.«

»Sie haben ja am Sonntag gar nicht an der Orgel gesessen. Waren Sie krank?«

»Ja, ich war unpäßlich.« Sie überlegte eine Weile, dann fuhr sie sich mit der Hand an den Hinterkopf und löste ihr Haar. Sie schüttelte es und ließ es dunkel nach vorn fallen.

»Ich bin schwanger«, sagte sie. Danny nickte.

»Das heißt, ich bekomme ein Kind.«

»Ja, ich weiß.«

»Sie wollen mich nicht mehr.«

»Weshalb denn nicht? Sie sind die beste Organistin, die ich je gehört habe.«

»So viele kannst du doch gar nicht gehört haben. Jetzt rede nicht mehr, Danny. Das genügt. Was willst du spielen?«

»Kann ich das Licht anschalten?«

»Nein«, sagte sie. »Spiel mir Schubert vor. Den kennst du so gut, daß du ihn mir im Dunkeln vorspielen kannst. Das schärft die anderen Sinne. Bei Dunkelheit sind wir ganz Ohr, stimmt's?« Ihre Stimme klang feucht, so als hätte sie geweint.

»Welches Stück denn?«

»Das in Ges.«

Danny begann zu spielen. Irgendwie hatte er das Gefühl eines feierlichen Anlasses, als ob sie ihn dazu brachte, besser zu spielen als je zuvor, Herz und Seele dessen zu empfinden, was Schubert in seinem Innern erlauscht hatte, als er die Musik niederschrieb. So oft hatte sie darauf gedrungen. Während er spielte, gewahrte er das sanfte Wiegen ihres Körpers. Jetzt setzte sich sich auf dem Sofa vor, und das lange Haar hing ihr wie Vorhänge zu beiden Seiten des blassen Antlitzes herab. Sie saß da wie ein Mann, mit weit gespreizten Knien, auf die sie die Ellbogen aufstützte. Die Melodie, trauervoller als er sie bisher gespielt hatte, verströmte sich über der plätschernden rechten Hand. Dann kam, wie Schlacke, der schwere Baß, der das Stück an die Erde band. Mühelos übernahm die Rechte wieder die Melodie, die höchste Note schien nie hoch genug zu greifen, als werde sie herabgedrückt von einer Decke, die Schubert ihr auferlegt hätte. Wie die schwarzen Tasten, die er, allein mit sich, in Onkel Georges Stube angeschlagen hatte und die eine verwirrende Pein ausgelöst hatten. Das Stück erreichte seinen Höhepunkt und schwang sich zum letztenmal zum Hauptthema auf. Es endete verhalten und erstarb in Stille. Beide schwiegen voller Scheu, den Zauber zu lösen, den die Musik über sie verhängt hatte. Danny hörte, wie Miss Schwartz einen Seufzer von sich gab, ein langgezogenes, schauderndes Ausatmen, und auch er seufzte auf. Sie lehnte sich vor und knipste eine kleine orangene Lampe an, die auf dem Tischchen stand.

»Danny, du bist mein letzter Schüler. Alle anderen haben sie mir schon weggenommen. Doch die sind mir gleichgültig. Sie haben mir nur Geld gebracht. Du aber bist mein bester Schüler. Du bist mehr als das. Du bist das Beste, was mir je begegnet ist, und wenn sie versuchen, dich mir wegzunehmen ...« Sie hielt inne und verbarg ihr Gesicht in dem Taschentuch, das sie zusammengeknüllt in der Hand hielt. Sie blickte zu ihm auf und setzte von neuem an.

»Heute ist deine letzte Stunde. Deine Mutter erlaubt dir nicht wiederzukommen.«

»Warum nicht?« Dannys Stimme klang hoch und zornerfüllt. Miss Schwartz hob die Schultern und hielt die Hände in die Höhe.

»Ich glaube, während unserer gemeinsamen Zeit haben wir viel erreicht, Danny. Du mußt zwar noch deine Technik vervollkommnen. Aber wichtiger ist, daß dein Herz am richtigen Fleck sitzt. Ohne das taugt alle Technik der Welt nichts. Manchmal bin ich kleinmütig und zweifle die Sensibilität anderer an. Es fällt einem schwer, zu glauben, daß ein anderer genauso tief empfinden kann wie man selbst. Es ist schwierig, sich vorzustellen, daß man nicht selbst der Mittelpunkt des Universums ist. Aber an dich glaube ich, Danny. Ich sehe es deinen Augen, deinem Gesicht an. Weiß du, was ein *frisson* ist?«

»Nein.«

»Es ist eine Empfindung, die man hat. Ganz unbeschreiblich. Ein Schauer. Die Haare stehen dir zu Berge, wenn du etwas außerordentlich Schönes hörst oder liest oder siehst. Hast du so etwas schon einmal verspürt?«

»Nein.«

»Hast du jemals geweint, wenn du einem Musikstück gelauscht hast – nicht aus Trauer, sondern allein seiner Schönheit wegen? Ist dir je danach zumute gewesen zu weinen?«

»Nein, ich glaube nicht.« Danny wollte ihr eine Freude machen, aber sie fragte ihn mit so inständigem Ernst, daß eine Lüge fehl am Platz gewesen wäre.

»Ich kann es nur mit einer Erfahrung vergleichen, die du noch nicht gemacht hast. Das verstehst du noch nicht. Aber sie wird kommen. Ich bin sicher, sie wird kommen. Die Menschen sind wie die Tiere auf dem Felde. Sie wissen nichts von Musik oder Zärtlichkeit. Jeder, zu dem Musik gesprochen, wirklich gesprochen hat, kann gar nicht anders als sanft, als freundlich sein – läßt sich keine Grausamkeiten zuschulden kommen.«

Sie erhob sich und lief mit geballten Fäusten auf und ab.

»Mein Lieber, die Abgestumpften sehen im Lichte nichts. Greller Glanz blendet sie nur. Es ist so leicht, jemandem wehzutun, den man nicht sieht. Bomben aus größter Höhe abzuwerfen.« Sie blieb stehen und zeigte mit dem Finger direkt auf ihn. »Einer eurer Päpste hat einmal etwas Großartiges gesagt. Er hatte sich Musik von Palestrina, von diesem selbst vorgetragen, angehört. Daraufhin sprach er zu ihm: ›Die Polizei, mein lieber Palestrina, sollte Eure Musik dazu verwenden, Gewohnheitsverbrecher zur Reue zu bekehren.‹ Glaubst du etwa, diese Stadt«, und sie zischte den sch-Laut, »diese Stadt würde mir das antun, wenn sie auch nur einen Takt von Palestrina gehört hätte? Hör zu. Hör dir das an.«

Sie stampfte durch das Zimmer und holte eines der Schallplattenalben hervor. Sie legte eine Platte auf, drehte die Lautstärke voll auf und gab bekannt: »Palestrina.«

Starr vor Zorn ließ sie sich wieder auf dem Sofa nieder, aus ihrem Haar schienen Funken zu schlagen, so elektrisiert war sie.

»Schließ die Augen«, befahl sie.

Danny schloß die Augen und ließ die Hände auf den bloßen Knien ruhen. Der A-capella-Gesang schien den Raum mit Heiligkeit zu durchtränken. Die klaren, kontrapunktisch miteinander verwobenen Männerstimmen wurden zu einem Abstraktum. Klangstufen, die nach oben führten und zugleich wieder herabsanken. Danny dachte an die Tirade, die sie hervorgestoßen hatte. Er dachte daran, daß er aus diesem Zimmer entfernt werden sollte und nie wieder zurückkehren dürfte, um mit Miss Schwartz zu arbeiten und zu plaudern. Nie mehr würde er den Hufschmied besuchen dürfen, zu Gesprächen von Mann zu Mann. Der Garten, der Sonnenschein, der Tee. Ihr Interesse an allem, was er tat und sagte. Das Treten des Blasebalgs und der Koksgeruch. Ihr Parfüm und ihr Lachen, ihre Pflanzen, ihre Musik. Ihre nackte Brust. Habe ich recht oder nicht, mein Lieber? Er dachte daran, daß ihm all dies für immer verwehrt sein würde. Und in seiner Dunkelheit begann er leise vor sich hin zu weinen.

Miss Schwartz sah, wie ihm die Tränen aus den Augen quollen. All ihr Ärger war verraucht, sie sprang vom Sofa auf und stürzte zu ihm hin. In ihrer Hast blieb sie mit dem Schoß ihres Morgenrocks an einer Topfpflanze hängen, die sie zu Boden riß. Schwarze Lehmerde ergoß sich, die entwurzelte Pflanze fiel aus dem Topf heraus und entblößte ihren geflochtenen Unterrock aus weißen Wurzeln. Sie kniete, die Arme um seine Taille gelegt, vor ihm nieder.

Auch sie weinte. Sie küßte seine Knie, und er spürte, wie ihn ihre langen Haare, wenn sie ihren Kopf vor- und zurückschwang, an den Beinen kitzelten.

»Du bist einer von uns, mein Liebling.«

Sie fuhr fort zu weinen, die Tränen strömten ihr nur so übers Gesicht und näßten ihr Kinn. Erst jetzt fühlte Danny durch den Morgenmantel ihren Leibesumfang. Was sich da gegen ihn preßte, war nicht weiche Üppigkeit, sondern eine harte, wie aufgepumpte Bauchdecke. Sie hielt ihn so fest, so eng umschlungen, daß er nach einer Weile unschlüssig war, ob die Härte ihm oder ihr angehörte. Damit er nicht vom Hocker fiel, legte er seine Arme um ihren Nacken, und als sie ihre Wange an die seine drückte, spürte er deren glitschige Nässe. Im Dunkel ihres Haars roch sie wunderbar. Sie fing an, sich im Takt zur Musik zu bewegen, wobei sie sein Gesicht an ihres quetschte. Er hörte und fühlte, wie ihr Mund ihm kleine, knallende Küsse auf die Backe verpaßte und seinen Mund suchte; weil er indes nicht wußte, wie er sich verhalten sollte, drehte er seinen Kopf abrupt zur Seite. So verharrten sie, bis die Schallplatte mit einem Rauschen auslief und nur noch das monotone Kratzen des Tonabnehmers zu hören war.

Miss Schwartz erhob sich aus ihrer knienden Stellung und strich sich den Morgenrock glatt. Sie schob ihre Haare zurück und schniefte laut.

»Geh, Danny. Jetzt. Auf der Stelle.«

Die Hand auf dem Griff, blieb er an der Tür stehen. Sie kniete sich erneut hin und fegte die schwarze Lehmerde auf der Matte mit den Händen zu einem Haufen zusammen. Danny sah erstmals, wie füllig sie war. Ihre mit Erde beschmutzten Hände hingen ihr unnütz von den Handgelenken herab.

»Versprich mir eins, bevor du gehst«, sagte sie. »Such dir einen guten Lehrer. Bitte, mein Lieber. Du wirst es noch zu etwas bringen. Bitte – für mich?«

Unfähig, die richtigen Worte zu finden, nickte Danny und ging. Er lief durch das Schneegestöber und konnte lediglich den Gedanken fassen, daß sie ihm keinen Tee angeboten hatte.

Als er nach Hause kam, begann das schlimmste Zetermordio seines Lebens. Danny schrie und keifte seine Mutter an und wußte kaum, was er sagte. Die Antworten, die sie ihm gab, verstand er nicht. Sie nannten sie eine Schlampe und sprachen von Heirat und Sünde und von der Heiligen Jungfrau Maria. Er bettelte, wieder hingehen zu dürfen, er weinte und flehte; doch sein Vater beendete die Auseinandersetzung, indem er ihn mit seinem Gürtel verdrosch und damit drohte, die Axt ans Klavier anzulegen.

Danny stürmte in die Nacht hinaus ans Ende des Gartens, wo er sich aus schwarzgeteerten Brettern eine Hütte gebaut hatte.

»Laß ihn in Ruhe, laß ihn in Ruhe«, hörte er seine Mutter schreien.

Der Schnee war liegengeblieben, und er lag hoch. Hinter dem weißen Garten erstreckten sich die weißen Felder. Danny kroch ins Dunkel seines Verschlags und kauerte sich auf den Boden. Er schlang die Arme um die Knöchel und stützte seine nasse Wange auf die Knie. Wie viele Stunden er so ausharrte, wußte er nicht.

Er hörte, wie seine Mutter herauskam, ihre Füße knirschten und knarrten auf dem gefrorenen Schnee.

»Danny«, rief sie. »Danny.« Sie bückte sich zur Hütte herein und faßte ihn am Arm. Er hatte seinen Willen aufgegeben, und als sie ihn hinauszog, folgte er ihr. Der Junge ging wie gelähmt, steif und linkisch vor Kälte, seine Mutter stützte ihn unterm Arm. Er war betäubt und konnte nicht einmal mehr zittern.

»Komm ins Warme, Liebling«, sagte sie. »Komm ins Licht. Gesell dich zu uns.«

Lock-Ruf GmbH

Als sie hörte, wie die Waschmaschinentrommel des letzten Kunden – eines bärtigen Studenten, der augenscheinlich seinen gesamten Jahresvorrat an Unterhosen bei sich führte – jaulend zu Ende schleuderte, tauschte Sadie Thompson den blauen Nylonkittel des Waschsalons gegen ihren Straßenmantel ein und blieb schlüsselklimpernd an der Tür stehen, bis er endlich ging. Draußen war es dunkel und naß, und auf dem Asphalt spiegelten sich die erleuchteten Schaufenster. Wenn sie vor Ladenschluß zum SPAR-Geschäft gelangen wollte, mußte sie sich wirklich beeilen. Nicht, daß sie viel einzukaufen hatte – Kartoffeln, Zucker und Aufgußbeutel –, und doch geriet sie außer Atem. Im Laden an der Ecke besorgte sie sich Zigaretten, die Abendzeitung und eine Ausgabe von *Men Only*, die sie in die Zeitung gleiten ließ und in ihrer Tragetasche verstaute. Langsam stieg sie die steile, unbeleuchtete Straße hinan – auf Befehl der Armee waren die meisten Straßenlaternen gelöscht. Vor der Nummer 96 blieb sie stehen. Die Tür klemmte einen Augenblick lang, da auf der Matte ein großer Umschlag lag.

Sie hatte bereits den Tisch gedeckt und das Abendessen gerichtet, als Agnes hereinkam.

»Hallo, Sadie, Liebes«, sagte Agnes und küßte sie auf die Wange. Neben Sadie wirkte Agnes riesig. Sie trug einen teuren Silberfuchspelz. Sadie konnte den Mantel nicht ausstehen und hatte nie einen Hehl daraus gemacht. Für eine

Frau, deren einzige Aufgabe darin bestand, die nahegelegene Volksschule zu putzen, war er eindeutig eine Nummer zu groß.

»Ich bin völlig geschafft«, sagte Agnes, schleuderte ihre Schuhe von sich und ließ sich in den Sessel fallen. Am großen Zeh hatte sie ein Loch in der Strumpfhose.

»Leg den Mantel ab, dein Essen steht bereit«, sagte Sadie.

»Nur die Ruhe! Jetzt brauch' ich erst mal 'ne Kippe.«

Sie zündete sich eine Zigarette an und lehnte den Kopf nach hinten. Sadie fand, daß sie gelb im Gesicht aussah. Sie litt unter extremem Übergewicht, unternahm aber nichts dagegen, soviel Sadie auch redete.

»Fehlt dir was?«

»Nein, ich bin gleich wieder in Ordnung. Es ist nur diese verdammte Steigung. Als müßte ich mich für die Olympiade qualifizieren.«

»Wenn du mich fragst, schleppst du einfach zuviel Gewicht mit dir herum. Wann hast du dich zum letzten Mal auf die Waage gestellt?«

»Heute morgen.«

»Und wieviel wiegst du?«

»Weiß nicht«, sagte Agnes lachend, »hab' mich nicht getraut hinzugucken.«

Wenn sie den Kopf nach hinten lehnte, gingen ihr feister Hals und ihr Kinn ineinander über. Am Korkfilter ihrer Zigarette hafteten Bogen roten Lippenstifts. Sadie trug Kartoffelbrei und Würstchen auf.

»Setz dich hierher«, sagte sie. Agnes drückte ihre Zigarette aus und begab sich theatralisch stöhnend zu Tisch. Den Mantel behielt sie immer noch an.

»Man möchte meinen, du hättest die Schule ganz allein geputzt.«

»So kommt's mir auch vor.« Agnes hob lustlos die Gabel an den Mund. »Gibt's Post?«

»Ja.«

»Viel?«

»Er fühlt sich dick an.«

»O Gott, bloß nicht.«

»Du könntest ruhig ein bißchen munterer sein. Sei doch nicht so niedergeschlagen.«

»Mein Gott, daß ausgerechnet du mir das sagen mußt, Sadie. Ich glaube, von dir hab' ich schon seit Weihnachten kein Lächeln mehr gesehen.«

»Ich kümmere mich ums Organisatorische. Für den Charme bist du zuständig. Ich brauche nicht zu lächeln.« Schweigend aßen sie weiter, nur ihre Gabeln kratzten leise auf den Tellern.

»Ich wünschte, du würdest beim Essen den Mantel ablegen. Das sieht vielleicht schlampig aus.« Agnes stemmte sich in die Höhe, zog den Mantel aus und schleuderte ihn aufs Sofa. Sie schaltete das Kofferradio ein. Es gab Nachrichten, sie drehte zum nächsten Musikprogramm weiter.

»Damit ich munterer werde, muß ich ein Nickerchen machen. Das weißt du doch, Sadie.«

»Und ich bin wohl nicht müde nach einem ganzen Tag in diesem verdammten Waschsalon?«

Agnes hielt ihr Würstchen vor den geschlossenen Mund und knabberte flink daran wie ein Kaninchen. Die Radiomusik verklang, und der Ansager quasselte in einer fremden Sprache.

»Da hast du dir ja ein großartiges Programm ausgesucht.«

»Immer noch besser als die nordirischen Nachrichten.«

Der fremde Ansager verstummte, und es erklang wieder Musik. Agnes aß ihren Teller leer.

»Gibt's Nachtisch?«

»Wenn du willst, kannst du dir Pflaumen aufmachen.«

Agnes schwankte in die gekachelte Küche und öffnete eine Dose Pflaumen. Sie warf den herausgetrennten Deckel in den Abfalleimer und kam mit der Konservenbüchse und einem Löffel wieder.

»Da draußen ist es vielleicht kalt an den Füßen. Unter der Tür zieht's wie Hechtsuppe.« Sie aß die Pflaumen direkt aus der Dose. Der Saft tropfte ihr aufs Kinn.

»Willst du auch welche?« Sie hielt Sadie die halbleere Büchse hin, aber Sadie lehnte ab.

»Kein Wunder, daß du so dick bist.«

»Damit öle ich meine Stimme. Dann hört sie sich am Telephon besser an.«

»Ich hab' dir eine Ausgabe von *Men Only* mitgebracht, falls dir nichts Gescheites mehr einfällt. Sie liegt auf der Anrichte.«

»Danke, Liebes, aber ich glaube nicht, daß ich darauf angewiesen bin.« Agnes trank den restlichen Saft aus der Dose.

»Du wirst dir noch mal die Lippen aufschneiden«, sagte Sadie. »Sag bloß nicht, ich hätte dich nicht gewarnt.«

Agnes zündete sich eine Zigarette an und schnipste Sadie über den Tisch hinweg eine zu. Das abgebrannte Streichholz ließ sie in die Dose fallen.

»Das war prima«, sagte sie. »Ich bin proppenvoll.« Mit der flachen Hand klopfte sie sich genüßlich auf den Bauch. Der Ausländer begann wieder mit seinem Kauderwelsch.

»Ach, halt doch den Rand«, sagte Sadie. »Die Männer bleiben sich doch überall gleich, egal was für eine Sprache sie sprechen.« Sie drehte am Knopf herum, bis sie einen anderen Musiksender fand. Fast umgehend verstummte die Musik, und ein Mann mit einem schleppenden amerikanischen Akzent begann zu sprechen.

»O Gott, Sadie, erinnerst du dich noch an die Yankees? Der klingt genauso wie der, den ich damals hatte.«

»Als ob ich die je vergessen könnte! Die haben vielleicht ihr Geld auf'n Kopp gehauen!«

»Das ist genau seine Stimme. Zum Verwechseln ähnlich!«

»Gib mir mal Feuer.« Agnes beugte sich vor und berührte Sadies Zigarette mit der ihren. Sadie sog heftig, bis auch ihre Zigarette glühte.

»Der hatte es mir ganz schön angetan«, sagte Agnes. »Es war reizend. Ich glaube, für ihn war's das erste Mal, aber er tat so, als sei er ein alter Hase.«

»Ich glaube, du hast mir schon mal von ihm erzählt.«

»Meinen Yankee Doodle Dandy hab' ich ihn genannt. Seinen Bürstenschnitt spüre ich immer noch. Blondie. 'ne Weile sind wir sozusagen miteinander gegangen.«

»Du meinst, er hat nicht bezahlt?«

»So in etwa.«

»Laß uns lieber abräumen.« Sadie steckte die Zigarette in den Mund, kniff ein Auge zu, um dem blau sich kräuselnden Rauch zu entgehen, und begann die schmutzigen Teller abzutragen. Auf das Tischtuch fiel etwas Asche. Sie kam wieder aus der Küche, schob den grauen Streif behutsam auf die Innenfläche ihrer anderen Hand und schüttelte ihn in Agnes' Konservendose. Agnes sagte: »Du spülst, und ich trockne ab.«

»Du meinst wohl, ich spüle und stelle das Geschirr auf die Ablage, und gegen zehn kommst du dann hereingetrottet und räumst es einfach in den Schrank?«

»Das ist doch hygienischer. In der Zeitung hab' ich gelesen, daß Geschirrtücher überall Krankheitserreger hinterlassen.«

»Du liest auch nur, was dir in den Kram paßt.«

Sadie ging in die Küche, um zu spülen. Sie hörte, wie die Radiosendung zu Ende ging und von einem Gottesdienst mit einem amerikanischen Prediger abgelöst wurde. Atmosphärische Störungen und piepsende Morsezeichen sorgten für schlechten Empfang. Als sie fertig war, wusch sie das Spültuch mit Lux aus und hängte es zum Trocknen in den Hof. Zwar durfte sie ihre eigene Wäsche durchaus im Waschsalon reinigen, aber sie haßte es, den Sack mit nasser Wäsche nach Hause schleppen zu müssen. Nasse Wäsche hatte vielleicht ein Gewicht! Wenn sie es zu oft tat, kriegte sie womöglich noch Arme wie ein Schimpanse. Als sie ins Wohnzimmer zurückkehrte, war Agnes, ein dusseliges Lächeln um die Lippen, in ihrem Lehnsessel neben dem Radio eingeschlafen.

Sadie nahm den großen Umschlag von der Anrichte, schlitzte ihn mit dem Daumen auf und schüttete einen Stoß Briefe auf den Tisch. Sie fing an, die Kuverts zu öffnen und

Schecks und Banknoten zu sortieren. Auf jedem Brief vermerkte sie den Geldbetrag, den er enthielt, und legte ihn danach beiseite. Agnes begann prustend zu schnarchen, ihr Kopf sackte ihr auf die Brust. Als Sadie sämtliche Briefe geöffnet hatte, erhob sie sich und schaltete den Radioapparat aus. Aufgrund der plötzlichen Stille schreckte Agnes aus dem Schlaf hoch. Sadie sagte: »Na, haben wir dich endlich wieder?«

»Was willst du damit sagen?«

»Du hast fest geschlafen.«

»Hab' ich nicht. Ich hab' nur die Augen geschlossen. Nur für 'ne Minute.«

»Du hast geschnarcht wie 'ne Besoffene.«

»Hab' ich gar nicht. Ich hab' nur meine Augen geschont.«

Das Ticken der Uhr ärgerte Agnes so sehr, daß sie den Empfänger wieder anknipste, gerade noch rechtzeitig, um zu hören, wie eine sanft schleppende amerikanische Stimme *Der Herr ist mein Hirte* sang. Sie stellte das Erste Programm ein. Sadie sagte: »Wenn ich Kirchenlieder höre, kommt mir das kalte Grausen. Dieser Billy Graham! Uuaach!« Sie schüttelte sich. »Du warst wohl nicht in Belfast, als die deutschen Flieger kamen?«

»Nein, da war ich noch so 'ne richtige Unschuld vom Lande, aus Cookstown. Meine Amerikaner kamen alle aus dem Lager bei Larrycormack draußen. Da war auch mein Yankee Doodle Dandy stationiert. Bist du denn während der Luftangriffe hiergeblieben?«

»Das kann man wohl sagen. Einige Nächte haben wir oben auf dem Cavehill geschlafen. Uns die ganze Chose von oben angesehen. Es war schrecklich – überall hat's gebrannt.«

»Sadie, willst du mir nicht die Haare einlegen?«

Sadie holte unter dem Tisch eine mit Lockenwicklern prallgefüllte Plastiktüte hervor und begann Agnes die Haare zu kämmen.

»Du mußt sie dir bald mal wieder färben lassen. Oben kommt schon deine Naturfarbe zum Vorschein.«

»Vielleicht lasse ich sie diesmal herauswachsen und leiste mir angegraute Schläfen.«

Sadie befeuchtete jede einzelne Haarsträhne, wickelte sie auf, preßte sie gegen Agnes' Schädel und steckte sie mit einer Haarnadel fest. Jedesmal, wenn sie die Bürste ansetzte, ließ Agnes ihren Kopf mitrucken.

»Ich hab's gern, wenn sich jemand an meinen Haaren zu schaffen macht. Dabei kann ich mich so gut entspannen.« Weil ihr Mund mit Haarnadeln gespickt war, konnte Sadie nichts entgegnen. Agnes sagte: »Wieviel war denn in den Briefumschlägen?«

»Aaunsäich vund.«

»Wieviel?«

Sadie nahm die Haarnadeln aus dem Mund.

»Achtundsechzig Pfund.«

»Gar nicht schlecht.«

»Da hast du recht. Besser, als auf 'n Strich gehen, bei so 'nem Wetter.«

»Wenn's auch weiterhin so gut läuft, gebe ich meine Stelle in dieser verdammten Schule auf.«

»Das fände ich aber dumm. Es kann immer was passieren. Eines Tages könnte alles ins Wasser fallen.«

»Wie denn?«

»Weiß ich nicht. Es ist einfach zu schön, um wahr zu sein. Die Post könnte uns dahinterkommen. Oder gar die Polizei. Oder das Finanzamt.«

»Aber es ist doch nicht ungesetzlich.«

»Da wär' ich mir nicht so sicher.«

»Andersherum ist es ungesetzlich, aber doch nicht so, wie wir's machen.«

»So. Das wär's«, sagte Sadie und versetzte den Lockenwicklern einen abschließenden Klaps. Sie hielt Agnes den Spiegel vor, damit diese sich betrachten könne; doch ehe sie ihn weglegte, musterte sie sich erst noch selbst. Keine Frage, ihr Hals verriet sie. Da machte sich das Alter so richtig bemerkbar. Im Gesicht konnte man einiges überschminken, aber die Hühnersehnen an ihrem Hals ließen sich nicht verheimlichen. Und ihre Handrücken! Auch denen sah man es an. Sie stellte den Spiegel auf den Kaminsims und sagte: »Bist du soweit, Agnes?«

»Komm, wir trinken erst noch einen Tropfen Gin!«

»Na gut.«

Sie goß ihnen zwei Gins ein und füllte die Gläser bis zum Rand mit Tonic. Agnes setzte sich an den Tisch. Als sie ihren Gin trank, verzog sie den Mund, so köstlich bitter schmeckte er.

»Zuviel Gin«, sagte sie.

»Das sagst du jedesmal.«

Agnes nippte weiter an ihrem Glas, dann schenkte sie sich mehr Tonic nach. Sie begann die Briefe zu sichten. Sie lachte und nickte bei einigen bestätigend. Bei anderen ließ sie die Mundwinkel herabhängen.

»Ich fang' wohl besser an.«

Sie holte das Telephon und stellte es neben sich auf den Tisch. Dann brach sie in Gelächter aus.

»Hast du schon welche gelesen, Sadie?«

»Nein.«

»Hör dir das an. ›Liebe Samantha, du machst mich richtig scharf mit deiner aufreizenden Stimme. Und nicht nur mich, sondern auch meine Frau. Ich lasse sie auf dem Nebenanschluß mithören. Manchmal halten wir es alle beide nicht mehr aus.‹ Guter Gott. Das hätte ich mir nie träumen lassen, daß mir auch Frauen zuhören.« Sie nahm den Hörer ab und schmiegte ihn zwischen ihr Ohr und ihre plumpe Schulter.

»Schieb mir mal den Puff rüber, Sadie.«

Sadie brachte ihr den Sitzpuff. Agnes bedeckte das Loch im großen Zeh ihrer Strumpfhose mit der anderen Fußsohle. Sie ging die Briefe durch und wählte einen aus.

»›Jederzeit erreichbar.‹ Das wird ein oller Junggeselle sein. Null drei eins. Das ist doch Edinburgh, stimmt's? Ein Schmutzfink im Schottenrock!«

Sie wählte die Nummer und lächelte Sadie an, während sie dem Amtszeichen lauschte. Sie zog die Augenbrauen hoch, als dünke sie sich vornehm. Am anderen Ende meldete sich eine Stimme. Agnes' Stimme verwandelte sich in ein sanftes Schnurren mit deutlich artikulierten Endungen.

»Hallo, ist Ian da? ... Oh, ich habe deine Stimme nicht erkannt. Hier ist Samantha ... Ja, ich bleibe dran, aber nicht so lange.« Sie hielt die Hand auf die Sprechmuschel und sagte zu Sadie, indem sie überdeutlich die Lippen bewegte: »Die Eieruhr!«

Sadie ging in die Küche und brachte sie ihr. Es war ein billiges Plastikmodell mit rosa Sand. Sie stellte es mit dem gefüllten Glasgefäß nach oben auf den Tisch.

»Ah, da bist du ja wieder, Süßer«, flötete Agnes in die Muschel. »Bist du jetzt soweit? Gut. Worüber würdest du denn gerne reden? ... Nun ja, ich liege hier auf meinem Bett. Es ist ein wunderschönes Bett mit Laken aus schwarzer Seide ... Nein, wirklich. Macht dich das an? Mmm, es ist ganz warm. Ich habe die Heizung voll aufgedreht. Es ist so warm, daß ich nur meine Unterwäsche anhabe ... Zitronengelb ... Ja, und mein Schlüpfer ist auch zitronengelb ... Na gut, wenn du drauf bestehst ...« Agnes legte den Hörer auf den Tisch und bedeutete Sadie, ihr eine Zigarette anzuzünden. Mit dem Ärmel rief sie dicht vor der Sprechmuschel ein raschelndes Geräusch hervor, dann hob sie den Hörer wieder auf.

»So, jetzt habe ich dir deinen Wunsch erfüllt ... Du bist doch sonst nicht so atemlos, Ian, oder? Bist du etwa eben die Treppe heraufgerannt? ... Nein, ich mache doch nur Spaß ... Ich weiß nur zu gut, was es heißt, Asthma zu haben.«

Sie hörte eine Weile zu und ließ sich von Sadie die brennende Zigarette reichen. Sie verdrehte die Augen zum Himmel und lächelte ihr über den Tisch hinweg zu. Die Hand hielt sie über die Muschel.

»Jetzt dreht er mir noch vollkommen durch.«

Sadie schenkte ihr aus der Ginflasche nach.

»Willst du wirklich, daß ich das tue? Das kostet eigentlich ein bißchen mehr ... Na schön, nur dir zuliebe, Liebling.« Sie lachte herzhaft und schwieg. »Ja, jetzt tu ich's ...

Ja, ziemlich angenehm. Ein bißchen schwierig ... Allmählich gefällt's mir. Ohhh, jetzt bin ich richtig scharf drauf ... Was noch mal sagen? ... Ohhh, ich bin richtig scharf drauf.«

Sie wandte sich zu Sadie um.

»Er hat aufgelegt. Das hat ja nicht lange gedauert. Er ist gekommen – und gegangen. Wer ist als nächster dran?«

Sadie schnipste ihr einen neuen Brief zu.

»London«, sagte sie. »Jerome. Nur donnerstags nach acht.«

»Das ist heute. Wahrscheinlich hat seine Alte Ausgang – Bingo.«

Sie wählte die Nummer, und als sich eine Stimme meldete, sagte sie: »Hallo, Jerome, Samantha am Apparat.«

Sadie drehte die Eieruhr um.

»Oh, das tut mir aber leid, Liebling – sag das noch einmal. Ger-o-mey. Ich dachte, du heißt Ger-ome. Wie Ger-ome Cairns, der Songwriter. Möchtest du reden, oder möchtest du, daß ich ... Na schön, schieß los ... Ich bin vierundzwanzig ... Blond ... Meistens zitronengelb ... Ja, so knapp wie möglich. Manchmal sind sie so knapp, daß sie mich zwicken.« Sie lauschte einen Augenblick, dann legte sie die Hand auf die Muschel und sagte zu Sadie: »Der ist ja ekelhaft. Wieviel hat er bezahlt?«

Sadie warf einen Blick auf den Brief.

»Zehn Pfund. Den dürfen wir nicht verlieren. Tu, was er verlangt.«

»Ja, immer noch Samantha.« Ihre Stimme wurde kindlich, und sie zog einen Schmollmund. »Wie könnte ein nettes, kleines Mädchen wie ich so etwas tun? ... Na gut, wenn's dir denn Spaß macht.« Agnes hob ihren Wurstfinger und stupste ihn schmatzend gegen ihre Lippen. »Hörst du das? ... Ja, das mag ich ... Ja, ich habe *ganz* lange Beine.« Sie hob die Beine vom Puff und betrachtete sie mißbilligend. Sie hatte zu viele Krampfadern. Zweimal war sie schon operiert worden.

»Du bist mir vielleicht ein Schlimmer. Aber deine Zeit ist schon fast um.« Die letzten rosa Sandkörner sanken in sich zusammen und sickerten durch die Verengung. Sadie erhob einen warnenden Finger, dann signalisierte sie mit allen zehnen. Sie mimte die Worte: »Zehn Pfund. Wir dürfen ihn nicht verlieren.«

»Na gut, weil du's bist ... Danach muß ich aber wirklich auflegen«, sagte Agnes und babbelte erneut mit dem Finger gegen die Lippen. »Reicht das? ... Schreib uns doch einfach noch einen Brief. Weißt du noch die Chiffre? Gut ... Ich liebe dich auch, Ger-o-mey. Tschüßchen.« Sie legte auf.

»Um Gottes willen, schenk mir noch einen Gin ein«, sagte sie. »Was für ein widerlicher Typ!«

»Immer noch besser als auf 'n Strich gehen«, sagte Sadie. »Was mir daran gefällt, ist, daß sie dir nicht zu nahe kommen.«

»Mach dir doch nichts vor, Sadie. Wenn uns jemand zu nahe käme, würde er das Weite suchen.«

»Früher hatte ich Angst vor denen. Nicht immer. Aber ab und zu gab's einen, der dir die Haare zu Berge stehen ließ. Mit denen stimmte irgendwas nicht. Bei denen kriegte ich vielleicht 'ne Gänsehaut, sag' ich dir. Du dachtest schon, daß du in irgendeinem Hauseingang enden würdest – erdrosselt – die Kleider über den Kopf gezogen.«

Agnes nickte zustimmend. »Oder noch schlimmer«.

Sadie fuhr fort: »Wenn ich daran denke, was ich alles über mich ergehen lassen mußte. Erinnerst du dich noch an den Dreckskerl, der mich verprügelt hat? Ich lag vierzehn Tage im Krankenhaus. Mit gebrochenem Arm und einem Milzriß – dieses Schwein.«

Agnes fing an zu lachen. »Weißt du noch, wie ich mir den Knöchel gebrochen habe? Bei meinem Sprung aus dem Toilettenfenster? Gott, an dem Abend war ich hundertprozentig davon überzeugt, daß er mich abmurksen würde.«

»War das der Kerl mit der Stahlplatte im Kopp?«

»Genau der. Er sagte, er würde ausrasten, wenn ich sie ihm nicht streicheln würde.«

»Was?«

»Na, die Stahlplatte.«

»Den Geruch von diesen Räumen habe ich immer noch in der Nase. Das war kein Honigschlecken, Agnes, das kann ich dir versichern.«

»Die einzige Krankheit, die du dir bei diesem Spielchen holen kannst, ist Ohrenentzündung. Wer ist denn jetzt dran?«

Sadie reichte ihr einen weiteren Brief.

»Bristol, glaub' ich.«

»Der hier will, daß *ich* atme. Um Himmels willen, was werden die sich wohl noch alles ausdenken?«

»Ich kann sie auf den Tod nicht ausstehen, das ganze Gesocks.«

»Willst du nicht den Anruf übernehmen«, fragte Agnes.

»Nein. Du weißt doch, daß ich das nicht besonders gut kann.«

»Herrgott, Sadie, du kannst doch wohl atmen. Ich darf mich nie mal ausruhen. Wieso immer ich?«

»Das hab' ich dir doch gerade eben gesagt. Du bist die Kreativere von uns beiden. Ich kümmere mich doch bloß um die Bücher. Um die geschäftliche Seite. Weißt du denn etwa, wie man eine Anzeige in die Zeitung setzt? Oder sie richtig formuliert? Oder sich eine Chiffre besorgt? Bleib du nur bei dem, worauf du dich verstehst. Du bist nämlich wirklich großartig, weißt du das? Ich hab' keine Ahnung, wie du dir die ganzen Nummern ausdenkst.«

Agnes lächelte. Sie wackelte mit ihren kurzen, dicken Zehen auf dem Puff hin und her und sagte: »Weißt du, was ich mir gerne anschaffen würde? Von dem Geld?«

»Was denn? Denk daran, daß wir immer noch den Schlafzimmerteppich abbezahlen müssen – und die Sitzgarnitur. Und vergiß die Telephonrechnungen nicht.«

»Eine juwelenbesetzte Zigarettenspitze. Wie die von Audrey Hepburn in diesem Film – wie hieß der noch gleich?«

»*Geschichte einer Nonne?*«

»Nein.«

»*Frühstück bei Tiffany?*«

»Ja, so ähnlich. Ich könnte sie beim Telephonieren benutzen. Da würde ich mir richtig toll vorkommen.«

Als Agnes eine neue Nummer wählte, sagte Sadie: »Du bist ja wohl völlig übergeschnappt.«

»Die könnten wir uns schon noch leisten. Sei still jetzt!«

Als am anderen Ende der Leitung der Hörer abgenommen wurde, sagte sie: »Hallo, Samantha hier«, und begann schwer in den Hörer hinein zu atmen. Allmählich beschleunigte sie das Tempo, bis sie schließlich keuchte. Dann sagte sie: »Er hat aufgelegt. Muß meinen Anruf wohl erwartet haben. Für Kerle wie ihn sollten wir uns einen Blasebalg zulegen. Dann könnte ich mir meine Puste sparen.«

»Ich geh' schon mal nach oben und knips' die Heizdecke an, dann machen wir uns 'ne Tasse Tee«, sagte Sadie. Agnes zog einen weiteren Brief zu sich heran und wählte eine Nummer.

Oben blickte Sadie sich bewundernd im Schlafzimmer um. Sie hatte sich immer noch nicht ganz daran gewöhnt. An den weichen, fast knöcheltiefen, champignonfarbenen Teppichboden und die braune Velourstapete, an das braune Federbett mit den farblich abgestimmten Laken. Die Vorhänge waren aus schwerem Samt – der kostbarste Stoff, den sie je befühlt hatte. Sie schaltete die Heizdecke ein. Auf Hände und Knie gestützt, ließ sie ihre Finger in die Fülle des Teppichs sinken. Ihr ganzes Leben lang hatte sie sich ein solches Schlafzimmer gewünscht. In etlichen Wohnungen, in denen sie unterkriechen mußte, hätte sie nicht einmal Hühner halten mögen. Von unten vernahm sie undeutlich Agnes' Stimme. Sie verdankte ihr eine Menge. Eigentlich sogar alles. Seit ihrer ersten Begegnung an dem Abend, als sie beide festgenommen und in dieselbe Grüne Minna gesteckt worden waren, fand sie, daß Agnes etwas unheimlich Nettes, Freundliches an sich hatte. Damals hatte sie obendrein nicht schlecht ausgesehen, hochgewachsen, stattlich, gut gebaut. Von da an waren sie zusammengeblieben – durch dick und dünn. Wie Agnes sagte: Wenn man dem Strich den Rücken gekehrt hatte, war man nicht gerade für viele andere Tätigkeiten qualifiziert – bis sie vor kurzem ihr verblüffendes Talent als Telephongesprächspartnerin entdeckt hatte. Alles fing damit an, daß eines Abends ein Mann falsch verbunden wurde und Agnes ihn so lange umgarnte, bis er am anderen Ende der Leitung völlig durchdrehte. Sie hatten sich beide übers Telephon gekauert, losgeprustet und sich über sein Schnaufen und Stöhnen halb kaputtgelacht. Dann hatte Sadie den Einfall gehabt, die ganze Sache professionell aufzuziehen und die Lock-Ruf GmbH zu gründen. Sie vergrub ihre Finger im Teppich und rieb ihre Wange an dem steifen Bettlaken.

»Agnes«, sagte sie und ging wieder hinunter, um Tee aufzubrühen.

Sie wartete darauf, daß das Wasser kochte, dann beförderte sie den Aufgußbeutel von einer Tasse siedend heißen Wassers in die andere. Im Wohnzimmer mußte Agnes lauthals über irgend etwas lachen. Sadie hörte sie sagen: »Aber wenn ich den Hörer dahin halte, kannst du mich doch gar nicht mehr hören.«

Sie legte einige Doppelkekse auf einen Teller und trug den Tee hinüber.

»Hier, Liebes«, sagte sie und stellte den Teller neben die Eieruhr. »Seine Zeit ist abgelaufen.« Agnes legte die Hand auf die Muschel und sagte: »Ich hab' vergessen, die Eieruhr umzudrehen.« Dann sprach sie wieder in den Apparat: »Wenn du willst, kann ich mir ein paar Gummiwürste besorgen ... Aber du mußt sie mir bezahlen. Schickst du mir das Geld mit der Post? ... So ist's brav. Jetzt muß ich aber wirklich Schluß machen ... Ja, ich höre.« Halb lachend, halb angewidert schnitt sie Sadie eine Grimasse. »Bravo, Liebling ... Tschü-üß, Schatz.« Sie spitzte den Mund und schmatzte einen Kuß in die Sprechmuschel, dann legte sie auf.

»Trink jetzt erst mal deinen Tee, Agnes, die anderen kannst du dir danach vornehmen.«

»Heute abend schaffe ich nur noch zwei. Der Rest hat Sondertermine.«

»Na gut, dann eben die beiden noch. Danach gehen wir ins Bett, ja?«

»Einverstanden«, sagte Agnes. »Ich bin total ausgezutzelt.«

»Du bist was?«

»Total ausgezutzelt. Das hat mein Yankee Doodle Dandy hinterher immer gesagt.«

»Wieso kommt dir der gerade heute abend in den Sinn?«

»Weiß nicht. Hab' mich halt so an ihn erinnert, mehr nicht. Er hat mir immer Nylons mitgebracht und sie mir übergestreift.« Sie spielte mit der Eieruhr und ließ den rosa Sand hindurchrinnen. Dann hob sie die Beine vom Puff und betrachtete ihre nach außen gespreizten Füße.

»Ich mag keine Strumpfhosen«, sagte sie. »Irgendwo hab' ich gelesen, daß die unhygienisch sind.«

»Willst du dir nicht noch die Nachrichten anhören, bevor wir hochgehen? Nur für den Fall?«

»Nur für welchen Fall?«

»Womöglich finden in der ganzen Stadt Straßenschlachten statt, und wir haben keinen blassen Schimmer.«

»Und selbst wenn, wäre es besser, nichts davon zu wissen. Der Tee ist kalt.«

»Das liegt daran, daß du ihn nicht trinkst. Du quasselst eben immer zuviel.«

Agnes trank ihren Tee und zerteilte einen Doppelkeks mit den Vorderzähnen in zwei Hälften.

»Ich glaube, ich laß die nächsten beiden sausen.«

»So verlieren wir unsere Kunden nur. Wenn du sie einmal anrufst, werden sie öfter wollen – und länger. Mach's kurzweilig für sie. Halt ihr Interesse wach.« Sie hob den mit Krümeln übersäten Teller und die Tassen auf und brachte sie in die Küche. Agnes zündete sich eine neue Zigarette an und starrte abwesend auf die Eieruhr. Ohne den Blick zu heben, sagte sie: »Ruf doch mal an.«

»Ich geh nach oben«, sagte Sadie. »Ich wärme dir schon mal das Bett vor.«

Sadie lag im Bett, als Agnes hochkam.

»Nimm doch deine Lockenwickler raus«, sagte sie.

Agnes kleidete sich aus und zerrte ächzend an ihrem Hüfthalter. Als sie ihn schließlich losbekam, stieß sie einen langen Seufzer aus und rieb sich die aus ihrer Hülle befreiten Fettwülste.

»Das ist so gut wie drei Valium, sich aus dem Ding herauszuschälen«, sagte sie. Sie ließ sich auf der Bettkante nieder und fing an, ihre Lockenwickler herauszunehmen. Die Haarnadeln ließ sie klirrend in eine Untertasse auf der Frisierkommode fallen. Vom Bett her sagte Sadie: »Warst du wirklich in diesen Yankee verliebt?«

»Ja, soweit das möglich war.«

Agnes schüttelte ihre Haare aus und wälzte sich ins Bett. Sie knipste das Licht aus, und Sadie schmiegte sich an ihren Rücken. Sie begann, Agnes' weichen Oberarm zu streicheln, dann schob sie ihre Hand auf Agnes' Hüfte.

»Ich hab' ein bißchen Kopfweh, Liebes«, sagte Agnes.

Sadie drehte sich zur Wand, und Agnes fühlte, wie ihre rauhe Haut sie berührte.

»Mein Gott, Sadie«, sagte sie, »du hast Fersen wie aus Bimsstein.«

Die Putzfrau

Als sie erwachte, lag sie wie eine Spiralfeder da, den Kopf auf die Matratze gedrückt, mit angespanntem Kiefermuskel und zusammengebissenen Zähnen. Ihre Wangen fühlten sich straff an und glänzten von den Tränen, die sie vergossen hatte, als sie sich vergangene Nacht zum Schlafen zwang. Einen Augenblick lang lag sie so da und versuchte zu spüren, ob er hinter ihr lag oder nicht, aber sie wußte ja, er war nicht da. Ihr Töchterchen schlief noch. Der leise quietschenden Bewegung der Kinderwagenfederung am Fuße des Bettes konnte sie entnehmen, ob es noch schlief oder nicht. Das Haus lag still. Es war ein pflegeleichtes Baby. Wenn es morgens aufwachte, strampelte es stundenlang mit den Beinchen. Nur ab und zu weinte es.

Liz stand auf und lief ins Bad. Im Spiegel erblickte sie ihr Unterkleid. Es sah aus wie ein billiges, schulterfreies Abendkleid, denn er hatte ihr den Träger zerrissen. Sie untersuchte ihr Gesicht, betastete es mit den Fingerspitzen. Immerhin hatte sie keine blauen Flecken. So richtig zuschlagen konnte er anscheinend nicht mehr. Ihr Mund schmeckte noch immer nach Blut, und mit Zeigefinger und Daumen prüfte sie nach, ob sich ihre Zähne gelockert hatten.

Als sie Paul an den Seitenstäben seines Kinderbettes rütteln hörte, beendete sie rasch ihre Morgentoilette und ging in sein Zimmer. Sie fühlte, ob er trocken war.

»Bravo«, sagte sie. Zwar war er nun schon bald dreieinhalb, aber darauf verlassen, daß er auch nur eine Nacht ohne Windel überstand, konnte sie sich nicht. Sie reichte ihm eine Handvoll Rice crispies aufs Kopfkissen, und mit einem Lächeln legte er sich neben diesen nieder, betrachtete sie, las sie mit äußerster Konzentration auf und verzehrte ein Reiskorn nach dem anderen, als wären es Bonbons. Sie begab sich wieder in die Küche und begann, die Babyflasche aufzuwärmen. Der Linoleumfußboden war so kalt, daß sie auf Zehenspitzen lief. Bis das Wasser kochte, stellte sie sich auf die kleine Fußmatte und umfaßte ihre bloßen Ellbogen. Sie haßte es zu warten – besonders, wenn es nur für kurze Zeit war. Wenn man lange zu warten hatte, konnte man wenigstens faulenzen oder irgend etwas anderes erledigen, wenn einem danach zumute war. In der Spüle erblickte sie das verkrustete Geschirr und die Zigarettenenden vom Vorabend, doch hatte sie weder Zeit noch Lust, sich ihrer anzunehmen. In kurzen Wartezeiten wurde sie sich ihres miesen Lebens bewußt.

Als die Milch erhitzt war und die Flasche in einem Topf mit kaltem Wasser abkühlte, warf sie einen Blick ins Wohnzimmer. Durch die Vorhangritzen drang Licht. Eamonn lag rücklings auf dem Sofa, die Schuhe hatte er abgestreift, und atmete schwer mit schlaffem, offenem Mund. Als sie das Baby gefüttert und gewickelt hatte und zurückkam, lag er immer noch in derselben Position da. Mit einem lauten Ratsch riß sie die Vorhänge auf. Er kniff die Augen zusammen, rollte mit den Augäpfeln und verbarg sein Gesicht im Sofa. Von wo sie stand, konnte sie die klebrige Trockenheit seines auf- und zuklappenden Mundes hören.

»Herrgottsack«, sagte er.

Während sie um ihn herum aufräumte, blieb er liegen. Auf der cremefarben gekachelten Kaminplatte hatte sich eine ganze Zigarette in einen Wurm weißer Asche auf braunem Kondenswasser verwandelt.

In der Küche begann sie abzuspülen und eine Tasse Tee zu machen. Bis auf einen Kanten Weißbrot war ihnen das Brot ausgegangen. Sie öffnete eine Packung Kekse.

»Liz«, rief Eamonn sie. »Liz!«

Aber ihr war nicht nach einer Antwort zumute. Sie ging zu Paul hinein, hievte ihn aus seinem Kinderbett und ließ ihn ins Wohnzimmer rennen, um seinen Vater zu ärgern.

Als sie vor ihrem Tee saß, kam Eamonn mit heraushängendem Hemdschoß und stürzte mehrere Tassen Wasser hinunter. Er sah elend aus. »Hab' ich einen Brummschädel«, sagte er. »Jedesmal, wenn ich den Kopf bewege, poltert es wie von einem Ziegelstein.«

Sie sprach immer noch nicht. Er schlurfte auf sie zu, und sie blickte aus dem Fenster auf die Kohlenschuppen aus Wellblech und auf die anderen Fertighäuser, die sich den Hügel hinaufzogen.

»Laß sehen«, sagte er und drehte ihr Gesicht mit dem Handrücken zu sich. »Dir fehlt ja gar nichts.«

»Darauf brauchst du dir nichts einzubilden«, erwiderte sie. Das Lächerliche an der Geschichte war, daß *er ihr* leid tat. Wie konnte ihr nur jemand so etwas antun? Wie konnte jemand sie erst zu Boden stoßen und treten und sich danach die Schuhe ausziehen und sich schlafen legen? Weshalb verspürte sie Mitleid mit ihm und nicht mit sich selbst? Er setzte sich auf einen Hocker und hielt sich den Kopf.

»Ich nehme an, du kannst dich an nichts mehr erinnern«, sagte sie.

»An mehr als genug.«

»Ich halte das nicht mehr lange aus, Eamonn.«

»Red keinen Scheiß.« Er war nicht ärgerlich. So redete er nun einmal. Wenn er nüchtern war, kam sie einigermaßen mit ihm zurecht, doch daß er sich entschuldigt hätte – nein, nicht ein einziges Mal, und sie hatte gelernt, dergleichen auch nicht zu erwarten. Vergangene Nacht hatte er sich in den Kopf gesetzt, daß der Säugling nicht von ihm stamme. Das war neu, und sie hatte befürchtet, daß er ihm in angetrunkenem Zustand womöglich etwas antun werde. So hatte sie ihm erlaubt, seine Wut an ihr auszulassen.

Nur sie wußte, daß es immerhin eine Möglichkeit war. Jene Nächte waren lang gewesen, da sie allein zu Hause saß, sich um ihr Kind kümmerte und sich vor dem Fernseher zu Tode langweilte. Als Barney damit anfing, ihr Besuche abzustatten – sie kannte ihn aus der Volksschulzeit –, war sie ihm eine leichte Beute. Er arbeitete in einer Werkstatt und war eine Art Folksänger. In seiner Gegenwart war sie gelöst und konnte lachen, was untypisch für sie war. Selbst wenn sie es hinter der verriegelten Tür ihres winzigen Badezimmers miteinander trieben, brachte er sie zum Lachen – berührte er doch fast mit dem Kopf die eine Wand, während er sich, um in Schwung zu kommen, mit den Sohlen seiner Socken von der anderen abstieß.

Dann jedoch stellte er seine Besuche ein, mit der Begründung, seiner Folkgruppe mehr und mehr Engagements verschaffen zu können. Aber das war nun schon fast zwei Jahre her, und sie war beunruhigt, daß sie ausgerechnet jetzt dafür verprügelt wurde. Sie überlegte, wer ihm den Floh ins Ohr gesetzt haben könnte. Lief das Gerücht etwa in diesem *Provo*-Klub um, in dem er den größten Teil seiner Freizeit verbrachte? Weiß Gott, was er da sonst noch so anstellte. Einmal hatte er im Arm einen in Sackleinen eingeschlagenen Gegenstand mit nach Hause gebracht und ihn auf dem Dachboden versteckt. Als sie ihn mit Fragen danach durchlöcherte, weigerte er sich, ihr Auskunft zu erteilen.

»Es ist nur für ein paar Nächte« – mehr war nicht aus ihm herauszubekommen. Während dieser beiden Tage ängstigte sie sich bei dem Gedanken an vorfahrende Schützenpanzer zu Tode.

Liz schüttete ihren Tee in den Ausguß.

»Ich nehme an, du hast kein Geld mehr«, sagte sie und blickte aus dem Fenster. Er ließ ein höhnisches Lachen hören. »Und wovon soll ich einholen?«

»Heute bezahlt dich doch Henderson, oder?«

»Menschenskind, du vertrinkst die Stütze, und ich muß arbeiten, um für unsere Einkäufe aufzukommen. Das ist ja allerliebst. Herrlich.«

Paul kam aus dem anderen Zimmer hereinspaziert und zerkrümelte das Korkmundstück eines Zigarettenendes. Eamonn wandte sich dem Jungen zu und beachtete sie nicht mehr.

»Du Schmutzfink«, sagte er, entwand das Mundstück den Kinderfingern und bürstete diese mit der eigenen Hand sauber.

»So ist's recht, wirf du nur alles hinter dich auf den Boden. Ich bin ja zum Saubermachen hier«, schrie Liz.

Aufstampfend begann sie mit dem Abwasch. Eamonn ging ins Badezimmer.

Der Hügel nach Ardview House war so steil, daß die Kinderwagenstange gegen die Muskeln unter ihren kleinen Brüsten drückte. Liz beugte sich vor und schob den Wagen mit der Brust statt mit den Armen. Es war ein heißer Herbsttag, und die Windstille benahm ihr den Atem. Auf halbem Wege hielt sie an und stellte mit dem Fuß die Bremse fest.

»Paul«, sagte sie keuchend, »jetzt mußt du aber runter, Söhnchen, oder ich kriege einen Herzinfarkt.«

Der Junge quengelte, doch sie blieb fest, hob ihn an den Achseln empor und setzte ihn auf den Boden.

»Du kannst die Stange festhalten.«

Der Säugling im Kinderwagen, vom schwarzen Verdeck geschützt, war nichts als ein gestricktes rosa Häubchen, das Gesicht fast versteckt von einem auf und ab wippenden Schnuller. Sie setzte ihren Weg den Hügel hinauf fort.

Die ganze Zeit schien sie diese Strecke zurückzulegen, tagein, tagaus – bergauf, bergab. Sie wußte, an welchen Stellen auf dem ausgetretenen Asphalt des Gehsteigs sich die Pfützen befanden, und konnte diese, selbst wenn ihr der Kinderwagen die Sicht versperrte, leicht umgehen. Ein Polizeiwagen mit Blaulicht und heulender Sirene holperte über die Hügelkuppe, jagte – wusch! – an ihr vorbei und verlor sich allmählich in der Ferne. Er sandte Wellen der Nervosität aus, soweit das Ohr reichte.

Als sie in die kiesbestreute Einfahrt bog, bemerkte sie, daß an dem schwarzen Kinderwagenverdeck Marmelade klebte. Mit einem Tempotaschentuch wischte sie darüber, doch der Schmierfleck glitzerte noch immer. Sie machte ihren Finger naß und rieb, mit dem einzigen Ergebnis, daß sie sich die Finger klebrig machte. Auf dem Kies ließ sich der Kinderwagen unmöglich schieben, so daß sie ihn den Rest des Weges bis zur Haustür zog. Paul rannte voraus und hatte es eilig, ins Spielzimmer zu gelangen. Die Kinder der Hendersons hatten eine Menge entzweigegangener, aber teurer Spielsachen hinterlassen, und für gewöhnlich verschwand Paul sogleich und behelligte sie nicht weiter, bis sie ihre Arbeit erledigt hatte.

Sie überlegte, ob Mr. Henderson zu Hause wäre. Er machte sie nervös, nicht nur weil er ihr Arbeitgeber war, sondern auch wegen seiner Art, sie anzusehen. In letzter Zeit schien er morgens darauf zu warten, daß sie käme. Und dann war da noch die Frage des Geldes.

Henderson war ein hohes Tier und verdiente sein Geld mit Farben. Bei den seltenen Gelegenheiten, wenn sie mehr als sechs Gäste bewirtete, bat seine Gattin Liz, sich ein wenig herzurichten und ihr dabei zu helfen, das Essen zu servieren. Obwohl er durch und durch Unionist war, ließ Henderson gern hören, daß er Katholiken einstelle.

»Das ist der einzige Weg vorwärts. Wir müssen doch damit anfangen, Brücken zu bauen. Habe ich nicht recht, Mrs. O'Prey?« sagte er über die Schulter hinweg, wenn sie die Suppenteller abräumte.

»Jawohl, Sir«, sagte dann Liz.

In seinem Hause nickten die anderen Gäste bloß.

»Ich will kein Geheimnis daraus machen. Ich habe den Ehrgeiz, Oberbürgermeister dieser Stadt zu werden. Dafür zu sorgen, daß andere in die Tat umsetzen, was ich predige.«

Während sie in ihrem besten Kleid den Abwasch besorgte, hörte sie von nebenan schallendes Gelächter.

Das Baby schlief. Liz ließ den Kinderwagen im warmen Sonnenschein vor der Haustür stehen und ging zur Speisekammer, wo sie ihre Reinigungsmittel aufbewahrte. Oben hörte sie eine Tür gehen, und einen Augenblick später betrat Mr. Henderson die Küche. Er sah aus, als habe er sich gerade geduscht, und seine normalerweise buschigen Haare lagen glatt und schwarz an seiner Kopfhaut an. Er hatte einen Bademantel aus graugrünem Frottee an, der um die Taille geknotet war. Seine Beine waren bleich und behaart, und er trug ein Paar Holzpantinen. Da er ihr den Rücken kehrte, konnte sie sehen, daß seine Fersen aufgerauht und rot waren.

»Guten Morgen, Mrs. O'Prey.«

Vim in der einen Hand, Putzlappen in der anderen, nickte sie seinem Rücken zu und wollte sich schon empfehlen, da stellte er sich zwischen sie und die Tür.

»Ein schöner Morgen«, sagte er. »Fast heiß zu nennen.«

Sie pflichtete ihm bei. Als er sich zum Kühlschrank hinabbeugte, versperrte er ihr den Weg. Er goß sich ein Glas Orangensaft ein und lehnte sich mit dem Rücken gegen die Frühstücksbar. Er war groß und schlank, so um die fünfzig, aber das Alter von Personen konnte sie nur schwer bestimmen. Häßlich war er zwar nicht, aber gutaussehend ihrer Meinung nach auch nicht gerade. Sein Gesicht hatte die graue Farbe eines Menschen, der noch nicht lange wach ist, und seine Augen hinter den dunkel eingefaßten Brillengläsern sahen ebenso aus.

»Wie geht's denn so?«

»Danke«, sagte sie.

»Haben Sie über meinen Vorschlag nachgedacht?«

»Eh?«

»Haben Sie sich mein Angebot überlegt?«

»Nein«, sagte sie und schob sich an ihm vorbei zur Tür, um nach oben zu gehen. Sie begann ihre Arbeit damit, daß sie das Badezimmer putzte, in der Hoffnung, daß Mr. Henderson zur Arbeit gehen würde, bevor sie die Betten machte. Sie tat sein Kukident ins Schränkchen zurück und hängte seine Zahnbürste wieder ins Gestell. Mit der Brause spritzte sie die Duschkabine aus, hob mit spitzen Fingern einen kleinen Klumpen seiner hingeschmierten schwarzen Haare hoch, die nicht durch den Ausguß abfließen wollten, und ließ sie in die Toilettenschüssel fallen. Das Geräusch der Wasserspülung mußte seine Schritte auf der Treppe übertönt haben, denn Liz, die sich hingekauert hatte, um etwas Talkumpuder aufzuwischen, der vor der Badewanne verschüttet war, bemerkte erst, als er sie ansprach, daß er in der Türlaibung stand.

»Wie außergewöhnlich schlank Sie geblieben sind«, sagte er. Sie blickte sich nicht um, doch war sie sich des großen Abstands zwischen ihrem Pullover und den eng um ihre Hüften anliegenden Jeans bewußt.

»Das kommt von der harten Arbeit.« Sie versuchte ihren Pullover herabzuzupfen. Womöglich konnte er ihren Schlüpfer sehen. Sollte er doch! Sie wandte sich um, stützte den Ellbogen auf den Toilettensitz. »Und vom wenig Essen.«

»Ach ja, Mrs. Henderson bat mich, Ihnen den Lohn für diese Woche auszuzahlen.« Er schlurfte in sein Schlafzimmer und kehrte einen Augenblick später mit einer Brieftasche zurück. Damit ließ er sich auf dem Badewannenrand nieder. Wenn Liz sich setzen wollte, blieb ihr nur mehr die Klosettbrille. So mußte sie stehen, während er der Brieftasche saubere Banknoten entnahm.

»Sie war heute morgen sehr in Eile. Wieviel macht es denn?«

Liz sagte es ihm, und er zählte die zwölf Pfund ab. Das Geld legte er auf den Schminktisch, fuhr jedoch fort, Scheine hervorzuziehen. Blaue Scheine, die sich vom Knick der Brieftasche leicht bogen. Sie sah, wie er mit den Lippen fünf – zehn – fünfzehn zählte. Bei fünfundsiebzig hielt er inne. Eine feuchte Haarsträhne löste sich und hing ihm wie eine schwarze Sichel ins Auge. Er blickte sie an.

»Ich kann's entbehren«, sagte er. »Wenn Sie wollen, gehört es Ihnen.«

In dem rechteckigen Spiegel, der die ganze Länge des Badezimmers einnahm, erblickte sie ihr Spiegelbild – vom Hals bis zu den Knien. Würde er denn niemals aufgeben? Seit dem letzten Mal war das eine Erhöhung um fünfundzwanzig Pfund. Sie erinnerte sich daran, wie sie einst, einem Drei-Pence-Stück zuliebe, im Stehen in einen Hauseingang gepinkelt hatte. Als sie ihre guten Schuhe vollspritzte, hatten die Jungens gejauchzt und gejohlt und waren davongerannt, ohne sie je zu bezahlen. Hinterher hatte sie geweint.

»Ich kann mir zwar auch etwas Besseres leisten, aber ich will nun einmal Sie«, sagte er. »Es liegt auf dem Schreibtisch in meinem Zimmer.« Seine Stimme klang heiser und zitterte leicht, weil sie nicht nein gesagt hatte. Er bewegte sich auf sein Zimmer zu und sprach über die Schulter hinweg: »Ich gehe heute morgen nicht ins Büro.«

Liz hörte Paul Stufe um Stufe die Treppe heraufstapfen und ging zur Tür, um ihn abzufangen.

»Muh«, sagte er.

»Ja, Liebling.« Sie fühlte, wie ihr die Knie bebten, als sie ihn die Treppe hinuntertrug.

Sie begann das angesammelte Geschirr abzukratzen und in die Spülmaschine zu stellen. Der Abfalleimer gähnte übelriechend, als Paul mit der Hand das Fußpedal herabdrückte. Sie leerte den Eimer und wusch ihn mit Bleichmittel aus. Am Spültisch stieß sie mit den Beckenknochen gegen den rostfreien Stahl der Spüle und zuckte zusammen. Bestimmt hatte sie blaue Flecken. Wahrscheinlich hatte sich Eamonn, jetzt da er es ganz für sich allein hatte, wieder ins Bett gelegt. Gegen Mittag würde er aufstehen und entweder ins Lokal oder ins Wettgeschäft gehen. Vermutlich beides. Die lagen nämlich nebeneinander, jedes machte seinen Reibach mit Hilfe des andern. Ihr war aufgefallen, daß der Bürgersteig von einer Tür zur anderen hufeisenförmig ausgetreten war. Am Abend würde er in den *Provo*-Klub gehen. Dort kamen die Getränke billiger, waren sie doch zum allergrößten Teil gestohlen. Eamonn wäre frühestens um Mitternacht zu Hause, und sie hatte keine Garantie, daß es nicht wieder zu einem Boxkampf kommen würde. Sie atmete aus und hörte nichts als einen schauernden Seufzer.

»Muh«, sagte Paul.

»Ja, Liebling, was auch immer du sagst.«

Was konnte sie mit einer solchen Summe anfangen?

Eamonn würde es auf der Stelle merken – er konnte Pfundnoten förmlich riechen – und wissen wollen, woher sie das Geld hatte. Ebenso, wenn sie sich neu einkleidete. Er würde sie umbringen. Ob vor oder nach dem Einkauf, machte den Kohl auch nicht fett. Ihre Mutter hatte Liz stets die Ohren vollgejammert, daß sie unter ihrem Stand geheiratet habe.

Sie wischte das weiße Resopal ab und begann, die Waschmaschinentrommel mit der Schmutzwäsche aus dem Korb zu füllen. Oder Spielzeug und Bekleidung für die Kinder. Sie sah keine Möglichkeit, das Geld auszugeben, ohne daß er ihr nicht Löcher in den Bauch fragen würde. Um elf machte sie Kaffee. Sie öffnete ein Fenster und rauchte eine Zigarette, wobei sie die Asche auf einer geblümten Untertasse anspitzte.

»Buh?« fragte Paul und reichte ihr einen Topfdeckel.

»Danke, mein Junge.« Sie nahm ihm den Deckel ab und legte ihn auf den Tisch.

Als Liz ihre Zigarette zu drei Vierteln aufgeraucht hatte, drückte sie sie entschlossen aus, indem sie sie fast zusammenkrümmte. Sie stand auf und brachte Paul mit einem Keks und etwas Milch in seinem Babybecher ins Spielzimmer.

»So ist's brav«, sagte sie. »Du bleibst jetzt hübsch im Zimmer, sonst wird Mammy böse.«

Sie hatte ihm schon früher den Hintern versohlt, wenn er sie bei der Arbeit aufhielt, und er wußte, was ihm blühte, wenn er umherstromerte. Sie ging aus dem Zimmer und sah nach dem Baby im Kinderwagen. Es schlief noch, und sie schloß leise die Haustür und stieg die Treppe hoch.

Mr. Henderson saß in seinem Zimmer an einem mit

Papieren übersäten Schreibtisch. Als sie anklopfte, schob er die Brille auf die Stirn und drehte sich um.

»Ja?«

»Ich bin's.«

»Nun?«

»Meinetwegen«, sagte sie. Ihre Stimme klang kehlig, so als hätte sie lange geweint. »Solange Sie mich nicht küssen.«

»Das wird nicht nötig sein.« Sein Gesicht verzog sich zu einem ängstlich-ungläubigen Lächeln. Er trug noch immer seinen Bademantel, aus dem ein pelziger Schenkel ragte. Mit ausgestrecktem Arm trat er auf sie zu – beinahe väterlich.

»Sind Sie sicher? Wenn Sie es sich mittendrin anders überlegen, werde ich sehr ungehalten sein.«

Sie nickte. »Was muß ich tun?«

»Ich möchte, daß Sie sich flach hinlegen.« Das war eines von Barneys Lieblingsliedern, *Croppies Lie Down* – Katholen, legt euch flach, nehmt alles hin –, doch vor lauter Nervosität fiel ihr der Rest des Textes nicht mehr ein.

»Sie brauchen gar nichts zu tun. So gefällt es mir am besten.«

»Könnte ich erst das Geld bekommen?«

»Ja, ja.« Ungeduldig geworden, fummelte er an seiner Brieftasche herum. Dann sah er das Geld auf dem Schreibtisch liegen. In der Gesäßtasche ihrer Jeans fühlte sich das zusammengerollte Notenbündel angenehm prall an. Während sie sich aufs Bett legte, schloß er die Tür ab. Es war, als würde sie gebeten, sich beim Arzt auf die Couch zu legen. Mr. Henderson kniete nieder, tätschelte und knetete sie nach seinem Geschmack. Kaum hatte sie es sich bequem gemacht, sagte er: »Vielleicht ziehen Sie sich besser aus.«

Sie mußte wieder aufstehen. Ihr Schlüpfer hatte unter dem Bauchnabel ein Loch, das sich eiförmig dehnte. Sie kehrte ihm den Rücken, und nachdem sie sich ausgekleidet hatte, legte sie sich wieder hin. Ihr Körper fühlte sich knochig an.

Mit aufgerissenen Augen starrte er sie an. Er konnte sich nicht entscheiden, ob er die Brille abnehmen oder auflassen sollte. So als wäre sie gar nicht anwesend, begann er kindisch daherzuplappern. Er flüsterte ihr zu, wie er sich schon seit Monaten nach ihrem schlanken, ausgehungerten Leib verzehrt, sie durchs Treppengeländer beobachtet habe, wie sehr es ihn freue, sie auf Händen und Knien rutschen zu sehen – das Dreieck von Licht zwischen ihren Schenkeln, wenn sie ihre Jeans trug. Er war fasziniert von ihren Prellungen und küßte sanft jede einzelne Druckstelle. Sprach ihnen zu. Unter ihren Achselhöhlen bildete sich Angstschweiß. Er pries ihre Magerkeit, jede ihrer Rippen, ihre straffen Hüftknochen und das Büschel Schamhaar dazwischen. Dabei beschnupperte er sie überall, wie sie es Hunde hatte tun sehen; mittlerweile hatte sie jedoch die Augen geschlossen und spürte lediglich seinen Atemhauch, sein Geschnüffel. Es dauerte eine Ewigkeit. Sie hatte die Fäuste geballt und versuchte sich ihren Einkaufszettel ins Gedächtnis zu rufen. Ein Laib Weißbrot, vielleicht ein kleines Brot, Kekse. Zucker – sie benötigte Zucker und Kartoffeln und Aufgußbeutel und Gehacktes und Cornflakes. Mr. Henderson spreizte ihre Beine auseinander und erklomm das Bett, aber er schaffte es nur noch, sich stöhnend irgendwo auf der Tagesdecke zu entleeren. Sie blickte auf ihn nieder. Sein Haar war noch feucht und benetzte ihren Bauch. Das Gesicht hatte er abgewandt. Sein Nacken war rot und von Falten durchzogen. Draußen vor dem Fenster konnte sie ihr Baby weinen hören, weiter weg das Zwitschern der Amsel.

Als er wieder zu Atem gekommen war, begab er sich ins Bad. Liz zog sich eilends an und lief nach unten. Sie versuchte, dem Zittern, das wie Ekel durch ihren Körper lief, Einhalt zu gebieten. Sie steckte dem Baby den Schnuller in den Mund, schnappte sich im Spielzimmer Paul und floh, den Kinderwagen hinter sich durch den Kies zerrend, aus dem Haus.

Die Telephonzelle vor dem Coop-Laden roch nach Urin, hätte jedoch noch viel ärger gestunken, wenn nicht die zerbrochenen Scheiben für Belüftung gesorgt hätten. Binnen Minuten traf ein Taxi ein, und sie konnte den Fahrer beschwatzen, den Kinderwagen zusammenzuklappen und im Kofferraum zu verstauen.

»Um Himmels willen, Missis, wie funktioniert dieses Ding bloß?«

In einem Verkehrsstau – anscheinend hatte es irgendwo einen Bombenalarm gegeben – stillte sie den Säugling mit Milch aus einem kalten Fläschchen.

Ihre Mutter wohnte auf der anderen Seite der Stadt und war überrascht, sie so vornehm vorfahren zu sehen. Liz bat den Fahrer, auf sie zu warten, und redete hastig auf ihre Mutter ein, bis diese ihr die Geschichte abnahm, daß der Mann einer Freundin von ihr mit einer anderen Frau durchgebrannt und das Mädchen furchtbar durcheinander sei und sie, Liz, die Nacht bei ihr verbringen würde, könnte sie, Mammy, sich um die Kinder kümmern? Ihre Mutter war zwar alt, doch beileibe noch nicht hilfsbedürftig. Sie hatte selbst sechs Kinder aufgezogen. Mit zweiundzwanzig war Liz das Nesthäkchen und fühlte sich berechtigt, sie um eine besondere Gefälligkeit zu bitten. Sie gab ihr eine Fünf-Pfund-Note, damit sie sich eine Kleinigkeit kaufen könne. Ein Zehn-Pfund-Schein, dachte sie, hätte nur Fragen ausgelöst.

»Du bist ein Schatz«, rief sie ihr noch zu, bevor sie davonstürzte.

Von Marks and Spencer's kommend, ging sie an der methodistischen Kirche auf dem Donegall-Platz vorbei. Ein alter Mann machte sich an dem Schwarzen Brett zu schaffen, das die Zahl der von den Wirren geforderten Todesopfer verzeichnete. Sie zögerte und schaute ihm zu. Er hatte die Fünf von 1875 entfernt und fummelte klappernd an den hölzernen Vierecken herum, die sich wie bei einer Liederanzeige hineinschieben ließen. Es war zum Verzweifeln, wie langsam er zu Werke ging, und sie lief weiter, konnte indes der Versuchung, sich umzublicken, nicht widerstehen.

Als sie durch die Sicherheitskontrolle kam, befühlte die Beamtin vorsichtig die Jeans und den Pullover in ihrer Tragetüte. Das Hotelfoyer wimmelte von Zeitungsreportern, die sich, die Kameras über die Schultern geschlungen, in Gruppen miteinander unterhielten. Sie erkundigte sich nach dem Preis für ein Zimmer mit Frühstück und stellte fest, daß sie mehr als genug Geld bei sich hatte. Ob sie zu

Abend speisen wolle? Liz beugte sich zu der Empfangsdame vor.

»Wieviel?«

Die Empfangsdame lächelte und sagte, zwischen fünf und fünfzig Pfund sei alles zu haben. Liz überlegte einen Augenblick, dann bejahte sie. Sie wollte auf der Stelle zahlen, doch die Empfangsdame beharrte darauf, daß sie die Rechnung auch am kommenden Morgen begleichen könne.

Den Meldezettel unterschrieb sie mit Elizabeth O'Prey, wobei sie sich große Mühe gab, säuberlich zu schreiben. In der Schule hatte sie zwar nicht sonderlich geglänzt, ihre Handschrift aber war allseits gelobt worden; die Lehrerinnen meinten, hier liege ihre Begabung. Vor ihrer Heirat hatte sie Elizabeth Wilson geheißen, und wie sie fand, bestand einer der wenigen Vorteile ihrer Ehe in der Chance, das Y am Ende von O'Prey mit einem Schnörkel zu verzieren. Jedesmal, wenn sie den Empfang ihres Kinder- und Krankengeldes bestätigte, hatte sie ihre Unterschrift vervollkommnen können.

Angesichts der prachtvollen Einrichtung, des eleganten kastanienbraunen Teppichbodens, der funkelnden Lüster, der untadelig uniformierten Bediensteten gab sie sich Mühe, keine allzu großen Augen zu machen. Sie hatte Angst, das Verkehrte zu tun oder zu sagen. Anders als die Leute um sie herum hatte sie keinen vornehmen Akzent vorzuweisen, und ehe sie einen solchen vortäuschte, äußerte sie sich lieber so wenig wie möglich. Sie war sich der Blicke bewußt, die die Leute ihr zuwarfen, und heilfroh, daß sie sich im Geschäft umgezogen hatte. Während die

Empfangsdame einen Anruf entgegennahm, musterte sie sich in einer Nische im Spiegel: neue Schuhe, neue Frisur, neues pfirsichfarbenes Sommerkleid. Sie war freudig überrascht. Eine Sekunde lang erkannte sie sich nicht wieder. Nur ihre Plastiktüte von Marks und Spencer's fiel aus dem Rahmen. Sie hätte sich eine richtige Tasche kaufen sollen.

»Entschuldigen Sie, Madam«, sagte die Empfangsdame und hielt den Hörer gegen die Schulter. »Würde es Ihnen etwas ausmachen, sich von unserem Sicherheitspersonal noch einmal durchsuchen zu lassen?«

»Aber die haben mich doch schon durchsucht!«

»Wenn es Ihnen nichts ausmacht.«

Eine uniformierte Frau trat vor und führte Liz in eine kleine Kammer. Sie war untersetzt, hatte blonde, unter ihrer Schirmmütze hervorquellende Locken und schob in einem von Labello starrenden Mund einen Kaugummi hin und her. Ihr Körper schien in die Uniform hineingepumpt worden zu sein. Gründlich durchsuchte sie Liz' Tragetasche.

»Wieso durchsuchen Sie mich gleich zweimal?«

»Sie haben eine Belfaster Adresse und kein Gepäck.« Sie ging auf Liz zu, die gehorsam ihre Arme hob. »Weshalb wollen Sie hier übernachten?« Ihre schwere Hand fuhr über Liz' schmale Brüste, von den Achselhöhlen hinab zur Taille, die Gesäßbacken und Schenkel entlang. So gründlich war sie noch nie durchsucht worden – das einzige, was sie hatte über sich ergehen lassen müssen, waren oberflächliche Berührungen gewesen. Dagegen tastete diese Frau sie ab, als erwarte sie, einen Fund unter ihrer Haut zu machen.

»Mein Mann hat mich auf die Straße gesetzt«, erläuterte

Liz. Ein Zeigefinger pflügte ihre Gesäßfalte hinauf, und sie schrak zusammen.

»Schon gut, meine Beste. Wir müssen eben sichergehen.« Sie lächelte und händigte ihr die Tragetüte aus. »Ich hoffe, Sie und Ihr Mann raufen sich wieder zusammen.«

Ein Page, doppelt so alt wie sie, kehrte ihr in der Stille des Fahrstuhls den Rücken, bevor er sie zu ihrem Zimmer geleitete. Er machte keine Miene, ihr die Plastiktüte zu tragen.

Als sie die Tür zudrückte und abschloß, empfand sie zum ersten Mal seit Jahren, daß sie allein war. Sie konnte es nicht fassen. Mit dem Rücken stand sie zur Tür und ließ die Hände hinter sich auf dem Griff ruhen. Das Zimmer raubte ihr den Atem. Die Vorhänge waren auf die rot-orange geblümte Tagesdecke abgestimmt, die an einer Ecke zurückgeschlagen war, um zu demonstrieren, daß die Laken gleichfalls dazu paßten. Sie schritt umher und ließ die Hände über die Möbel gleiten. Von ihrem Fenster aus erblickte sie einen Keil rotgeziegeltes Belfast, der in der Hitze flimmerte. So hoch oben über der Stadt vernahm sie keinen Laut. Sie legte sich aufs Bett, um seine Größe und seinen Komfort auszuprobieren. Zu ihrer Enttäuschung quietschte es leise. Das Badezimmer war in rostbraunen Tönen gehalten, und der Teppichboden zog sich an der Wandung der Badewanne hoch.

Als erstes hatte sie beschlossen, sich zu duschen. Beim Gedanken an Mr. Henderson bekam sie, trotz der neuen Kleider, immer noch eine Gänsehaut. Bevor sie sich auszog, schaltete sie im Fernseher das Testbild ein, um etwas Musik im Hintergrund zu haben. Sie hatte noch nie in ihrem Leben geduscht und brauchte eine Ewigkeit, ehe sie die Brause anzustellen vermochte, und noch einmal so lange, um die richtige Temperatur zurechtzumischen. Doch als sie sich darunter stellte, kam sie sich vor wie ein Filmstar. Ihr Instinkt riet ihr, mit dem heißen Wasser sparsam umzugehen, doch dann besann sie sich darauf, wo sie sich befand und wieviel Geld sie zahlte. Sie mußte sich mindestens zwanzig Minuten unter der Dusche aufgehalten haben, denn wieder und wieder hatte sie sich eingeseift und den Seifenschaum beobachtet, der in Flocken an ihrem Körper herabrann, bevor er fortgespült wurde. Die Quetschungen freilich blieben.

Sie zog ihre neue Unterwäsche an und genoß es, in BH und Höschen umherlaufen zu können. Obwohl ihr die Dusche behagt hatte, beschloß sie, vor dem Schlafengehen ein so dampfend heißes Bad zu nehmen, daß die Spiegel sich beschlügen. Sie würde sich ein paar Illustrierte besorgen und, auf all die Kissen gestützt, rauchen und lesen. Vielleicht sogar im Bett fernsehen!

In der Bar fühlte sie sich wohl; zum erstenmal seit Jahren war sie eins mit sich. Sie setzte sich auf einen Hocker an der Theke und schlürfte einen Wodka mit Orange. Die Bar hallte wider vom Lärm der in Gruppen schwatzenden Gäste. Sie ertappte sich dabei, wie sie sich im Barspiegel anstarrte, während sie sich umschaute. Ein Mann kam herein und setzte sich neben sie auf einen freien Hocker. Sie überlegte, ob er wohl auf jemanden wartete. Er bestellte sich einen Drink und bat sie, ihm den Wasserkrug für seinen Whiskey zu reichen. Sie lächelte. Bedächtig neigte er den Krug, bis dieser senkrecht stand. Offensichtlich war er leer, und sie mußten beide lachen. Er ersuchte die Bardame um Wasser.

»Sind Sie Amerikaner?« fragte Liz. Er nickte. Er sah um einiges älter aus als sie. Mitte der Dreißiger oder Anfang vierzig, schätzte sie, mit einem klaren Gesicht und einem blonden Schnurrbart. Er hatte schlechte, pockennarbige Haut, die ihm jedoch ein markiges Aussehen verlieh. Sie stellte sich ihn zu Pferde vor.

»Ja, und Sie?«

»Ach, ich stamme von hier.«

»Dafür brauchen Sie sich doch nicht zu entschuldigen.« Er lachte und goß sich langsam Wasser in seinen Whiskey. Sie sah zu, wie es sich kringelnd mit dem Alkohol vermengte. Er kostete und schien zufrieden. Als sie sich Zigaretten und Streichhölzer kaufte, fühlte sie sich wieder allein. Sie tranken jeder für sich im Lärm der Bar. Sie zerknüllte das Silberpapier, ließ es in den Aschenbecher fallen und bot ihm eine Zigarette an. Mit erhobener Hand lehnte er ab. Statt dessen bat er die Bardame um eine Speisekarte, die er studierte.

»Wollten Sie auch essen?« fragte er. Sie nickte, den Mund voll Wodka und Orangensaft. »Es ißt sich ganz gut hier. Ich kann Ihnen *Coq au vin* empfehlen.«

»Übernachten Sie hier?« Er nickte. Sie fragte ihn, ob er Urlaub mache, und er erwiderte, er sei beruflich hier, als Journalist.

»Oh, wie interessant.« Kaum war ihr die Bemerkung entschlüpft, hätte sie sich die Zunge abbeißen mögen, so unecht hatte es geklungen. Sie hörte innerlich, wie Eamonn ihren Tonfall nachäffte, doch dem Mann neben ihr schien nichts aufzufallen. Sie fragte: »Für welche Zeitung denn?«

Der Artikel, an dem er schreibe, werde syndikalisiert. Sie

nickte und nahm einen Schluck von ihrem Drink. Als er sich wieder der Speisekarte zuwandte, entstand eine Pause.

»Entschuldigen Sie mein Unwissen«, sagte Liz, »aber was bedeutet das – sünde ... sünde ...?«

»Oh, tut mir leid. Das heißt, daß ein und dieselbe Story in mehreren Zeitungen gleichzeitig veröffentlicht wird – und ich mehr Geld verdiene.«

Liz wollte mit dem Zeigefinger ihre Asche über dem Aschenbecher abklopfen, doch hatte sie nicht lange genug geraucht, als daß etwas herabgefallen wäre.

»Sie sagten, Sie seien von hier«, meinte er. »Wenn es Ihnen nichts ausmacht, auf welcher Seite stehen Sie?«

»Sozusagen in der Mitte.«

»Das dürfte nicht gerade hilfreich sein.«

»Na ja, ich wurde als ein Nichts geboren, aber als ein protestantisches Nichts, ich habe ein katholisches Nichts geheiratet, und so bin ich jetzt eine Mischung aus Nichts. Wie ich das alles hasse! Es ist mir alles herzlich gleichgültig.«

»Also eine Angehörige der schweigenden Minderheit.« Er schmunzelte. »Junge, Junge, haben Sie vielleicht Probleme!« Liz dachte, er beziehe sich auf sie.

»Ich?«

»Nicht Sie persönlich – Ihr Land.«

Sie unterhielten sich eine Weile und begaben sich einzeln in den Speisesaal. Als er sah, daß auch sie allein zu Tisch saß, kam er zu ihr herüber und schlug vor, gemeinsam zu essen. Dankbar, daß ihr jemand bei der Wahl ihres Gerichts behilflich war, willigte sie ein. Die Namen der Speisen versuchte sie gar nicht erst auszusprechen, sondern deutete bloß darauf, und er bestellte für sie. Die Anordnung der

Messer und Gabeln schreckte sie, doch folgte sie einfach seinem Beispiel, indem sie auf amerikanische Art erst das Fleisch kleinschnitt und es anschließend mit der Gabel aufspießte. Er teilte ihr mit, daß er früher katholischer Priester gewesen sei und sein Amt niedergelegt habe, als ihn eine Gewissenskrise ereilte – Vietnam, Empfängnisverhütung, das Wesen der Autorität, das alles habe eine Rolle gespielt. Als Priester habe er für eine katholische Zeitung in Boston eine wöchentliche Kolumne verfaßt, und nach seinem Austritt aus der Kirche sei es die natürlichste Sache von der Welt gewesen, sich auch weiterhin als Journalist zu betätigen. Er gestand ihr, sich kurz nach seiner Rückversetzung in den Laienstand verheiratet zu haben. Sie sagte erneut, auch sie sei verheiratet.

In seiner Gegenwart fühlte sie sich wohlig entspannt. Es kam ihr vor, als könne sie mit ihm über alles und jedes reden. Nachdem er ihr von sich erzählt hatte, fragte er sie nach ihrem Leben aus. Fragen, wie er sie an sie richtete, hatte ihr bis dahin noch niemand gestellt, und sie mußte scharf nachdenken, um sie beantworten zu können. Bei ihren Selbstauskünften verhaspelte sie sich, mußte feststellen, daß sie sich widersprach, und konnte sich nur mit einem Lachen behelfen.

»Das ist ja wie ein Fernsehinterview«, sagte sie, und er entschuldigte sich, fuhr indes fort, ihr Fragen über ihr Leben, darüber, wie sie fühlte und dachte, vorzulegen. Seine Augen waren blau und sanft. Bis auf seine zernarbte Haut fand sie ihn attraktiv. Er hörte ihr mit unmerklich geneigtem Kopf zu, fast schaute er zu ihr auf. Da er aus Amerika kam, kannte er sich vermutlich mit ihrem Akzent nicht aus. Vielleicht wirkte sie in ihrem pfirsichfarbenen Kleid vornehm. Liz sprach, bis sie gewahr wurde, daß sie sprach – da wurde sie befangen.

»Ich hoffe, Sie machen sich keine Notizen«, sagte sie lachend.

»Nein, aber sicher hilft es, sich mit jemandem wie Ihnen zu unterhalten – mit einem Nichts, wie Sie sich so hübsch ausgedrückt haben. Das ist gut fürs seelische Gleichgewicht.«

Zögernd berichtete sie ihm von ihrer Beziehung, vielmehr mangelnden Beziehung, mit Eamonn. »Da haben Sie ja ziemliche Probleme«, bei dieser Bemerkung ließ er es bewenden.

Als sie die Mahlzeit beendet hatten, schlug er ihr vor, zur Bar hinüberzugehen und einen Likör zu trinken. Schon stand er hinter ihr, rückte, bevor sie es merkte, ihren Stuhl vom Tisch ab und war ebenso aufmerksam und zuvorkommend, als er ihr die Tür zur Bar aufhielt.

»Sie sind ein richtiger Gentleman«, sagte sie.

»Mein Alter pflegte zu sagen, ein Gentleman sei ein Mann, der einer Frau hilft, sich wie eine Lady zu fühlen.«

Er machte sie mit Bailey's Irish Cream bekannt.

»Das schmeckt ja vorzüglich«, sagte sie. »Wie Pralinen. Das könnte man die ganze Nacht hindurch trinken.«

»Nein, könnte man nicht«, entgegnete er lächelnd.

Liz machte es sich in ihrem Sessel bequem und zündete eine Zigarette an. Sie schlug sich leicht auf den Bauch.

»Gott, was bin ich satt«, sagte sie, »mir ist pudelwohl. So gut habe ich mich schon lange nicht mehr gefühlt.«

Sie tranken noch ein Glas Bailey's Irish Cream. Sie bestand darauf, die Runde zu bezahlen. Als er es geleert hatte, sagte er, indem er sich auf die Schenkel schlug: »Ich muß los. Bis morgen früh muß ich meinen Artikel beenden. Bitte, entschuldigen Sie mich.«

»Klar doch.« Sie versuchte so zu tun, als sei sie nicht enttäuscht, war sich aber bewußt, daß sie seine Sprechweise angenommen hatte. Sie hielt ihn noch ein wenig auf und bat ihn, doch zu warten, bis sie noch eine Zigarette zu Ende geraucht hätte, aber schließlich sagte er, er müsse nun auf sein Zimmer.

»Allein hier herumsitzen mag ich auch nicht«, sagte Liz. »Ich glaube, ich gehe auch nach oben.«

Im Fahrstuhl herrschte zwischen ihnen Schweigen. Liz fühlte sich gedrängt, etwas zu sagen.

»In welchem Stockwerk ist Ihr Zimmer?«

»Ich habe Nummer vier gedrückt, und Sie sind im sechsten.«

»Richtig.«

Sie nannte ihm ihre Zimmernummer, doch hinterher kam sie sich dreist vor. Eigentlich hatte sie ihm die gar nicht sagen wollen, aber die Stille in dem summenden Aufzug hatte sie dazu genötigt.

Als er aus dem Fahrstuhl trat, berührte er mit der Hand ihren Arm, dann schüttelte er ihr die Hand.

»Es war mir ein Vergnügen, Sie kennenzulernen«, sagte er. Während er ihr noch zuwinkte, schnitten ihr die Fahrstuhltüren den Blick auf sein Lächeln ab.

In ihrem Zimmer verwandelte sich ihr Alleinsein und nahm einen anderen Gefühlswert an. Jetzt schien es erzwungen.

Sie wollte weiterplaudern. Vor dem Spiegel zuckte sie mit den Schultern, schnitt Grimassen und lachte sich aus. Die einzige Lektüre war eine Bibel auf dem Nachttisch, und sie ärgerte sich, daß sie versäumt hatte, sich Illustrierte zu kaufen. Sie nahm das heiße Bad, das sie sich versprochen hatte, jedoch war ihr danach so warm, daß sie ein Fenster auf den gedämpften Straßenlärm hin öffnete.

Sie drückte die Programmknöpfe am Fernsehgerät, und da sie nichts Besseres fand, gab sie sich mit *Call My Bluff* zufrieden – dieser nette Mann mit der rosa Fliege und dem Schnurrbart. So saß sie, gegen die rot-orangenen Kopfkissen gelehnt, in ihrer neuen Unterwäsche da und rauchte – Fernsehen in großem Stil. Wie kamen sie bloß auf solche ausgefallenen Wörter? *Stießel.* Liz schätzte, daß es sich um jenes Werkzeug handelte, von dem der Mann gesprochen hatte, doch dann stellte sich heraus, daß mit dem Wort jemand gemeint war, der sich nicht zu benehmen wußte, der etwa Erbsen mit dem Messer aß oder bei einer Beerdigung jemandem lachend auf die Schulter klopfte. Das paßte auf sie, dachte sie. Sie wußte auch nie, wie sie sich zu verhalten hatte. Immer wurde sie sich erst hinterher bewußt, was sie hätte tun müssen und können. Und das bezog sich nicht nur auf Manieren. Sie hatte den Verlauf ihres Lebens nicht in der Hand. Verflixt, sie war einfach viel zu gutmütig. Nun endlich wollte sie Eamonn an die Luft setzen und damit anfangen, für sich selbst einzustehen – und sei es nur den Kindern zuliebe.

Sie sprang aus dem Bett und drückte die Programmknöpfe. Nach den Werbespots lief der dritte Teil irgendeiner Fernsehserie an, also schaltete sie den Apparat aus.

Das Zimmer war sehr still. Sie kroch wieder ins Bett und vernahm das irritierende Knarren der Federn und das Knistern der steifen Laken.

Sie hätte diesem Henderson sagen sollen, sie mal am Abend zu besuchen. Die Stelle war sie los – unter keinen Umständen würde sie sich je wieder dorthin begeben. Von nun an würde er jeden Morgen wie ein Hund herumwinseln und mit seiner Hose auf sie weisen. Kündigen. Resignation. Das war alles, was ihr blieb. Aber dann würde Eamonn wissen wollen, weswegen sie gekündigt habe. Sie konnte ihm sagen, daß Henderson einen Annäherungsversuch unternommen habe – was ja auch zutraf. Vielleicht würde er wissen wollen, wo sie die Nacht verbracht habe. Aber sie war auch früher schon wegen eines Streits zu ihrer Mutter gerannt. Falls es ihm überhaupt auffiel, daß sie nicht zu Hause gewesen war. Das pfirsichfarbene Kleid freilich würde sie im Schrank verstecken müssen. Oder sie könnte es bei ihrer Mutter lassen, bis sie einen Vorwand fände, es nach Hause zu bringen. Warum hatte sie nicht schon vorher daran gedacht? Sie könnte es als einen guten Fang auf dem Flohmarkt ausgeben.

Zufrieden mit sich, bettete sie sich auf die Kopfkissen und streckte ihre Füße in der Wärme weit aus. Als sie die Nachttischlampe gelöscht hatte, schoben die Autoscheinwerfer gelbe Keile quer über die Zimmerdecke. Die Gardinen bauschten sich langsam und sackten wieder in sich zusammen. Sie mußte an ihr Baby denken, das, eingeklemmt von Kissen, bei ihrer Mutter im Gästebett schlief, und an Paul, der mit offenem Munde schlief und sich an seine Oma schmiegte. »Das Kind hat furchtbar spitze Knie«, hatte sich einst die alte Frau beschwert. Liz streckte ihre gespreizten Finger zwischen den Laken aus und versuchte, das geräumige Bett voll auszunutzen. Sie roch die eigentümlich parfümierte Hotelseife an ihrem Körper, spürte die Wärme der Sommernacht auf ihrem Gesicht, und in den Schlaf sinkend, versuchte sie zu vergessen, daß Eamonn sie, um des eingebüßten Wochenlohnes willen, umbringen würde, wenn er sie nach Hause holte – falls nicht sogar schon vorher.

Aale

Die alte Frau saß da und legte Patiencen. Jedesmal, wenn sie die Hand flach aufstützte, um die Kartenreihen zu begutachten, vernahm sie das Klacken ihres Eherings auf der polierten Tischplatte. Die Karten stimmten nie. Gingen nie auf. Es brauchte nur ein wichtiger König, Bildseite nach unten, verdeckt zu liegen, und das Spiel war verloren. Zwar merkte sie, wie sinnlos das Ganze war – nicht nur diese eine Partie, sondern das Geduldsspiel überhaupt –, sie konnte sich jedoch nicht bremsen und legte die Karten wieder von neuem aus. Geräuschlos und weich fielen sie nieder, glitten auf dem glänzenden Holz entlang. Sie mogelte nur ungern. So spielte sie vielleicht sechsmal, bevor sie aufgab, die Karten wegpackte und unschlüssig an ihrem Daumennagel herumkaute. Vielleicht würde es später ganz von alleine klappen.

Sie begab sich in die Küche und nahm ihre Magnesiummilch ein. Mit einem Löffel gab sie sich gar nicht erst ab, sondern setzte die blaue Flasche gleich an den Hals, wobei sie die zähe, weiße Flüssigkeit schwappen hörte. Sie schluckte schwer und faßte sich an den Kehlkopf. Um den Geschmack loszuwerden, atmete sie nicht mehr durch die Nase, sondern öffnete den Mund. Sie ging ins Schlafzimmer und holte weiterhin durch den Mund Luft, bis sie sich, weiße Halbmonde um die geöffneten Lippen, im Spiegel erblickte. Als sie die Zähne aufeinanderpreßte, hörte und fühlte sie das Magnesium knirschen. Schlaff und faltig hing die Haut um die Knochen, die sie unter ihren Wangen wußte. Um die Augenwinkel herum hatte sie Krähenfüße. Mit einem Finger zupfte sie an ihrem Tränensack und entblößte die rote Sichel ihres Auges. Wenn es kalt war, tränten sie zu stark. Mit einem Papiertaschentuch wischte sie sich das Weiße aus den Mundwinkeln und begann sich anzukleiden. Zum Schutz gegen die Kälte zog sie mehrere Lagen über, zuoberst ihre alte Strickjacke. Sie kämmte sich ihr weißes Haar aus der Stirn und betrachtete die Zotten, die am Kamm hängengeblieben waren. Sie streifte sie ab und ließ sie mit einer nervösen Fingerbewegung in den Papierkorb fallen.

Sie mußte daran denken, wie sie sich als Mädchen beim Schein der Frühlingssonne im Cottage das Haar gekämmt hatte. Tag für Tag hatte sie die dunklen Haare aus dem Kamm entfernt und mit der nämlichen Bewegung aus dem Fenster geworfen. Im Winter wehte der Sturm ein Drosselnest in den Garten, es war ganz weich, ausgekleidet mit dem schwarzen Glanz ihrer Haare. Sie bewahrte es lange auf, bis es schließlich austrocknete und auseinanderfiel, nachdem es ihre Schüler, denen sie es zeigte, immer wieder betastet hatten.

Sie hob ihren Bastkorb hoch und legte die Magnesiumflasche, das Kartenspiel und eine Handvoll Aufgußbeutel hinein. In der Diele zog sie ihren dicken Mantel über. Obwohl sie das Haus nun schon seit mehr als drei Jahren bewohnte, war die Auffahrt immer noch nicht hergerichtet, sondern von zugefrorenen Fahrspuren zerfurcht. Sie blieb stehen und testete eine Furche mit dem Druck ihrer Schuhspitze, um zu sehen, wie schwer der Frost gewesen war. Die zähen, ovalen Wasserbläschen zerteilten sich und zogen sich von ihrem Schuh zurück. Sowie sie ihr Gewicht verlagerte, kehrten sie zurück, aber das Eis zerbarst nicht. Weil sie Angst hatte hinzustürzen, schlurfte sie beim Gehen. Unter ihren Füßen knisterte das Eis, über sich konnte sie an diesem Mittag den Mond in seiner letzten Phase sehen.

Die Luft war schneidend kalt. Im Hals hatte sie Schmerzen; jedesmal, wenn sie schluckte, verspürte sie einen Kloß in der Kehle. Das wenige, das sie zu sich nahm, mußte sie gründlich kauen, andernfalls konnte es geschehen, daß es an dem Kloß nicht vorbeirutschte. Alle Welt warf ihr vor, wie ein Spatz zu essen. Alle Welt riet ihr, einen Arzt aufzusuchen. Doch auch ohne eine Diagnose wußte sie, daß sie den Winter nicht überleben würde. Im September hatte sich ihr Sohn Brian erboten, ihr einen Wintermantel zu kaufen; sie jedoch hatte sich geweigert, mit der Begründung, ihn ohnedies nicht mehr lange tragen zu können.

Auf der asphaltierten Straße konnte sie fester auftreten. Noch brauchte sie nicht aufzuschauen. Sie kannte die Biegung, den Spalt in der Hecke, durch den sie den See erblikken konnte. Erst mußte sie die Schule passieren. Das alte Schulgebäude hatte anders ausgesehen, wie eine Kirche, aus weißem Stein errichtet. Immerhin wies das neue Gebäude ordentliche Toiletten auf – besser als diejenigen, die sie, die Klassenordnerin, sich mit dem Rest der Schule hatte teilen müssen. Es war so schlimm gekommen, daß sie sich schließlich angewöhnt hatte, ihr Wasser den ganzen Tag zurückzuhalten.

Als sie vorüberging, erscholl die ungeduldige Stimme des

Schulmeisters, der wieder und wieder eine Seitenzahl ausrief. Sie lächelte und freute sich auf den Spalt in der Hecke. Die Bergschulter fiel schräg ab, und sie hob den Blick, um den See zu betrachten. Da lag er, ein flacher, aluminiumfarbener Barren, fast auf der Höhe des Horizonts. Sie blieb stehen und sah ins Weite.

Hinter der nächsten Straßenkurve stand das abgeschiedene Cottage mit der Rückseite zum See. Niemand bemerkte sie. Nicht, daß es irgendeinen Unterschied gemacht hätte. Mit ihrem Schlüssel schloß sie die Haustür auf, trat ein und hängte ihren Mantel an den Garderobenständer, neben den ihres Sohnes. Er trug ihn nie, denn alle seine Besorgungen erledigte er mit dem Auto. Er war korpulent geworden, weil er nicht genügend Bewegung bekam und weil Bernadette ihm dieses neumodische Essen kochte, Spaghetti und Curry. Allein der Geruch hob der alten Frau den Magen.

In der Küche spürte sie die Hitze im Gesicht. Sie öffnete die Herdtür, damit sie das Feuer und die rote Glut betrachten konnte. Sie ließ sich in den Sessel sinken und streckte die Füße aus, um sich die Beine zu wärmen, bevor sie das Teewasser aufsetzte.

Von ihrem Sitzplatz aus konnte sie den See erkennen, eingerahmt von den Tüllgardinen des rückwärtigen Fensters. Als sie ausgezogen war, hätte sie sich nicht träumen lassen, daß sie den See vermissen würde, doch bereits am ersten Morgen hatte sie gleich nach dem Aufwachen einen Blick durch das neue Fenster geworfen und die Veränderung nur zu deutlich bemerkt – wie wenn sie mit frisch geschnittenen Haaren an einem Spiegel vorüberkam. Mit jedem Erwachen am Morgen hatte der Verlust schwerer gewogen. An das Feld hinter dem Haus konnte sie sich nicht gewöhnen. Es war von einer tristen Eintönigkeit. Der See hingegen blieb sich niemals gleich, von Minute zu Minute war er wie verwandelt. Jetzt war seine Farbe zinnern. All die Jahre über, die sie in diesem Cottage verbracht hatte, war der See allgegenwärtig gewesen. Wenn sie abwusch, ließ sie den Blick auf ihm ruhen, ohne ihn recht wahrzunehmen. War sie am Bettenmachen, wußte sie ihn hinter sich.

Plötzlich schreckte das Klingeln des Telephons sie auf. Sie fixierte es und befahl ihm aufzuhören. Dann begann sie die Klingelzeichen zu zählen. Bei zehn hätten sie eigentlich aufgeben müssen, aber sie ließen es weiterklingeln. Hartnäckig. Als es endlich verstummte, blieb in der Stille ein schwach zitterndes Echo zurück.

Sie erhob sich, um den Kessel mit Wasser zu füllen. Was, wenn es sich um einen Unfall handelte? An seinem Arbeitsplatz mochte Brian alles mögliche zustoßen. Sie erinnerte sich an jenen Samstag in Cookstown, als sie den Bus verpaßt hatte und zur Werkstätte gelaufen war, um sich von jemandem mitnehmen zu lassen. Brian lag im Overall unter einem aufgebockten Auto, von wo aus er mit ihr sprach. Die ganze Werkstatt war ihr verhaßt. Sie glich einer düsteren Flugzeughalle, voll von Dieselgeruch und dem scheppernden Geräusch hingeworfener Schraubenschlüssel. Durch ein zerbrochenes Dachfenster rieselte der Regen herab und blieb in runden Tröpfchen auf dem öligen Betonboden haften. Ein unmelodisch vor sich hin pfeifender Mechaniker ließ einen Wagen an und brachte den Motor auf Hochtouren, bis sie befürchtete, daß ihr der Kopf zerspränge. Es war ihr zuwider, daß Brian eine Werkstatt besaß, und noch schlimmer war der Umstand, daß er sie mit Geld gekauft hatte, welches er mit Fischen verdient hatte. In ihrer Familie hatten die Männer von jeher den Unterhalt mit dem Aalfang verdient.

Der Kessel auf dem Herd begann leise zu klirren, sie entnahm ihrem Korb einen Teebeutel und tat ihn in eine Tasse. Als das Wasser brodelte, goß sie es auf und beobachtete, wie sich sein Gelb mahagonibraun färbte. Mit einem Löffel fischte sie den aufgedunsenen Beutel heraus und warf ihn ins Herdfeuer, daß es zischte. Von der wenigen Milch, die sie hinzugegeben hatte, trübte sich der Tee.

Zwei, drei Jahre, bevor Hugh, ihr Mann, verstorben war, hatten die Aale erstmals Gewinn abgeworfen. Es kam zur Gründung einer Genossenschaft, und die Preise schnellten in die Höhe. Binnen weniger Monate war der rissige Linoleumfußboden hinausgeworfen und durch Teppichboden ersetzt worden. Ihren Lieferwagen tauschten sie nicht etwa gegen einen Gebrauchtwagen ein, sondern gegen eine funkelnagelneue Karosse. Aber sie hatten sich auch schwer dafür abrackern, ihren Schlaf zu jeder Tages- und Nachtstunde ergattern müssen. Oft hatte sie gesehen, wie Hugh im Licht der Scheinwerfer die Leinen zurechtmachte – vierhundert Fliegen mit Haken an jeder Leine, insgesamt vier Leinen –, während sie sich, die Taschenlampe in der Hand, mit schmerzendem Rücken bückte, um die dünnen, schlüpfrigen, trossenähnlichen Würmer vom nächtlichen Boden aufzulesen und einzeln aufzuspießen.

Eines Nachts hatte sie einen Schritt zur Seite getan und war auf etwas draufgetreten, das sie schwindeln machte, etwas Straffes und zugleich Weiches – etwas Lebendiges. Ein Aal. Aale. Auf das Igittigitt des Ekels folgte der Ausruf: »Heilige Mutter Gottes!« Sie entsann sich noch des genauen Wortlauts und erinnerte sich daran, wie sich ihr die Kopfhaare sträubten, als stünden sie unter Strom. Sie trat zurück, doch wieder wand sich unter ihrem Absatz ein Tier. Der Strahl der Taschenlampe beleuchtete die schweigende, schlängelnde Prozession, die auf ihrem Weg von einem Gewässer zum andern Land überquerte. Aus der Tiefe, in die Tiefe. Wie eine Schneckenspur glitzernd. Als sie daran dachte, schauderte sie; beinahe hätte sie ihren Tee verschüttet.

Sie schaltete das Transistorradio an und stellte statt des Ersten Programms den Lokalsender ein, um Nachrichten zu hören. Sie lauschte, ohne zuzuhören, und starrte auf den See hinaus. Unfälle, Morde. Es hieß, daß der See jedes Jahr ein Opfer fordere. Das war schon seltsam, denn auf dem See gab es gar keine richtigen Stürme. Wenn sich eine Brise erhob, kräuselte sich das Wasser und verfärbte sich braun. Dennoch gab es windige Nächte, in denen sie sich sorgte, wenn die Männer zum Fischen ausgefahren waren und sie das Wasser in der Toilettenschüssel auf und ab schwappen sah. Letztes Jahr war Hugh gestorben, Gott sei Dank eines friedlichen Todes. Etwa zur gleichen Zeit war die Katze eingegangen. Beide hatten lange genug vor sich hingekränkelt.

Nur einmal in ihrem Leben war sie mit ihnen im Boot ausgefahren. Als sie Hugh darum gebeten hatte, sie mitzunehmen, hatte er aufgelacht und die Idee mit Verachtung von sich gewiesen. Aber sie hatte eingewandt, daß sie nun schon ihr ganzes Leben für sie gekocht habe und neugierig sei zu erfahren, was sie da draußen eigentlich trieben. Außerdem liege jetzt, da sie einen Kochherd mit Automatik hätten, gar kein Grund mehr vor, sie auszuschließen. Jedesmal, wenn Hugh sie ansah – eine passive Zuschauerin, die mit gekreuzten Armen im Bootsbug saß –, schüttelte er ungläubig den Kopf und bemerkte zu Brian: »Gott, ist die kauzig!« Aber sie wußte, das war als Kompliment gemeint. Es handelte sich um ein offenes Boot mit einem Außenbordmotor; in der Mitte stand eine Öltonne, über deren Rand ein rasierklingenscharfes Küchenmesserblatt herausragte wie eine Indianerfeder. Wenn die Männer, falls ein Aal angebissen hatte, die Leinen einholten, warfen sie das Tier klatschend in die Tonne, wobei die Schneide die Leine durchtrennte. Wie ihr Mann und ihr Sohn so ganz in ihrer Arbeit aufgingen, hatte sie eine seltsame Bewunderung für die beiden empfunden. Sie waren so geschickt und wurden dabei nicht gewahr, daß man sich an ihrer Geschicklichkeit nicht sattsehen konnte. Sie wollte schon die Hand nach den Männern ausstrecken, doch sie wußte, daß sie das, was ihr Ehrfurcht einflößte, nicht fassen konnte, wußte, daß sie verspottet würde, falls sie versuchte, ihre Gefühle in Worte zu kleiden. Sie beobachtete, wie das Geringel brauner und gelber Aale in der Tonne zunahm, ein einziges Knäuel in unablässiger Bewegung, und wurde sich bewußt, daß jeder von ihnen einen Haken verschluckt hatte. Sie sei zu weichlich, meinten alle. Als einmal ein Sackvoll Kätzchen ertränkt werden sollte und man sie dabei ertappte, wie sie das Wasser im Eimer wärmte, um ihm die Kälte zu nehmen, hatte man sie ausgelacht.

Angestrengt schluckend, trank sie ihren Tee aus, und bevor sie es vergaß, drehte sie den Zeiger des Transistorradios wieder aufs Erste Programm zurück und schaltete es aus. Das war gerade so eine Kleinigkeit, wie Bernadette sie bemerken würde. Sie mußte das Cottage stets in dem gleichen Zustand zurücklassen, in dem sie es vorgefunden hatte. Eines Tages, als sie ihm wieder einmal einen ihrer »Besuche« abstattete, hatte sie am Gartentor hinter dem Haus einen jungen Mann kauern sehen. Sie verspürte nicht etwa Angst, sondern Neugier. Das nasse Spültuch hatte sie zum Vorwand genommen, hinauszugehen und ihn zu fragen, was er da suche.

»Ich bin Student, sozusagen. Ich untersuche Steine.«

Er trug einen Beutel über der Schulter und einen Hammer in der Hand. Sie bot ihm eine Tasse Tee an, und er folgte der Einladung. Er war jung und von einer Lernbegeisterung erfüllt, die ihrem eigenen Sohn fehlte. Anfänglich jedoch hatte er mit ihr von oben herab geredet und sich, als er ihr sein geologisches Forschungsvorhaben erläuterte, einfacher Ausdrücke bedient. Sie beschied ihm knapp, sie sei von Beruf Lehrerin gewesen.

»Die neueste Theorie«, erklärte er, »besagt, daß die Kontinente sich verschieben. Diese gewaltigen Landmassen können gewaltige Entfernungen zurücklegen. Allerdings brauchen sie dazu gewaltig viel Zeit.«

»Ich bin gewaltig beeindruckt«, sagte sie. »Noch Tee?«

Er hielt ihr die Tasse am Henkel entgegen, und sie schenkte ihm nach. Seine Haut war blaß, und er hatte sich schon mehrere Tage nicht rasiert, aber seine Augen leuchteten vor Begeisterung.

»Können Sie sich vorstellen«, sagte er, »daß Südamerika und Afrika einst zusammenhingen und jetzt Tausende von Meilen voneinander entfernt sind? Die Steine sind der Beweis. Denken Sie bloß an die Kraft!«

Er stellte die Tasse ab und rieb eine Hand heftig gegen die andere.

»Ja«, sagte sie.

Während sie sich unterhielten, rauchte der junge Mann eine Menge Zigaretten. Jedesmal bot er ihr eine an, die sie ebensooft ausschlug. Sie erkundigte sich danach, ob er verheiratet sei, und er erwiderte, er sei mit einem Mädchen aus Cookstown verlobt. Nach seinem Studienabschluß würden sie heiraten. Als er ihr den Namen seiner Verlobten nannte, waren der alten Frau zu ihrer Überraschung weder sie noch ihre Verwandtschaft bekannt. Wahrhaftig, Cookstown hatte sich verändert.

Nachdem er sich verabschiedet hatte, holte sie das Spültuch wieder herein und wedelte damit vor dem geöffneten Fenster, um den Rauch zu vertreiben. Bernadette hatte eine scharfe Nase, die sie schon bei dem leisesten Geruch rümpfte. Sie verabscheute auch die Art und Weise, wie ihre Schwiegertochter bei der Hausarbeit die Schultern hochzog, ihre abgehackte Sprechweise, als wolle sie sagen: »Ich rede zwar mit dir, aber ich muß endlich mit meiner Arbeit voranmachen.« Vorzeitig gealtert, die Kleine. Außerdem war das Haus ohnehin blitzblank, gab es doch weder Kind noch Katze, die es auf den Kopf gestellt hätten. Was sie mit am meisten verärgert hatte, war die Eile, mit der Bernadette das Cottage neu tapeziert hatte, kaum daß die Alten in ihren neuen Bungalow gezogen waren. Mit solchen Wänden hätte sie nicht leben können, hatte sie erklärt und ihre spitzen Schultern gezuckt.

Die alte Frau setzte sich an den Tisch beim Fenster und begann eine Partie Patience. Der See hatte eine bleierne Farbe angenommen. Sie blickte zum Himmel auf, der sich mittlerweile bewölkt hatte. Die Schnapprolläden waren über und über mit langbeinigen Mücken verklebt. Im Sommer kamen sie in hellen Scharen herbei, man wurde sie – wie einen hartnäckigen Geruch – auch dann nicht los, wenn man Türen und Fenster verriegelte. Rasch teilte sie die Karten aus; sie machten ein ratschendes Geräusch, wenn man sie von dem Packen löste. Patience irritierte Bernadette. Sie hielt das Spiel für Zeitvergeudung. Die alte Frau gab ihr innerlich recht. Ihr ganzes Leben lang hatte sie die Zeit in ihrem Flusse aufhalten wollen, aber stets war ihr erst *hinterher* danach zumute gewesen. Entweder war sie zu beschäftigt oder zu erschöpft, um einen Augenblick zu ergreifen und festzuhalten. Inzwischen war Brian verheiratet und mußte nach jeder Mahlzeit den obersten Hosenknopf öffnen. Wie lange war es her, daß sie ihn mit dem Dreizack ihrer Finger bei den Knöcheln gefaßt hatte, um ihn auf seine Windel zu plazieren? Oder ihm bei der Erstkommunion die Haartolle, die ihm ständig in die Stirn fiel, mit Eiweiß festgepappt hatte, bevor ein Photo von ihm gemacht wurde? Oder ihn in seinem besudelten Anzug ins Bad gestupst hatte, wo er seinen Kopf an ihre Schulter lehnte, während sie an seinen Schnürsenkeln herumnestelte – weiß vor Zorn und Angst, weil er den Lieferwagen in einem solchen Zustand nach Hause gefahren hatte? Gleich allen anderen hatte sie am Tage seiner Hochzeit applaudiert.

Bube auf Dame, und schon saß sie wieder fest. Andere Karten ließen sich nicht mehr bewegen. So strich sie denn die Karten mit einem erbitterten Seufzer ein. Sie stand auf, um ins Badezimmer zu gehen. Als sie die Treppe stieg, mußte sie sich mit den Händen von den Schenkeln abdrükken. Es hatte einmal eine Zeit gegeben, da war sie, zwei Stufen auf einmal nehmend, die Treppe hinaufgesprungen. Das Klosettpapier im Bad war olivgrün und verfärbte sich in der Toilettenschüssel beinahe schwarz. Sie streifte durch die Schlafzimmer und erkannte sie nicht wieder. Die Gefälligkeit, die Farben. Nur der Blick aus dem Fenster war unverändert. Dies war die Kammer, in der sie Brian zur Welt gebracht hatte. Die einzige Erinnerung, die ihr geblieben war an jene Nacht, war das Knistern des Zeitungspapiers unter ihr. Bis zum gegenwärtigen Tage konnte sie es nicht ertragen, sich auf Zeitungspapier zu setzen, selbst wenn ein Kissen darüber lag.

Unten machte sie sich noch eine Tasse Tee und verzehrte einen trockenen Keks. Sie massierte sich den Kehlkopf, wie sie es beim Tierarzt gesehen hatte, als er der Katze Pillen durch die Speiseröhre schleuste. Sie fand, daß es sich leichter schlucken ließ, wenn sie den Kopf im Sessel zurückneigte...

In panischer Angst erwachte sie. Es war dunkel, und der Regen prasselte gegen die Fensterscheibe. Einen Augenblick lang wußte sie nicht, wo sie sich befand, und wähnte schon, das Cottage gehöre wieder ihr. Sie knipste die Tischlampe an und sah auf die Uhr – Viertel nach fünf. Sie begann ihre Habseligkeiten zusammenzulesen. Die Tasse wusch sie aus und hängte sie wieder an ihren Haken. Sie hatte gar nicht bemerkt, daß es schon so spät war. So rasch sie konnte, dämpfte sie das Feuer mit Kohlengrus ab und schloß die Herdtür. Von der Schaufel rieselte raschelnd ein wenig Staub auf den Linoleumboden, und sie verfluchte ihre Unachtsamkeit. Den Schmutz fegte sie unter den Herd.

Draußen herrschte mondloses Dunkel. Zwar regnete es immer noch, aber die morgendliche Kälte hatte sich gelegt. Nachdem der Knall der zuschrammenden Tür verhallt war, lag das Cottage still, bis auf das Glucksen des Regenwassers in den Gullys.

Hinter dem Hügel erblickte sie den weißen Fächer von Autoscheinwerfern, sodann, als diese sich am Horizont brachen, deren grelles Licht selbst. Sie beobachtete, wie der Wagen auf das Cottage zufuhr. Der Fahrer bremste ab und betätigte vor der Abzweigung den Blinker. Rasch schlüpfte sie durch den Spalt in der Hecke aufs Feld. Das Auto ratterte durch die Schlaglöcher platschend den Feldweg hinan. Da es ihr schwerfiel, sich hinzukauern, reckte die alte Frau den Hals nach vorn und zog den Kopf ein. Sie mußten früher aufgebrochen sein. Das Cottage füllte sich mit Licht. Sie vernahm die Stimme Bernadettes, die sich wie eh und je beklagte:

»Erwartest du etwa von mir, daß ich mich damit abschleppe?«

Die Haustür schlug. Die alte Frau stand zitternd im Feld.

»Glaubst du etwa, du bist etwas Besonderes?« sagte sie. Es waren die ersten Worte, die sie seit Dienstag geäußert hatte, und sie ließen ihre Schädelknochen erbeben. Der Mond war in seiner letzten Phase, und auf ihren Handrükken fühlte sie den Regen. Ihr Zittern steigerte sich zu Brechreiz und Bestürzung, und es schauderte sie. An einem Abend wie diesem würden sich die Aale durchs Gras schlängeln. Die Haare standen ihr zu Berge. Einmal hatte sie Hughs Finger gesehen, als ein Aal ihn gebissen hatte – der Knochen schimmerte wie Perlmutt durch die Wunde. Indem sie die Fußsohlen durchbog, zwängte sie sich unbeholfen durch den Spalt in der Hecke. Auf der Straße hielt sie sich an den Randstreifen, um den Schlaglöchern auszuweichen. Irgendwo kringelte sich eine Prozession von Aalen dem See entgegen. Aus der Tiefe, in die Tiefe. Sie wandte sich um und hielt nach dem Gewässer Ausschau. Aber sie sah nichts als eine unermeßliche Schwärze, die sich ununterbrochen bis über ihren Kopf hinaufwölbte.

Als sie das von Dunkel eingehüllte Cottage betrachtete, dessen gelbe Fenster sich in den Regenlachen spiegelten, war sie gefaßt darauf, daß nicht allzu weit von ihr die Erde von Aalen wimmelte. In diesem Augenblick wußte sie, daß es mit ihrem Leben zu Ende ging. Es war nicht gut verlaufen. Nicht so, wie sie es sich gewünscht hätte. Wieder verspürte sie den Kloß in ihrer Kehle und wußte, daß ihre Augen sich mit Wasser füllten. Unter ihren Füßen drifteten Kontinente. Sie senkte den Kopf in den schräg fallenden Regen, und mit aufgeknöpftem Mantel trat sie den beschwerlichen Gang zu ihrem Bungalow an.

Sprache, Wahrheit und Maulsperre

Norman saß im Wartezimmer des Zahnarztes. Aus einem grauen Himmel regnete es Bindfäden. Die naßglänzenden Dächer fielen stufenförmig zum Meer ab. Weil er ein Notfall war, mußte er länger als eine Stunde warten, während die Patienten, die bereits einen Termin hatten, an ihm vorbeidefilierten.

Endlich steckte der Zahnarzt seinen bebrillten Kopf zur Tür herein und fragte: »Mr. Noyes?«

Auf der Insel gab es zwei Zahnärzte, und es wurde Norman schlagartig klar, daß er sich den falschen ausgesucht hatte. Als der Arzt der Sprechstundenhilfe seine Geheimchiffren zurief, verströmte er üblen Mundgeruch. Er stocherte in dem Backenzahn herum, der Norman Kummer bereitete, und Norman schrie gellend auf. Peinlicherweise brach seine Stimme.

»Das scheint mir der Übeltäter zu sein«, sagte der Zahnarzt. »Ich glaube nicht, daß wir ihn retten können. Ein ›übertünchtes Grab‹.«

Er ging ans Fenster und bereitete eine große Spritze vor. Bevor er sich dem Stuhl wieder nahte, verbarg er sie rücksichtsvoll hinter seinem Rücken.

»Den Mund schön weit aufmachen«, sagte er. »In einer Minute fühlen Sie nichts mehr. Machen Sie hier Ferien?«

»Ja.«

»Das Wetter ist ziemlich schlecht.«

»Das kann man wohl sagen.«

Von dem Augenblick an, da ihm die Reise vorgeschlagen worden war, hatte er gewußt, daß alles schiefgehen würde. Patricia meinte, mit seiner sturen Haltung habe er einen nicht unbeträchtlichen Teil dazu beigetragen, daß in der Tat alles schiefging. Als *sie* noch klein war, hatte ihr Vater den Kindern in den Ferien bei Regenwetter erlaubt, ihre Schwimmsachen, Gummistiefel und Regenmäntel anzuziehen, und hatte sie zu ausgelassenen Strandspaziergängen mitgenommen. Aus feuchtem Treibholz hatte er, wie sie sich ausdrückte, blau qualmende Feuer angezündelt. Wenn es jetzt regne, ziehe er, Norman, sich mit seinen Büchern ins Schlafzimmer zurück. Norman hatte sich damit verteidigt, daß er zu tun habe und er der Reise nur unter der Bedingung zugestimmt hatte, daß er seinen Vortrag über Gilbert Ryle vollenden könne.

»Was sind Sie von Beruf?«

»Ich lehre. Ich bin Universitätsdozent.«

»Oh. In welchem Fach?«

»In Philosophie.«

»Wie schön.«

Im Kiefer begann er eine Art Kribbeln zu verspüren.

»Wo wohnen Sie?«

»Wir haben einen Bungalow oben in Ard-na-soundso.«

»Ah ja. Neben dem alten Herrensitz. Interessante Nachbarn.«

Norman vermutete, daß er die geistig behinderten Männer meinte, die ihm aufgefallen waren. Sie hatten ihn über die Mauer hinweg angestarrt. Unbeweglich wie Wachtposten standen sie stundenlang im Regen und beobachteten das Haus. Nachts vernahm er johlendes Gelächter, ein Jaulen und Heulen, das er bis dahin nur mit Zoos in Verbindung gebracht hatte.

»Den Mund schön weit auf.« Der Zahnarzt hängte eine Saugvorrichtung, einem Spazierstock gleich, in Normans Rachen. »Jetzt können Sie sich entspannen. Manchmal fände ich es besser, den Leuten das Ding vor die Hose zu hängen. Bei einigen Patienten läuft mehr der Schweiß als der Speichel.«

Die Sprechstundenhilfe lächelte. Sie war keine Schönheit, aber von seinem Stuhl aus konnte Norman erkennen, daß der mittlere Knopf ihres weißen Kittels offenstand und die untere Rundung ihrer in einem Spitzen-BH ruhenden Brust freigab.

Der Zahnarzt lehnte sich gegen Normans Unterkiefer und machte sich in seiner Mundhöhle zu schaffen. Es knackte, der Zahnarzt schnalzte mißbilligend mit der Zunge und begab sich zu einem Schrank hinter dem Stuhl. Jetzt hat er ihn zersplittert, dachte Norman.

»Wie lange bleiben Sie?« fragte der Zahnarzt.

»Wei Woen.«

»Wie schön.«

»Ich rieg eien und ich ehr u.«

»Wie bitte?«

Norman deutete auf seinen Unterkiefer, wobei er alberne Geräusche hervorstieß.

»Oh«, sagte der Zahnarzt. Er rückte den Kiefer zurecht und renkte ihn wieder ein. »Vermutlich ein schwacher Muskel.«

»Ist er zersplittert – der Zahn?«

»Nein, den sind wir los.«

Norman staunte. Er hatte nichts verspürt.

Von der Küche her rief Patricia:

»Na, Liebling, wie war's?«

Norman mußte über die Kinder hinübersteigen, die auf dem Dielenteppich mit einem bunten Strandball spielten. Obwohl es erst fünf Uhr war, mußten sie das Licht einschalten – an einem Sommernachmittag!

»Es ging. Er hat ihn gezogen.« Norman holte ein Tempotaschentuch mit einem feuchten, roten Flecken hervor und hielt es seiner Frau hin. Sie weigerte sich hinzusehen und forderte ihn auf, es in den Mülleimer zu werfen. Dann fragte sie: »Dachtest du etwa, die Rote Guggu bringt dir was dafür?«

»Ich dachte nur, es würde dich vielleicht interessieren, mehr nicht.«

»Ach, mein Armer«, sagte sie und drückte ihm einen leichten Kuß auf die Wange. »Hast du überhaupt etwas gespürt? Vielleicht sollte ich dich auf die andere Seite küssen, die nicht taub ist.« Wenn er krank war, legte sie eine Unbeschwertheit und Herablassung an den Tag, die ihm nicht behagte.

»Ich glaube, ich lege mich ein Weilchen hin. Nach einem gezogenen Zahn steht einem das zu.«

»Wie du meinst. Möchtest du danach etwas zu essen haben?«

»Was gibt's denn?«

»Spaghetti.«

»Mal sehen.«

Im Schlafzimmer streifte er seine Schuhe ab und stellte sich an die regengetupfte Fensterscheibe. Da waren sie wieder, standen unter den Bäumen an der Mauer. Ihre Köpfe waren gerade noch zu erkennen, die Haare klitschnaß und platt gedrückt. Als sie sich im Laden erkundigt hatten, fanden sie heraus, daß der Herrensitz als regionales Ferienzentrum genutzt wurde und zur Zeit eine Gruppe geistig zurückgebliebener Männer beherbergte. Eine Mischung von Mongoloiden, Kretins und Gott weiß was. Als sie Norman ans Fenster treten sahen, zogen sie sich unter die Bäume zurück.

Er legte sich aufs Bett und schlüpfte unter die Tagesdecke. Die Kammer roch klamm. Wahrscheinlich hatte sie nicht nur den Winter über, sondern auch während der Sommermonate leergestanden. Welcher normale Mensch würde sich auch schon neben einem Irrenhaus einquartieren wollen? Er schloß die Augen, und sein linkes Ohr begann zu jaulen wie eine hohe Sirene in der Ferne. Er fragte sich, ob das normal sei. Erleichtert hörte er, wie das Geräusch in seinem Ohr verklang und einer gewöhnlichen Empfindung wich. Er wußte, daß er hypochondrisch veranlagt war. Wenn er nachts nicht einschlafen konnte (meist nach der Arbeit an einer Vorlesung oder einem Vortrag), wurde er seines Herzschlags gewahr, lag wach und wartete darauf, daß er aussetzte. Eine gewisse Schwere im Arm steigerte sich mit der Zeit zu regelrechten Schmerzen – Symptom eines bevorstehenden Herzinfarkts. Beschwerden an anderen Stellen seines Körpers gemahnten ihn an Krebs. Trägheit ließ sich mit Schwäche verwechseln, die ihrerseits zum sicheren Anzeichen für Leukämie wurde. Jene Trägheit konnte tagelang andauern und gab ihm Anlaß zu steter Sorge.

Obgleich er derlei Ängste nicht laut aussprach, durchschaute Patricia seine Gemütsverfassung irgendwie und fertigte ihn ab wie ein Kind. Vor ihrer Heirat war sie Volksschullehrerin gewesen, und in der Art, wie sie mit ihm umsprang, wenn er krank war oder angab, sich nicht wohlzufühlen, klang ihr Beruf noch an. Den Ärztlichen Ratgeber, den er unter die Bücher geschmuggelt hatte, die er in die Ferien mitzunehmen gedachte, hatte sie entdeckt; jedoch hatte er sich darauf hinausreden können, daß ihr oder den Kindern an einem so abgelegenen Ort wie einer Insel vor der schottischen Küste alles mögliche zustoßen konnte. Sie hatte ihn darauf hingewiesen, daß Tag und Nacht ein Flugrettungsdienst zum nächstgelegenen, modernst ausgerüsteten Krankenhaus auf dem Festland bereitstand. Auf sein Drängen hatte sie beim Verkehrsamt telephonisch nachgefragt, ob dem tatsächlich so sei.

Ohne es auszusprechen, wußten sie doch beide, daß ihre zehnjährige Ehe in Routine erstarrt war. Sie unterhielten und zankten sich nicht mehr wie ehedem; vielmehr war fast alles, was sie einander mitzuteilen hatten, von Sarkasmus eingefärbt.

Jahr für Jahr fuhren sie in den Ferien in dieselbe Sommerfrische, wo sie einen Monat mit befreundeten Familien verbrachten. Im März hatte Norman wieder einmal dagesessen und Zeitung gelesen, als Patricia die Bemerkung machte: »Ich finde, wir sollten diesmal allein in Urlaub fahren.«

»Und die Kinder?«

»Oh, *die* nehmen wir mit.«

»Wie können wir allein sein, wenn die Kinder mitkommen?«

»Wir würden endlich von den ewig gleichen alten Gesichtern wegkommen. Von den ewig gleichen endlosen Gesprächen. Nachts wären wir allein.«

»Aber ich muß doch noch diesen Vortrag zu Ende schreiben...«

»Würde es nicht auch ein Nachtrag tun?« gackerte sie und kugelte sich vor Lachen. Das war etwas, womit sie, als sie sich kennenlernten, seine Zuneigung gewonnen hatte, aber nach zehnjähriger intimer Kenntnis konnte er nicht mehr verstehen, wie etwas, das ihr komisch vorkam, ihren ganzen Körper erfassen und durchschütteln konnte. Eines Abends hatte ihr jemand auf einer Party einen Witz erzählt, und sie war an der Wand herabgeglitten, hatte sich vor Lachen gekrümmt und ruckend und schwappend ihren Drink auf dem Boden verschüttet. Als er sie tags darauf nach dem Witz befragte, konnte sie sich daran gar nicht mehr erinnern.

Er selbst hatte den Humor eines Intellektuellen. Geistreicheleien entlockten ihm eher ein Lächeln als bloße Komik. Zuweilen erlitten die Leute um ihn herum Lachanfälle, während er nicht einmal die Pointe verstand.

In der Diele fingen die Kinder zu streiten an, dann brach eines von ihnen in Heulkrämpfe aus. Norman preßte sein gesundes Ohr aufs Kissen. Kinder waren vollkommen irrational, besonders in diesem Alter. Die Jüngere hieß Betty, eine Sechsjährige mit großen Zahnlücken, die sich strikt weigerte, gesunde Nahrung zu sich zu nehmen, und auf allem bestand, was süß und schädlich war. John war zwei

Jahre älter und hatte den lauten Humor seiner Mutter. Wenigstens aß er Blumenkohl. Er mußte wohl eingeschlafen sein, denn als die Kinder um sein Bett herumschlichen, weckten sie ihn mit ihrem Geflüster auf.

Als sie merkten, daß er aufgewacht war, schrien sie: »Mum sagt, das Abendessen ist fertig.«

Norman erhob sich. Sein Mund schmeckte widerwärtig. Er putzte sich die ihm verbliebenen Zähne mit Pfefferminzzahnpaste und dachte über das Altern nach. Mit der Seite des Mundes, die nicht in Mitleidenschaft gezogen war, schlürfte er einige Spaghetti, die er mit der Zunge vorsichtig am Gaumen zerdrückte.

»Wie geht's dir denn jetzt, Liebling«, erkundigte sich Patricia.

»So la la«, sagte er. »Ich hab' das Gefühl, der Zahnarzt ist auf einem Schlachthof ausgebildet worden. Mein ganzer Kiefer schmerzt.«

»Schau mal, Mum, da sind sie wieder«, sagte Betty.

»Wer denn, Schatz?«

»Die Hirnis.«

»Ach ja, richtig – die Armen«, sagte Patricia.

Norman blickte über die Schulter aus dem Eßzimmerfenster. Da standen sie wieder an der Mauer, zu sechst. Sie waren von der Schlafkammer zum Eßzimmer umgezogen. Als sie sahen, daß Norman sich zu ihnen umdrehte, duckten sie sich und richteten sich erst allmählich wieder auf. Einer von ihnen, der mit offenem Mund dastand, rief irgend etwas Unverständliches, worauf die anderen lachten.

»Du sollst sie nicht Hirnis nennen«, sagte Norman.

»Dann eben Spastis«, erwiderte John.

»Du sollst sie auch nicht Spastis nennen.«

»Aber das sind sie doch, oder?«

Norman schaute seine Frau an.

»Ich vermute, in der Broschüre zum Haus stand davon kein Wort?«

»Nein, Liebling, kein Wort. Die vier Minuten zum Strand haben mir ausgereicht. Soll ich das Rouleau herunterlassen?«

»Nein, aber es muß wohl etwas Animalisches in mir sein. Ich lasse mir nur ungern beim Essen zusehen.«

»Schön zu wissen, daß überhaupt etwas Animalisches in dir ist.«

Norman warf ihr einen Blick zu, dann richtete er sein Augenmerk auf den Sohn.

»John, hält man so etwa seine Gabel?«

Den Rest des Abends verbrachten die Kinder vor dem Schwarzweißfernseher, über den sie bei ihrer Ankunft noch gespöttelt hatten. Norman ging ins Schlafzimmer, um noch ein wenig zu arbeiten. Er schrieb an einem Vortrag, zu dem ihn Ryles Unterscheidung zwischen Lust und Schmerz inspiriert hatte. Jene Empfindungen waren freilich nicht etwa Markierungspunkte auf einer Skala in dem Sinne, daß das Vorhandensein der einen das Nichtvorhandensein der anderen implizierte. Er hatte sich in komplizierte Gedankengänge über Sadismus und Masochismus verrannt. Seine Entwürfe hatte er seinem Professor gezeigt, der nach einigem Überlegen die Ansicht äußerte, das Referat neige mehr zur physiologischen denn zur philosophischen Seite. Über seine Brillenränder hinwegschielend, hatte er hinzugefügt, er ziehe es vor, sich einen runterzuholen. »Der Koitus ist nur ein ungenügendes Surrogat für die Onanie«, hatte er gesagt.

Norman wußte nie so recht, wie er ihn nehmen sollte, vermochte nie einzuschätzen, wann er etwas ernst meinte. Der Mann erlaubte sich die kindischsten Witze. Wiederholt warf er Norman vor, Ayer zum Seher zu erheben und geil auf Ryle zu sein. Was konnte man einem solchen Mann schon entgegnen? Seine junge Sekretärin zwickte er, wenn er ihr keinen Klaps versetzte, stets in den Hintern – und es schien ihr nicht einmal etwas auszumachen. Er war ein wirrer Existentialist, der sich in undefinierbaren metaphysischen Begriffen verlor. Er behauptete, mit ihrer pingeligen Auffassung von Sprache krieche die britische Philosophie sich selbst in den Arsch, während die Welt um sie herum im Chaos versinke. Oder er meinte, die britische Philosophie – Norman eingeschlossen – sei wie ein Metzger, der seine Messer so lange wetze, bis deren Schneiden schließlich abgeschliffen seien; das Fleisch hingegen sei noch immer nicht tranchiert. Norman fragte sich, was von einem Bauernsohn aus der Grafschaft Derry anderes zu erwarten sei.

Norman hatte eben den ersten Satz der von seinem Professor angeregten revidierten Fassung niedergeschrieben, als Patricia die Kammer betrat.

»Norman, es hat aufgehört zu regnen. Komm, laß uns einen Spaziergang machen!«

»Aber es läßt sich gerade so gut an.«

Sie schlang ihre Arme um seinen Hals.

»Sei doch nicht immer so bierernst. Zum ersten Mal, seit wir hier sind, hat es aufgehört zu pieseln. Am Himmel zeigt sich sogar schon ein Stückchen Blau. Lauf mit uns zum Pier.«

Das Licht draußen war von durchsichtiger, fast unheimlicher Beschaffenheit. Es war gegen zehn Uhr, eine tiefstehende, weiße Sonne hatte die Wolkendecke über dem Atlantik durchbrochen und ließ die Giebelwände der Häuser erglänzen. Die Straße war noch immer naß und glitzerte. Die Kinder in ihren Anoraks sprangen vorneweg und überließen Norman und Patricia sich selbst.

»Wie geht's denn unserem Beißerchen?« fragte Patricia.

»Du meinst, wie es ohne geht?«

»Wenn du darauf bestehst.«

»Nicht gar so schlimm.«

»Da die Nacht näherrückt.«

»So könnte man es ausdrücken.« Er lächelte. »Was meinst du?«

»Einverstanden. In den Ferien ist mir öfter danach zumute.«

»Morgen wird die Zahnhöhle auszuheilen beginnen. Das verheißt nichts Gutes. Ist es nicht merkwürdig, daß man nie den eigenen Atem riechen kann?«

Er streckte den Arm aus und nahm sie bei der Hand. Ihr Gesicht verriet gespieltes Erstaunen, doch sie erwiderte seinen Händedruck.

»Natürlich brauchen wir uns nicht zu küssen, Trish«, sagte er lächelnd.

»Wie ein Ei ohne Salz. Völlig pervers.«

Sie beugte sich zu ihm und küßte ihn im Gehen. Mitten auf der Straße blieben sie stehen und küßten einander auf den Mund, leichthin und freundschaftlich. Von weitem pfiff John durch die Zähne, und sie mußten lachen. Norman war viel größer als sie, und es war ihm ein leichtes, ihr beim Gehen den Arm um die Schultern zu legen.

Um elf stellte Patricia, um den feuchten Geruch loszuwerden, die uralte Heizdecke so hoch wie möglich ein – fast wirkten die Einstellungen wie Gänge. Norman saß am Kamin und las in einer Zeitschrift. Mit leeren Händen saß sie ihm gegenüber. In der Ecke tickte laut eine Standuhr.

»Hatten wir uns für diesen Urlaub nicht vorgenommen, miteinander zu reden?«

»Uh-huh.« Er blätterte die Seite um.

»Du redest gar nicht mehr mit mir.«

»Wie bitte, was hast du gesagt?«

»Wir reden überhaupt nicht mehr miteinander.«

Lächelnd klappte er das Journal zu, behielt indes den Finger in der Seite.

»Also gut. Worüber möchtest du reden?«

»Über alles mögliche.«

Die Standuhr steigerte sich zu einem langgedehnten Surren, ehe sie die Viertelstunde schlug.

»Je mehr ich darüber nachdenke«, setzte Norman an, »desto mehr bin ich davon überzeugt, daß etwas dran sein könnte an dem, was mein Prof sagt – daß die britische Philosophie versucht, Harakiri zu verüben. Und ich bin mir nicht sicher, ob das eine so gute Sache ist. Es wäre mir höchst unangenehm, am Ende noch dieselben Überzeugungen vertreten zu müssen wie dieser Mann.«

»Ich möchte über uns reden. Darüber, was wir denken, was wir fühlen.«

»Diffizile Wörter, ›denken‹ und ›fühlen‹. Schwer zu sagen, was darunter zu verstehen ist. Es ist unerläßlich, daß wir unsere Begriffe klären.«

»Quatsch mit Soße, Norman. Laß uns über etwas anderes reden.«

»Wieso denn? Du hast gesagt, wir könnten über alles mögliche reden.«

»Na gut.« Sie überlegte einen Augenblick, dann sagte sie: »Die Leute, die uns über die Mauer anstarren. Glaubst du, daß sie weniger intensive Gefühle haben, nur weil sie weniger intelligent sind?«

»Was sind ›intensive‹ Gefühle?«

»Du weißt schon, was ich meine.«

»Ich weiß es ernstlich nicht.«

»So in etwa, was man bei D. H. Lawrence findet.«

»Der Mann ist doch ein Nebeldunst von Trieben. Andauernd kramt er nach Worten – und statt welche zu finden, erfindet er sie. Blutbewußtsein; der düstere Wald der Menschenseele. Patricia, wenn sich etwas nicht in Worten ausdrücken läßt, dann existiert es eben nicht.«

»Norman, das ist doch völliger...«

»Aber um deine Frage zu beantworten. Es ist ein Problem für Physiologen, Neurologen oder dergleichen. Ich weiß nicht, was Hirnis fühlen.«

»Kein Wunder, daß wir nicht mehr miteinander reden.«

»Wieso das?«

»Weil du solch einen Blödsinn daherredest. Daß jemand Lawrence mit einer Handbewegung abtun...«

»Trish.«

»Was?«

»Trish. Laß uns eine Tasse Tee trinken und ins Bett gehen. Ein Streit verleidet uns doch nur alles. Wenn man vor Wut schäumt, kann man nicht miteinander schlafen. Außerdem tut mir mein Zahn schon wieder weh.«

»Dein nicht vorhandener.«

»Schon gut. Wenn wir noch länger aufbleiben, schläfst du mir noch ein.«

Patricia seufzte und brühte den Tee, während Norman seinen Zeitschriftenartikel zu Ende las.

»Eine gute Frage«, sagte er, tunkte seinen Keks in den Tee ein und saugte an ihm mit der gesunden Seite seines Mundes, »aber ich weiß darauf, ehrlich gesagt, keine Antwort. Logischerweise würde das bedeuten, daß die intelligentesten Männer die, wie du sie nennst, intensivsten emotionalen Reaktionen an den Tag legen. Das trifft offensichtlich nicht zu.«

»In deinem Fall gewiß nicht.« Da er nur noch die Ausläufer ihres Lächelns sah, konnte er nicht feststellen, ob sie ihn anlächelte oder verhöhnte.

»Ich dachte, wir wollten uns nicht mehr streiten?«

Sie hatten sich darauf geeinigt, die Hausarbeit in den Ferien gleichmäßig unter sich aufzuteilen. Norman war mit Abwaschen an der Reihe, eine Pflicht, der er nachkam, obgleich ihm ein Zahn gezogen worden war. Während er sich in der Küche aufhielt, nahm Patricia mit einer Zange ein brennendes Stück Torf vom Kaminfeuer und schwängerte das Schlafzimmer mit seinem Rauch. »Ich liebe diesen Duft«, sagte sie. »Kommst du jetzt zu Bett?«

»Ich warte noch, bis der Rauch abzieht.«

Während er langsam die Tassen abtrocknete und aufräumte, erforschte er mit der Zunge die gelierte Zahnhöhle, befühlte und schmeckte ihre kupferne Säure. Schmerzen verspürte er keine mehr. Vielleicht war der Zahnarzt doch besser, als er gedacht hatte. Für alle Fälle nahm er drei in Wasser aufgelöste Schmerztabletten ein, bevor er abschloß und das Licht ausschaltete.

Patricia lag, die entblößten Arme auf der Tagesdecke, im Bett und las. Ihre Haare hatte sie gelöst. Vom Herrensitz drang ein seltsames Geheul herüber. Norman spähte durch die zugezogenen Vorhänge und war schon halb darauf gefaßt, am Fensterbrett sechs aufgereihte Köpfe zu erblicken, die ihn beobachteten, doch das Herrenhaus lag im Dunkeln. Da erhob sich neuerlich ein Lärm wie die kindliche Nachahmung langgedehnten indianischen Kriegsgeschreis und ließ ihm das Blut in den Adern gefrieren.

»Wuaawuaawuaawuaawuaawuaawuaa.«

»Mein Gott, was für ein Haus.«

Er entkleidete sich und schlüpfte nackt neben ihre Blöße. Sie war noch immer eine schöne Frau, und wenngleich er mit ihrem Leib inzwischen vertraut war, flößte ihm dieser, vollkommen nackt, jedesmal von neuem ehrfürchtige Scheu ein. Sie flüsterte ihm zu, wie erregt sie sei. Mit dem schlichten Händchenhalten von vorhin habe es begonnen. Ihre Stimme klang verschleiert. Ihre Erregung steckte ihn an, und sie liebten einander. Aufgrund seines Befindens riet er ihr, ihm keinen Zungenkuß zu geben. Dennoch gewann Norman den Eindruck, daß es ihr Spaß machte in diesem fremden, leicht knarrenden Bett. Als sie gleichzeitig kamen, entfuhr ihm aus der Tiefe seiner Kehle ein animalischer Laut, und sein Mund öffnete sich weit.

»Agggghrrrr«, machte er.

Auf den Laut folgte ein vernehmliches Klicken. Patricia, die ihre Augen geschlossen hatte, lauschte gerade auf ihren abflachenden Atem und berührte mit den Fingerspitzen seine Schultern. Sie schlug die Augen auf und blickte ihn an. Sein Mund stand offen, und seine weit aufgerissenen Augen starrten angsterfüllt.

»ein iefer lemmt«, sagte Norman.

»Was?«

»ein iefer. Er lemmt.«

Patricia begann zu lachen. Sie schüttelte sich und hielt sich die Hand ans Ohr, als verstünde sie nicht recht.

»Was sagst du?«

Norman wies auf seinen gähnenden Mund und sprach, so deutlich er konnte: »aulerre.«

»Ich dachte schon, du hättest einen Herzanfall.«

Nun, da sie verstand, was los war, riet sie ihm mit belustigter Fürsorge, unter diesen Umständen sei es am besten, zunächst einmal von ihr abzulassen. Norman zwängte sich in eine Schlafanzughose und betrachtete sich im Spiegel. Er versuchte in immer neuen Anläufen, seine Kinnbacken zu schließen, aber es half alles nichts. In seinem Kiefer hatte es irgendwo wieder einen Kurzschluß gegeben. Über seiner Schulter sah er, wie das Spiegelbild seiner Frau sich im Bett aufsetzte und sich vor verhaltenem Lachen barbrüstig krümmte. Als er sich, um sie zur Rede zu stellen, gaffend umwandte, wurde ihr Gelächter laut. Lärmend, wiehernd und vulgär.

»Oh, Norman, du siehst so was von *dämlich* aus. Du bist ja wie einer von diesen Hirnis«, stieß sie prustend hervor. »Erlaubst du dir etwa einen Jux mit mir?«

Er wandte sich wieder von ihr ab und versuchte, sich zu entsinnen, wie der Zahnarzt zu Werke gegangen war. Er nahm seinen Unterkiefer in die Linke und drückte. Es passierte nichts. Er versuchte ihn nach oben und zur Seite zu stoßen, dann wieder zur Seite und nach unten, jedoch ohne jeden Erfolg.

Patricia hatte ihr Nachthemd übergestreift, stellte sich neben ihn und betrachtete ihn im Spiegel. Sie drehte ihn herum und besah sich seine Mundhöhle.

»Du siehst aus wie der Mann im Mond«, sagte sie kichernd und versuchte seinen Kiefer wieder einzurenken. Damit sie drankam, mußte er in die Knie gehen. Er ließ seine Arme lose herabbaumeln. Patricia trat zurück und blickte ihn an, dann brach sie erneut in schallendes Gelächter aus. »Besser noch, eine von diesen Sparbüchsen mit dem Äffchen drauf.« Sie klatschte in die Hände. »Dem hast du einen Penny in die Hand gedrückt, und er machte – schnapp.« Sie führte es ihm vor. »Wir hatten einen, dessen Kiefer gebrochen war.« Norman wandte sich wieder von ihr ab und wühlte in dem Karton mit Philosophiebüchern herum, bis er seinen Ärztlichen Ratgeber fand. Er überlegte, welche Überschrift wohl am ehesten in Frage käme. Da sein Kiefer klemmte, konnte er seine Spucke nicht hinunterschlucken, und sie tröpfelte ihm über die Unterlippe auf die Seite. Er grübelte über seinem Buch.

»aschenuch.«

Patricia reichte ihm ein Taschentuch aus der offenen Pakkung auf der Frisierkommode und stillte seinen Speichelfluß.

»Langsam kann ich mir dein Grunzen schon ganz gut deuten«, sagte sie. Norman fand nichts, was sich auf seinen Fall bezog, außer unter Wundstarrkrampf, und er war sich ziemlich sicher, daß er das nicht hatte. Er erwog, zum Dorfplatz zu gehen und vom Münzfernsprecher aus das Rettungsflugzeug herbeizurufen, bis ihm einfiel, daß er ja nicht einmal sprechen konnte und man ihn für einen Betrunkenen halten würde. Das müßte schon Patricia übernehmen. Er stellte sich vor, wie er, nur mit seiner Schlafanzughose bekleidet, in Glasgow oder anderswo ins Krankenhaus eingeliefert würde und versuchen müßte, den komplizierten Vorfall mit Gesten und Grunzlauten zu erklären. Mit Mühe teilte er seiner Frau diesen Gedankengang mit.

»Wenn du ausgehst«, sagte sie und wischte sich die Tränen von den Wangen, »müssen wir dir den Deckel von der Kaffeebüchse in den Mund stecken, damit du keinen Zug abkriegst.« Sie ließ sich aufs Bett fallen und bog sich vor Lachen. »Du siehst richtig entgeistert aus«, kreischte sie. »Ja, das trifft es genau. Norman, du bist die Entgeisterung in Person.«

»erammt ochal, Trish«, sagte er, »erd enlich ernst.«

Wieder ertönte das Geheul vom Herrensitz herüber und äffte ihn nach.

»Wuaawuaawuaawuaawuaawuaawuaa.«

Inzwischen war Patricia ebenso sprachlos wie er. Sie wurde fast hysterisch, und Norman, obgleich mit eigenem Kummer beschäftigt, überlegte sich, ob er ihr eine Ohrfeige verabreichen sollte, damit sie wieder zu sich käme. Offensichtlich handelte es sich um eine nervöse Reaktion auf das Vorgefallene. Als hätte er nicht alle Hände voll mit sich selbst zu tun.

Er ging ins Bad, um zu sehen, ob es vor einem anderen Spiegel besser würde. Wollust hatte ihn zum sabbernden Trottel werden lassen. Er mußte an D. H. Lawrence und Patricias Bewunderung für diesen denken. Er zerrte und drückte und wackelte an seinem Unterkiefer herum. Er sah aus und kam sich vor wie jene geistig Minderbemittelten, die ihn über die Mauer hinweg angeglotzt hatten. In der Ferne schlug die Standuhr Mitternacht. Jetzt war er schon fast eine halbe Stunde in dieser Verfassung. Er würde ins Krankenhaus *müssen*. Es gab zwar den Zahnarzt, aber er wußte nicht, wo dieser wohnte. Er wußte ja nicht einmal seinen Namen. Plötzlich fiel ihm ein, daß die Gattin des Professors früher eine Zahnarztpraxis gehabt hatte. Er könnte ein Ferngespräch mit ihm führen und sie um Rat bitten. Wieder besann er sich darauf, daß er nicht reden konnte. Er würde dem Prof nur die Gelegenheit zu einem weiteren Bonmot bieten: »Noyes, Sie sind voller Klang und Wut, die nichts bedeuten.« Dieses Arschloch.

Patricias Gekreisch und Geschrei hatte John aufgeweckt. Mit schlafverquollenem Gesicht kam er ins Badezimmer gelaufen. Er pinkelte, vergaß zu ziehen und ging an seinem Vater vorbei, der in den Spiegel starrte.

»Hunggh«, sagte Norman. Der Junge drehte sich um. Norman deutete auf die Toilette.

»Was?«

»iehen.«

Das Kind stand verständnislos da und hielt seine Schlafanzughose am schlabberigen Bund fest. Norman faßte ihn an der Schulter und lotste ihn zur Toilettenschüssel zurück. Auf Johns Kopf spritzte ein wenig Spucke, und Norman rieb sie ab.

»iehen.«

»Daddy, was ist los?«

Norman hob die Kinderhand und legte sie auf den Hebel – dann drückte er Hand und Hebel zugleich. Die Wasserspülung lärmte, und schlaftrunken torkelte der Junge wieder in sein Schlafzimmer zurück.

»Was ist denn mit Daddy los?« hörte Norman ihn im Flur fragen.

»Er gähnt nur besonders herzhaft, Liebling. Geh wieder ins Bett.«

Patricia trat mit dem aufgeschlagenen Ärztlichen Ratgeber ein.

»Sieh doch, hier steht's ja«, sagte sie und wies auf ein Schaubild, »runter, raus und *dann* hoch. Hier, laß mich mal versuchen.«

Sie legte das Buch auf den Toilettentisch, stellte sich, während sie über die Schulter hinweg noch einen Blick hineinwarf, auf die Zehenspitzen und nahm seine Kinnlade fest in die Hände. Sie zerrte sie nach unten zu sich heran. Norman gab einen gggrrhh-Laut von sich, und sie drückte angestrengt. Ein Knorpel knackte, und sein Mund ging wieder zu. Vorsichtig probierte er ihn aus, indem er ihn wie ein Goldfisch halb öffnete und schloß.

»Du hast's geschafft«, sagte er. Er schob seine Kinnlade hin und her, nur um sicherzugehen. »Ich hab' schon das Allerschlimmste befürchtet.« Er lachte nervös.

»Aber du hast so was von komisch ausgesehen, Norman. Tut mir leid, wenn ich gelacht habe.« Ihre Schultern bebten immer noch.

»Du hast vielleicht einen seltsamen Humor.« Mit dem Taschentuch wischte er sich den Speichel vom Kinn. »Das nächste Mal, wenn ich mir die Vorhaut im Reißverschluß einklemme, laß ich's dich wissen, dann können wir uns die ganze Nacht hindurch amüsieren.«

Wieder im Schlafzimmer, ahmte Patricia einen Schimpansen nach: mit offenem Maul und baumelnden Armen. Sie sagte: »Armer Norm.«

Als sie es sich wieder im Bett bequem gemacht hatten, seufzte er.

»Ich dachte schon, ich würde es nicht mehr lange machen. Der Zahnarzt sagt, ich muß einen schwachen Muskel haben.«

»Der Muskel ist völlig in Ordnung, Liebling«, sagte sie und kuschelte sich an ihn an. Der Nieselregen hatte wieder eingesetzt, und er hörte die Tropfen aufs Dach und die umstehenden Bäume klatschen. Das verrückte Frauenzimmer, mit dem er verheiratet war, würde er nie verstehen. Es schmerzte ihn, ausgelacht zu werden. Aber er war ihr dankbar, weil sie ihm das Kinn wieder eingerenkt hatte, und als eine Art Erkenntlichkeit beschloß er, am kommenden Tag die ganze Familie zu einem Strandspaziergang mitzunehmen und Freudenfeuer zu entfachen, ob es nun regnete oder nicht.

Er schaltete das Licht aus. Das Geschrei vom Herrensitz schien verstummt zu sein, aber er konnte nicht darauf vertrauen, daß es nicht erneut anheben würde. Noch als sie im Dunkeln in den Schlaf sanken, erschütterte Patricia mit ihrem Kichern das Bett – so wie von einem langen Weinkrampf noch ein Schaudern zurückbleibt.

Die Unterbrechung

Der Kardinal saß an seinem großen Walnußschreibtisch und sprach langsam und deutlich in ein Mikrophon. Gelangte er ans Ende eines Satzes, so betätigte er den Schalter und dachte, indem er vor sich hin starrte, darüber nach, was er als nächstes sagen wolle. An der Wand über dem Schreibtisch hing eine Ikone, die er in Thessaloniki erstanden hatte – hinterher fand er heraus, daß er zuviel Geld dafür verauslagt habe. Sie hatte bereits etliche Monate dort gehangen, als er ihr in einem seltenen Augenblick der Muße seine Aufmerksamkeit zuwandte und bemerkte, daß Christus in der Pupille des linken Auges einen Wurmstich hatte. An dieser Stelle fiel das nicht weiter auf, und er fand, daß die Ikone, statt in ihrer Wirkung beeinträchtigt zu werden, durch die Authentizität dieses geringen Mangels nur noch gewann. Er legte das Mikrophon auf den Schreibtisch und fuhr sich mit den Fingern durch das weiße Haar. So verharrte er eine Zeitlang.

Dann ergriff er von neuem das Mikrophon, schaltete es mit dem Daumen ein und sagte: »Neuer Absatz. Mitunter hält man Christen vor, sie seien Menschen ohne Mitgefühl – die Regel sei ihnen wichtiger als das Gute, das ihr entspringt.«

Da klingelte das Telephon auf seinem Schreibtisch, und er zuckte zusammen. Er stellte den Kassettenrekorder wieder ab.

»Ja?«

»Eminenz, Ihr Vater ist soeben angekommen. Können Sie ihn empfangen?«

»Tja, kann ich denn?«

»Bis zum Eintreffen der ökumenischen Delegation um halb fünf haben Sie keinen Termin.«

»Ich glaube, ich könnte eine Unterbrechung vertragen. Würden Sie ihn bitte ins Wohnzimmer führen?« Er machte das Zeichen des Kreuzes und betete mit gefalteten Händen, die Zeigefinger an die Lippen gepreßt. Nachdem er geendigt hatte, bekreuzigte er sich erneut, erhob sich und dehnte und reckte seinen schmerzenden Rücken. Vor dem Spiegel ordnete er, indem er es mit den Händen glattstrich, sein zerzaustes Haar und begab sich nach nebenan, um zu sehen, ob sein Vater die Treppe schon bewältigt habe.

Der Saal war leer. Er schritt zu dem großen Erkerfenster und blickte auf die Schneedecke hinab, die sich in der vergangenen Nacht gebildet hatte. Das Kommen und Gehen der Leute hatte bis hin zur Haustür in den Schnee eine unregelmäßige schwarze Schneise geschmolzen, das Gras der Rasenanlage dagegen überzog eine gleichmäßige Weiße. Die Baumstämme am Ende des Gartens waren, wo der Schnee sie besprenkelt hatte, halb schwarz, halb weiß. Der Wind mußte von Norden her gekommen sein. Ihm schauderte angesichts des Anblicks, und da er die Kälte verspürte, die durch die Fensterscheiben eindrang, ging er wieder ins Innere des Raums, das Feuer zu schüren. Lächelnd dachte er, es wäre doch schön, dem Alten schon seinen Stout hinzustellen. Er goß sich gut, fast zu gut, mit einer hohen, champignonfarbenen Schaumkrone. Die Flasche mit dem

Rest des Getränks setzte er neben das Glas auf den Kaminsims und stellte sich, die Hände nach hinten ausgestreckt, mit dem Rücken zum Feuer.

Als er ein einfingriges Klopfen vernahm, wußte er, daß es sich um seinen Vater handelte.

»Herein«, rief er. Sein Vater stieß die Tür auf und spähte hinein. Als er den Kardinal ohne Begleitung erblickte, lächelte er.

»Und wie ist das werte Befinden Seiner Eminenz heute?«

»Daddy, wie schön, dich zu sehen!«

Der Alte gesellte sich zu ihm und pflanzte sich in der gleichen Position vor dem Kamin auf. Er war sehr viel kleiner als sein Sohn, dem er nur bis zur Schulter ging. Seine Kleider schlotterten an ihm, am auffälligsten um die Halspartie herum – sein zugeknöpftes Hemd und sein gebundener Schlips waren weiträumig wie ein Pferdekummet. Sein Hosenbund reichte ihm fast bis zur Brust.

Der alte Mann sagte: »Der Nordwind ist kalt, ganz egal, aus welcher Richtung er weht.« Der Kardinal mußte lächeln. Der Kalauer wirkte längst nicht mehr komisch, wohl aber die Beharrlichkeit, mit welcher der Alte ihn immer wieder zum besten gab.

»Hier, ich hab' dir schon deinen Stout eingeschenkt.«

»Vorzüglich, ganz vorzüglich!«

Der alte Mann ließ sich in dem Lehnsessel nieder und rieb sich, um sie zu wärmen, die Hände. Der Kardinal reichte ihm seinen Stout.

»Das Treppensteigen fällt mir jedesmal schwerer. Weshalb könnt ihr hohen Kirchentiere auch nicht in normalen Häusern wohnen?«

»Einer der Nachteile meines Berufes. Hast du seit deinem letzten Besuch zugenommen?«

»Ach was. Bald werde ich noch in der Badewanne obenauf schwimmen.«

»Trinkst du jeden Tag Stout?«

»Daran wird mich, weiß Gott, keiner hindern.«

»Und wie steht's mit dem Essen?«

»Ich esse soviel wie sonst auch. Aber abnehmen tu' ich trotzdem. Ich sag' dir eins, Frank, ich mach's nicht mehr lange.«

»Unsinn. Du hast noch mindestens zehn, zwanzig Jährchen vor dir.«

Der alte Mann blickte ihn an, ohne zu lächeln. Es entstand eine beträchtliche Pause.

»Du und ich, wir wissen beide, daß das nicht stimmt. Ich spür's in den Knochen. Setz dich, Junge, steh doch nicht immer so herum.«

»Warst du jüngstens beim Arzt?« Den Saum seiner Soutane raffend, setzte sich der Kardinal ihm gegenüber.

»Nein.« Der alte Mann nahm einen Schluck aus dem Glas und wischte sich den zierlichen Schnurrbart, der sich gebildet hatte, mit dem Handrücken fort. »Gar nicht schlecht, dein Stout.«

Der Kardinal lächelte. »Einer der Vorteile meines Berufs. Wenn ich in der Stadt etwas bestellen lasse, liefern mir die Leute gewöhnlich nur das Beste vom Besten.«

Sein Vater schien ihm nervös. Der alte Mann durchsuchte seine Hosentaschen nach irgend etwas, förderte aber nichts zutage. Er rutschte in seinem Sessel hin und her und schlug seine Beine einmal so, dann wieder so übereinander.

»Wie bist du heute in die Stadt gekommen?« erkundigte sich der Kardinal.

»John hat mich abgesetzt. Er mußte Phosphat besorgen.«

»Wie sieht's in den Bergen aus?«

»Der Schnee liegt höher als hier, das kann ich dir versichern.«

»Sind dir welche abhanden gekommen?«

»Ich kann's noch nicht genau sagen, aber ich glaube nicht. Zähe Burschen, diese Schafe. Ich hab' sie schon fünfzehn Zentimeter Schnee mit sich herumschleppen sehen. Ganz schön beeindruckend, wie die sich ihre Körperwärme erhalten.« Wieder fummelte der Alte in seinen Taschen herum.

»Warum suchst du nicht noch einmal den Arzt auf?«

Der alte Mann schnaubte: »Dann untersagt er mir den Alkohol womöglich auch noch.«

»Zigaretten schaden der Gesundheit, das weiß doch alle Welt. Es ist zweifelsfrei bewiesen.«

»Ich hab' jetzt fast sechs Wochen keine Zigarette mehr angerührt, und meine Fingernägel sind bis zum Ellbogen abgeknabbert. Besonders bei einer Flasche Stout. Ich weiß nicht, wohin mit meinen Händen.«

»Geht's dir denn dafür nicht wenigstens ein bißchen besser?«

»Ein bißchen, ein bißchen! Husten muß ich immer noch.« Der alte Mann schlürfte sein Guinness und schenkte sich den Rest der Flasche ein. Der Kardinal starrte über seinen Kopf hinweg auf das schwindende Licht des grauen Himmels. Auf seine ökumenische Delegation konnte er getrost verzichten. In letzter Zeit schlief er nicht sehr gut, weswegen er tagsüber leicht ermüdete. Auf Besprechungen fühlten sich seine Augenlider ganz bleiern an, aber er wagte es nicht, sie zu schließen, denn sobald er es tat, wiegten ihn das sanfte Gemurmel der Stimmen und die unvernünftige Zimmertemperatur in den Schlaf. Zweimal war es bereits, wenn auch nur für Sekunden, vorgekommen, daß er schnaufend aufgeschreckt war und sich umsah, ob jemand es bemerkt hatte. An diesem Nachmittag hätte er es vorgezogen, sich zu Bett zu legen, was ihm gar nicht ähnlich sah. Lieber sollte er selbst einen Arzt aufsuchen, auch wenn er wußte, daß es niemanden gab, der ihm ein Mittel gegen Ermattung verschreiben würde. Er betrachtete das gelbliche Antlitz seines Vaters. Mehrere Male öffnete der Alte die Lippen, um etwas zu sagen, und schloß sie wieder. Mit verschränkten Fingern saß er da und ließ die Handrücken auf den Schenkeln ruhen. Dem Kardinal wurde bewußt, daß er bisweilen selber so dasaß. Die Leute sagten, er sei seinem Vater wie aus dem Gesicht geschnitten. Er erinnerte sich an seine Kindheit, an die ineinander verschlungenen Hände seines Vaters, wenn er mit ihm ein Fingerspiel spielte. »Hier ist die Kirche, hier die Turmspitze.« Die Daumen traten auseinander, die Hände stülpten sich um, und vor ihm wakkelten die gefalteten Finger: »Öffnet die Türe, hier sind die Sitze.« Jetzt lagen die Hände seines Vaters da, als wäre das Spiel aus und als fehlte es ihnen an Kraft, sich voneinander zu trennen. Endlich brach der Alte das Schweigen.

»Ich versuche gerade, meine Angelegenheiten zu Hause zu ordnen. Du weißt schon – für den großen Tag.« Er lächelte. »Ich habe sämtliche Papiere und den ganzen Ramsch durchgesehen, der sich im Laufe der Jahre so angesammelt hat.« Aus der Brusttasche zog er ein Brillengestell von der Farbe blassen Fleisches hervor. Der Kardinal wußte, daß es seiner Mutter gehört hatte und nach ihrem Tod unter ihren Habseligkeiten hervorgekramt worden war.

»Warum legst du dir keine anständige Brille zu?«

»Ich kann doch hervorragend sehen – nur halt nicht ganz so viel. Jedenfalls habe ich das hier gefunden.«

Sein Vater griff in die Innentasche und holte zwei Blatt Papier hervor. Er hakte die Bügel der Brille hinter die Ohren, warf einen raschen Blick auf die Bogen und reichte einen davon seinem Sohn.

»Erinnerst du dich noch daran?«

Der Kardinal erkannte seine reinliche Handschrift von vor dreißig Jahren. Das Schreiben war in Rom verfaßt und an seine Mutter und seinen Vater gerichtet. Ein ganz gewöhnlicher Brief, in dem er seine soeben bezogene Studentenbude zu beschreiben suchte – die gedämpfte Helligkeit des Zimmers in der Mittagssonne, wenn die grünen Fensterläden zugeklappt waren. Dann wurde der Brief nostalgisch und ließ Heimweh nach dem Bauernhof in den Bergen erkennen. Der Kardinal schaute auf und sah seinen Vater an.

»Ich entsinne mich gar nicht, den geschrieben zu haben. An das Zimmer kann ich mich noch erinnern, aber nicht an den Brief.« Sein Vater reckte sich vor und händigte ihm einen zweiten Bogen aus.

»Der steckte in demselben Umschlag wie der erste.«

Der Kardinal faltete den Brief auseinander.

»Lieber Daddy,
lies diesen Brief nicht laut vor. Er ist nur für Dich bestimmt. Ich habe einen ›gewöhnlichen Brief‹ beigefügt, den Du Mammy zeigen kannst; denn sie wird wissen wollen, was ich geschrieben habe.

Ich schreibe Dir, weil ich Dich bitten möchte, ihr möglichst schonend beizubringen, daß ich nicht tauge für den Priesterstand. Es wäre schrecklich für sie, wenn ich plötzlich in der Tür stünde und ihr mitteilen müßte, daß ich mich meinem Amte nicht gewachsen fühle. Aber geradeso verhält es sich.

Während der letzten beiden Monate habe ich mir die Knie wundgebetet und geistlichen Rat herbeigefleht. Vor lauter Schlaflosigkeit habe ich schwarze Ringe unter den Augen. Daß ich es so weit gebracht habe – fünf Jahre Studium und Gebet – und mir meiner noch immer nicht gewiß bin! Inzwischen glaube ich, daß ich Gott auf andere Weise, außerhalb des Priesteramts, besser dienen kann.

Ich weiß, wieviel es ihr bedeutet. Sei zartfühlend, wenn Du sie darauf vorbereitest.«

»Ja, auf den kann ich mich besinnen.«

»Ich dachte mir, daß du ihn vielleicht gern in deinem Besitz hättest.«

»Ja, danke, gerne.« Der Kardinal faltete den Brief wieder zusammen und legte ihn auf das Tischchen neben sich.

»Und du hast sie darauf vorbereitet?«

»Ja. Bis ich deinen nächsten Brief erhielt.«

»Wie hat sie es aufgenommen?«

»Sie dachte, ich sei der Zweifler – Ungläubiger Thomas hat sie mich genannt.«

»Es war eine schlimme Zeit. Jedesmal, wenn ich Knoblauch rieche, kommt sie mir wieder in den Sinn.« Er kniete nieder, um im Feuer zu stochern. »Noch eine Flasche Stout?«

»Als ob ich so etwas Feines ausschlagen könnte!« Der Alte trank sein Glas leer. Der Kardinal goß ihm aus der neuen Flasche ein und stellte sie neben den Sessel. Während sein Vater mit leerem Blick die gegenüberliegende Wand anstarrte, blickte er selbst aus dem Erkerfenster. Der Himmel war dunkel und schneeträchtig. Eben hatte es wieder zu schneien begonnen, große Flocken schwebten herab und schwangen sich, sobald sie die Fensterscheibe erreichten, wieder in die Höhe.

»Ihr solltet die Heimfahrt nicht zu spät antreten«, sagte der Kardinal. Wieder öffnete der Alte die Lippen, wie um zu sprechen, hielt jedoch inne.

»Was ist?«

»Nichts.« Er rieb sich mit dem Knöchel das linke Auge. »Außer...«

»Außer was?«

»Eigentlich habe ich dir diesen Brief aus einem ganz bestimmten Grund gezeigt.«

»Als ob ich es nicht wüßte.«

»Ich möchte nämlich ein Bekenntnis ablegen.« Als er sah, wie sein Sohn eine Augenbraue hochzog, lächelte er. »Nein, kein Sündenbekenntnis. Ein echtes Bekenntnis. Und es fällt mir sehr schwer, es auszusprechen.« Der Kardinal ließ sich nieder.

»Nun?«

Der alte Mann lächelte ein Lächeln, das im Nu wieder verflog. Dann lehnte er den Kopf zurück und stützte ihn gegen die weißleinene Sessellehne.

»Ich habe meinen Glauben verloren«, sagte er. Der Kardinal schwieg. In unregelmäßigen Abständen tupften die Schneeflocken gegen die Fensterscheibe. »Ich glaube nicht, daß es einen Gott gibt.«

»Entschuldige, aber ich kann dir nicht folgen. Heißt das ...«

»Unterbrich mich nicht. Ich habe monatelang darüber nachgegrübelt.« Der Kardinal nickte schweigend. »Ich muß es mir endlich von der Seele reden – und nur du sollst es wissen. Schon seit fünfundzwanzig Jahren bin ich nicht mehr gläubig. Aber was hätte ich tun sollen? Mit einem Sohn, zu dem jeder aufschaute – der wunder wie schnell die Sprossen der Kirche erklomm – jüngster Kardinal aller Zeiten! Hätte ich etwa aufhören sollen, zur Messe zu gehen, die Sakramente zu empfangen? Wie hätte ich! Deiner Mutter habe ich es nie anvertrauen können, es hätte sie frühzeitig ins Grab gebracht.«

»Gott habe sie selig.«

»Frank, es gibt keinen Gott. Die Religion mag eine wunderbare Einrichtung sein, voll mit braven, großartigen Leuten – aber sie beruht auf einer Lüge. Wenn nicht auf einer bewußten Lüge, so doch auf einem Irrtum.«

»Du täuschst dich. Ich *weiß*, daß Gott lebt. Abgesehen davon, daß ich es hier fühle«, der Kardinal deutete auf seine Brust, »gibt es überzeugende Beweise.«

»Beweise taugen nicht für Gott, heißt es schon bei

Euklid.« Der Alte blickte nicht mehr seinen Sohn an, sondern starrte schräg aufs Kaminfeuer. »Ich spür's in den Knochen, daß es mit mir bald zu Ende geht, Frank. Ich mußte mich jemandem anvertrauen. Ich wäre ein Heuchler, wenn ich mein Geheimnis mit mir ins Grab nähme. Dir kann ich es sagen, weil wir ... weil ich ... weil ich dich bewundere.« Der Kardinal schüttelte den Kopf und sah auf seine Knie.

»Weißt du, was ich so erstaunlich finde?« fragte sein Vater. »Daß ich Ihn nicht einmal vermisse. Man möchte meinen, daß jemand, der wie ich im Glauben erzogen wurde, aufgeschmissen wäre ohne ihn. Du weißt doch, wie man uns gelehrt hat, sich an Jesus als an einen Freund zu wenden – daß es jemanden gebe, der sich um uns kümmere – es sei das A und O von allem. Und plötzlich fällt all das in sich zusammen, und ich trauere ihm nicht einmal nach. Das war ein richtiger Schock für mich. Ich will dir etwas sagen, Frank. Als deine Mutter starb, habe ich sie tausendmal mehr vermißt.«

»Das glaube ich dir gern.«

»Um dir die Wahrheit zu sagen, selbst meine Zigaretten vermisse ich mehr.«

Der Kardinal lächelte schwach. »Wenn dies ein öffentliches Streitgespräch wäre ...« Er schien in seinem Sessel zusammenzusacken. Seine Schultern hingen herab, und seine Hände ruhten, die Handteller nach oben gekehrt, in seinem Schoß. Der Schnee wurde dichter und feiner und trommelte gegen die Fenster. Der Alte blickte über die Schulter in das ausbleichende Licht.

»Ich glaube, ich sollte jetzt besser gehen. Ich frage mich, wo John bleibt.«

»Hat er gesagt, er würde dich abholen?«

»Ja.« Der alte Mann sah seinem Sohn genau in die Augen. »Es tut mir leid«, sagte er, »aber ich wollte aufrichtig mit dir sein, weil ...« Er blickte in sein leeres Glas. »Weil ich ...«

»Du könntest die Nacht über hier bleiben, und wir könnten uns aussprechen.«

»Mehr ist dazu nicht zu sagen.« Der Alte erhob sich, stellte sich ans Fenster und schaute hinab. Er wirkte so gebrechlich, daß sein Sohn vermeinte, durch ihn hindurchschauen zu können. Er erinnerte sich an die Feier anläßlich seiner Priesterweihe in einem Hotel in Rom. Um Ruhe zu schaffen, hatte sein Vater mit dem Suppenlöffel auf den Tisch geklopft. Dann hielt er eine Rede – er habe zwei Söhne, einen, der sich um die leiblichen, und einen, der sich um die seelischen Bedürfnisse sorge. Als er geendet hatte, sang er, wie stets auf Gesellschaften, *Sie schritt über den Markt.* Der alte Mann schaute auf seine Uhr.

»Wo bleibt er denn nur?« Er steckte seine Hände in die Hosentaschen, so daß nur die Daumen herausragten, und ging vor der Fensternische auf und ab.

»Falls ich Pascals Wette auf den Kopf stellen darf«, sagte der Kardinal, »wer ungläubig ist, dabei aber ein aufrichtig guter Mensch wie du, den wird Gott zu sich aufnehmen. Selbst wenn du falsch gewettet hast, wirst du gewonnen haben.«

Ohne sich umzuwenden, zuckte der Alte die Achseln. »So wie ich es sehe, spielt all das keine Rolle mehr. Aber unser Gespräch hat mir gutgetan. Ich hoffe nur, es hat dich nicht zu sehr geschmerzt.«

»Für dich muß es eine schwere Last gewesen sein. Nun

hast du sie eben mir aufgebürdet.« Als er die Sorge in seines Vaters Gesicht las, setzte er hinzu: »Wenigstens habe ich Gott, der sie mir tragen hilft. Ich werde immer für dich beten.«

»Es sieht nicht ganz so schwarz aus, wie ich es gemalt habe. Im Lauf der Jahre habe ich eine gewisse Zufriedenheit erfahren. Man könnte sagen: Wie zerronnen, so gewonnen. Die Erkenntnis, daß wir mehr nicht zu erwarten haben, befähigt uns zu wundervoller Sammlung unserer Gedanken. Ein Glas Stout mundet dann noch besser.« Der Alte zog eine Hand aus der Hosentasche und beschattete, in das Schneegestöber hinausblickend, die Augen. »Ah, da kommt er ja. Es muß schlimm stehen, er hat die Scheinwerfer an.«

»Weiß John von alledem?«

»Nein. Du bist der einzige. Aber mach dir, bitte, keine Sorgen. Ich werde so weiterleben wie bisher. Zur Messe gehen, die Sakramente empfangen. Der Mensch ist ein Gewohnheitstier.«

»Daran habe ich am wenigsten gedacht.«

Der alte Mann wandte sich um und durchschritt den Saal. Der Kardinal saß mit geöffneten Händen da. Sein Vater ergriff die Rechte, beugte sich herab und küßte den Sohn auf den Wangenknochen. Seine Hand fühlte sich leicht und trocken wie Styropor an, seine Lippen wie Papier.

Seit dem Tode seiner Mutter hatte der Kardinal nicht mehr geweint, und selbst damals hatte er damit gewartet, bis er allein war; jetzt aber konnte er nicht verhindern, daß ihm Tränen in die Augen stiegen.

»Ich seh' dich bald«, sagte sein Vater. Als er die feuchten

Augen seines Sohnes gewahrte, sagte er: »Frank, hätte ich das geahnt, hätte ich dir nichts davon gesagt.«

»Es ist doch nicht deswegen«, erwiderte der Kardinal. »Damit hat es gar nichts zu tun.«

Nachdem er seinen Vater zur Tür gebracht und ein paar Worte mit dem Bruder gewechselt hatte – namentlich über die Notwendigkeit, nach Hause zu gelangen, bevor die Straßen unbefahrbar würden –, ging der Kardinal in sein Arbeitszimmer zurück. Lange saß er da, die Ellbogen auf den Tisch und den Kopf in die Hände gestützt. Bedächtig, als sei sein rechter Arm mit Gewichten beschwert, bekreuzigte er sich und sprach sein Gebet um Heiligung der Arbeit. Dann nahm er das Mikrophon zur Hand und diktierte: »Die Kirche hat ein öffentliches und ein privates Gesicht. Die Kirche der Macht und die Kirche des Mitgefühls, die Kirche der Vorschriften und die Kirche der Vergebung. Was dem öffentlichen Teil mangelt, ist Einfühlungsvermögen. Bei Jesus war dies nicht der Fall. Wir, die wir im Schoß der Kirche ruhen, müssen danach trachten, die Kluft, die zwischen ihnen besteht, so gut es geht, zu über... Wir wissen, daß...« Er verstummte und schaltete das Mikrophon aus. Darauf ließ er sich, vor Anstrengung stöhnend, von seinem Stuhl auf den Boden gleiten, um niederzuknien. Das Sitzpolster aus Plastik schnellte zischend in seine Ausgangslage zurück. Er faltete die Hände zum Gebet, so daß die Knöchel ihm als Kinnstütze dienten. Doch als sich keine Worte einstellen wollten, ließ er die Hände herabsinken. Seine verflochtenen Finger waren drauf und dran, wie in jenem kindlichen Fingerspiel hin- und herzuwackeln. Er löste die Hände und legte sie flach auf den Stuhl.

Im Beifahrersitz von Johns Auto beugte sich der Alte vor und betrachtete den Schnee, der schräg vor die Scheinwerfer fiel.

»Hast du deine Besorgungen gemacht?« fragte er.

»Ja – 's liegt alles auf dem Rücksitz«, antwortete John. »Was rieche ich denn da?«

»Stout.«

»Der Geruch der Heiligkeit.«

Alle paar Sekunden surrten und klappten die Scheibenwischer. Vor ihnen die Straße war weiß, bis auf zwei dunkelgelbe Furchen.

»Ganz schön dicht, der Schnee.«

»Je höher wir steigen, desto schlimmer wird's werden«, sagte John.

»Du brauchst nur den Reifenspuren des Fahrers vor uns zu folgen, und es wird schon gut gehen.«

Während John langsam und mit größter Vorsicht in die Berge fuhr, senkte sich auf sie die Stille herab.

Der Gewandmaler

Jeden Morgen nach dem Aufstehen laufe ich, seinen Hund bei Fuß, die halbe Meile den Hügel hinauf zu Jordan. Dem Hund zuliebe muß ich mir Zeit lassen. Ein kleiner, braunweißer Kurzhaarterrier, den er – es ist eine Hündin – auf den Namen Pangur-Ban getauft hat. Allabendlich nehme ich sie wieder mit nach Hause, um, wie Jordan sich ausdrückt, zu verhüten, daß er beim Luftschöpfen auf der Veranda Scheiße festtritt und sie dann mit ins Haus schleppt. Sie geht mit einem watschelnden Gang, und die Zunge hängt ihr heraus. Auf dem Steinmosaik des Fußwegs rutschen ihre Pfoten ab. In Hundejahren gerechnet, ist das Tier so alt wie Jordan.

Heute hat Jordan mich gebeten, ihm Tennisbälle mitzubringen. Ich habe ein halbes Dutzend gekauft, die wie Eier in einer Plastikdose verpackt sind. Als ich den Hügel hinauflaufe, knackt sie.

Früher wohnten Jordan und ich zusammen, bis die Situation unerträglich wurde. Dann mietete er ein Häuschen für mich, klein, aber mit hübschem Ausblick auf den Atlantik. Ich kann allein sein, wann immer ich möchte. Das behagt mir. Ihm ist es ebenfalls recht, denn ein Blinder muß allein leben. So kann er sich daran erinnern, wo die Möbelstücke stehen, wo er zuletzt etwas abgestellt hat. Er meint, der einzige Nachteil sei, daß er womöglich auch allein sterben werde, und diese Vorstellung ängstigt ihn. Er ist in den Siebzigern, hat einen Herzfehler und erwartet nur noch das Schlimmste.

Er sitzt mitten in einer umgebauten Scheune auf einem Regiestuhl aus Segeltuch, neigt den Kopf nach hinten, dem Licht entgegen, und erwartet mich. Sowie er die Tür schlagen hört, ruft er: »Hier, Mädel!« Pangur-Ban bellt zweimal und rennt zu ihm. Selbst wenn sie nicht bellt, kann er ihre Fußballen und Krallen auf dem Steinfußboden hören. Sie wedelt so stark mit dem Schwanz, daß ihr ganzer Körper zu wackeln scheint. Er krault sie am Kopf.

»Und mein Gewandmaler.« Ich küsse ihn, als wären wir Vater und Sohn, und hebe ihm den Hund aufs Knie. Er streichelt meinen Oberschenkel.

Er lacht. »Als ich heute morgen aufgewacht bin, fühlten sich meine Glieder ziemlich steif an. Besonders eines.« Er lacht. »Ist das nicht gut für mein Alter?«

»Ich wette, es hat nicht lange vorgehalten«, sage ich und ziehe mich von ihm zurück.

Er ist nervös – er will ein neues Gemälde anfangen, obwohl wir nicht einmal die drei vorhergehenden beendet haben. Die letzten Tage habe ich damit zugebracht, nach seinen Anweisungen Leinwände aufzuziehen – eine zwei mal vier Meter, und eine kleinere, 1,80 mal 0,90.

»Grundiere die große mit Terpentin und gebrannter Siena – so dünn wie möglich.«

Bevor er völlig erblindete, überprüfte er meine Farbmischungen stets. So verlangte er etwa zu gleichen Teilen Viridian und Kobalt mit einem Klacks Schwarz, und ich mischte sie ihm zurecht. Dann beugte er sich wie ein Juwelier über die Schale und schielte mit dem gesunden Auge auf die Farbe. »So stimmt's«, oder: »Mehr Schwarz.« Um diese Zeit begann er seine Schutzbrille zu tragen.

Seit er sein Augenlicht gänzlich verloren hat, macht er sich andere Gegenstände für seine Farbangaben zunutze. »Die blaue Vase da am Fenster – die Seite, die im Schatten ist«, oder: »Der kastanienbraune Umschlag von *Marius der Epikuräer*.« Ich suche die Bücherregale ab.

»Wie heißt der Verfasser?«

»Pater.« Er stößt einen leisen Seufzer hervor. »Walter Pater – ein verdammter englischer Rowdy, wie er im Buche steht.«

Ich finde den Band und halte ihn gegen das Licht. Jordan sagt: »Als Buch taugt es zwar nichts – aber der Einband hat die richtige Farbe.«

Zuweilen bezieht er sich auch auf frühere Bilder von ihm.

»Das Umbrabraun genau so wie auf *Harbinger III*.« Und ich zermartere mir den Kopf! Drucke sind ja nur eine vage Annäherung. Da sind Farbdias schon besser, doch selbst deren Farbwerte stimmen nicht hundertprozentig. Ich muß zugeben, manchmal, wenn er besonders schwierig oder pedantisch ist, schummele ich ihm etwas vor. Dann gebe ich vor, mich auf die Farbe besinnen zu können und sie genau hinzubekommen. Er kann es ja doch nicht beurteilen.

Ich ziehe mir einen Overall an, der früher einmal marineblau war und jetzt über und über bespritzt und besudelt ist, mit sämtlichen Farben, die er je benutzt hat. Der Hitze wegen trage ich darunter lediglich meine Unterhose. Früher hat ihn das ganz wild gemacht. Ich quetsche einen dikken Wurm gebrannter Siena auf eine Schale und überschwemme ihn mit Terpentin.

Er verwendet viel Abklebeband. Auf diese Weise kann er mit den Fingern betasten, was seinem geistigen Auge vorschwebt.

»Von dem weißen 2-cm-Band drei wie Kricketstäbe nebeneinandergereihte Senkrechten.« Wenn die Farbe getrocknet ist, ziehe ich das Abklebeband ab. Zurück bleibt blauweiß.

Manchmal sagt er: »Laß mich einen Umriß zeichnen«, und nähert sich der Leinwand mit einem Holzkohlestift. Aus dem Dunkel seines Schädels zeichnet er große, schlichte Linien.

Er hat ein erstaunliches visuelles Gedächtnis. Will er die Leinwand unterteilen, so verweist er mich auf ein Buch mit den Flaggen der Welt.

»Die drei Streifen müssen wie die auf den Kopf gestellte südvietnamesische Flagge aussehen.« Oder: »Der untere Streifen muß so breit sein wie der blaue Streifen in der israelischen Flagge.«

Die Arbeit strengt ebenso an wie eine Zimmerrenovierung. Er sitzt da, lauscht dem Klicken der Rolle und meinem Atem und streichelt dem Hund die Schädelknochen. Wenn er Pangur-Ban berührt, zucken ihre aufgerichteten Ohren mitunter wie die einer Katze.

Ist die Leinwand mit Farbe bedeckt, lege ich eine Pause ein und setze mich hin, doch schon wird er ungeduldig mit mir.

»Hol mal hervor, was wir gestern gemacht haben«, sagt er. Ich rücke die äußerste Leinwand von der Wand ab und drehe sie um. Er läßt den Hund zu Boden gleiten und kommt mit ausgestreckten Armen zu mir herüber. Seine Hände berühren die Fläche und gleiten leicht über sie hinweg. Mit den Fingerspitzen befühlt er die einzelnen Farbschichten, die Richtung der Pinselstriche.

»Ist das das Magentarot?«

»Ja.«

»Das ist mir zu lose aufgetragen. Ich wünschte, du hättest es gesprüht.«

»Warum hast du mir das nicht gleich gesagt?«

»Macht es dir etwas aus, es zu übermalen?«

»Nein, aber du bist ein Perfektionist, Jordan.«

»Verdammich.« Er hält die Hand über die Augen. »Es ist so, als wolle man behandschuht eine Nadel einfädeln.«

Ich beginne etwas Magenta auszudrücken.

»Warum machst du überhaupt weiter?«

»Jemand muß schließlich die Miete bezahlen – die Mieten. Zwei Häuser.«

»Jordan, nun mach aber mal halblang. Für eins von diesen Dingern kriegst du doch ein ganzes Haus.«

»Dinger? Du Scheißspießer!«

»So habe ich's doch gar nicht gemeint!«

»So ist es dir aber herausgerutscht – der Ton macht die Musik. Das typische Gejammere eines englischen Spießers!«

»Die Iren sind Rassisten«, erwidere ich und stürme aus der Scheune.

Er schreit hinter mir her: »Haben wir vielleicht die halbe Welt zuschanden gemacht?«

Ich brauche bis Mittag, um mich abzuregen.

»Jordan! Mittagessen!« Er tritt auf die Schattenseite der Veranda, um sich zu mir zu gesellen. Die Mahlzeit ist rasch angerichtet. Eine Flasche gekühlter Vinho Verde, etwas Brot und Pastete. Ihm schmeckt die hiesige Pastete, und ich bestreiche die krustigen Brotscheiben mit einer dicken Schicht von dem Zeug. Wenn er hineinbeißt, knackt es.

»Ach, was gäbe ich nicht für ein Stück Brot, das einem nicht immer den Gaumen zerschneidet«, sagt er kauend. »Für eine Schnitte englisches Weißbrot würde ich auf der Stelle fünf Pfund zahlen. Das ist so weich, daß es dir am Gaumen klebt.«

Ich entgegne nichts, und es entsteht ein langes Schweigen. Eine Weile erträgt er es, dann sagt er: »Was heute morgen angeht – ich habe in meinem Kopf immer noch Bilder, die das Licht der Welt erblicken wollen, aber wegen der schwerfälligen Technik bin ich arg eingeschränkt. Stell dir doch vor, wie ich malen muß – nicht mit einem Pinsel, sondern mit einem Vollidioten von Engländer.« Diesmal klingt es komisch, und er spürt meine Reaktion. »In den fünfziger Jahren habe ich mich zu Hard Edge hingezogen gefühlt. Jetzt bleibt mir nichts anderes mehr übrig. Ich sehe so, wie Beethoven gehört hat. Allein aus diesem Grund müssen wir weitermachen.«

Ich bin seine Augen und seine rechte Hand. Gelegentlich bittet er mich, ihm Gegenstände zu beschreiben. An meinem Tonfall merkt er, wann er mir damit lästig wird, und fällt mir ins Wort.

»Heute ist der Atlantik von einer mediterranen Bläue.« Er lacht beflissen. »Und in diesem Augenblick sehe ich zwei

Jachten, eine ist eine bloße Pfeilspitze mit einem weißen Segel, die andere viel näher, sie läuft hinter einem blau-weißen Spinnaker.« So etwas eben.

Am Ende gibt er stets eine spitze Bemerkung von sich wie: »Es zahlt sich aus, deinen Wortschatz zu vergrößern.«

Ich lese ihm auch vor. Er ist in vorgerücktem Alter erblindet, so daß ihm der Wille fehlt, die Kunst der Brailleschrift zu erlernen. Er mag Beckett – findet ihn sogar komisch –, aber ich finde seine Prosa fast unmöglich vorzulesen und ziemlich bedeutungsleer. Ich komme aus einer Familie, in der Vater, wenn er mich mit einem Buch in der Hand ertappte, fragte: »Hast du nichts Besseres zu tun?«

Flann O'Brien ist ein weiterer Lieblingsschriftsteller von ihm – besonders die Glossen aus der *Irish Times* –, aber mein englischer Akzent ist aufdringlich, und das Ergebnis meiner Bemühungen um einen irischen ist, wie er mir zu verstehen gibt, katastrophal. Aber wie ich die Kricket-Nachrichten verlese, die jeweils einen Tag nach Erscheinen aus England eintreffen – das sagt ihm zu. Da die Verspätung jedesmal die gleiche ist, bleiben sich auch seine Erregung und seine Erwartung gleich.

»Was ich mit am meisten bedaure, ist, daß ich nie diesen Ian Botham werde spielen sehen.« Und das aus dem Munde eines Mannes, der Portugal seit fünfundzwanzig Jahren nicht verlassen hat!

Im Winter, wenn die Kricket-Berichte spärlicher werden, bittet er mich hin und wieder, ihm aus *Wisden's Crikketers' Almanack* vorzulesen.

»Auf der Wand in deinem Schlafzimmer klebt eine Eidechse und nimmt ein Sonnenbad. Ihr Rückgrat bildet ein S. Immer wenn man denkt, sie macht sich gerade, dreht sie sich wieder andersrum. Warum bloß?«

»Wir sind alle andersrum«, sagt Jordan und tastet nach seinem Weinglas. Er trinkt den Rest aus und erhebt sich. Ich führe ihn zur Scheune zurück, und er legt sich auf den Diwan, um ein Mittagsschläfchen zu halten. Er behauptet, tagsüber besser schlafen zu können als nachts. Ich gehe wieder ins Haus, um abzuspülen, aufzuräumen und sein Bett zu machen.

Kennengelernt habe ich ihn vor etwa zwanzig Jahren, als ich an der Algarve Ferien machte. Meine Mutter war gerade verwitwet, und die Vorstellung, Weihnachten zu Hause verbringen zu müssen, war ihr unheimlich. Zudem fürchtete sie sich davor, allein zu sein, und so bat sie mich, sie zu begleiten. Zu der Zeit studierte ich Technisches Zeichnen und hatte gerade lange Ferien, die mich in die Lage versetzten, mitzufahren, ohne etwas zu versäumen. Mutter und ich waren nun schon etwa vierzehn Tage dort gewesen und ödeten uns allmählich an. Beide gestanden wir, daß wir uns danach sehnten, englische Laute zu vernehmen. Als wir aus einem Bistro traten, trafen wir auf Jordan. Da er betrunken war, sprach er Englisch. Über die Schulter hinweg schrie er jemanden an, der ihn gereizt hatte. Obwohl er einen irischen Akzent besaß und schon ziemlich hinüber war, stürzte sich Mutter auf ihn, so sehr gierte sie danach, sich mit jemand anderem als mir zu unterhalten. Sie schleppte ihn zum Kaffeetrinken in unser Hotel.

Er hieß Jordan Fitzgerald, ein glänzend aussehender Mann Anfang fünfzig, schlank und braungebrannt mit einem graumelierten Bart. Mutter setzte ein einfältiges Lächeln auf und fragte ihn nach seinem Beruf.

»Ich bin ein malender Kricketspieler.«

Als Mutter herausfand, was für ein berühmter Künstler er war, wurde sie, falls das möglich war, noch serviler. Von Malerei verstand sie nichts – für sie galt der Grundsatz: je realistischer, desto besser, und alles, was unser Haus in London vorweisen konnte, war eine Reihe viktorianischer Drucke, die mein Vater aus dem Haus seiner Mutter an sich genommen hatte. Ein weiterer Umstand, der sie beeindruckte, war der Verkaufspreis, den seine Bilder erzielten. Als sie schließlich einige seiner Arbeiten zu Gesicht bekam, bemerkte sie hinterher mir gegenüber: »Dafür würde ich nicht einen Heller herausrücken.«

»Mutter, es handelt sich um einen der bedeutendsten Künstler Irlands. Ihm ist die Auszeichnung zuteil geworden, daß er Arbeiten in der Tate Gallery hat.«

»Es ist mir schnuppe, wo er gearbeitet hat. Ich würde mir keins von diesen Dingern an die Wand hängen. Wenn dein Vater noch lebte, könnte er ihm Bescheid sagen, was er alles falsch macht.«

Sie bildete sich ein, er sei an ihr, der gutaussehenden Mittvierzigerin, interessiert, aber in seinen Augen las ich, daß seine Aufmerksamkeit mir galt.

Am vorletzten Abend unseres Urlaubs hatten wir alle in unserem Hotel kräftig dem Alkohol zugesprochen, und Mutter ging fort, um sich die Nase zu pudern.

Jordan beugte sich vor und sagte mir in einer verhaltenen,

ernsten Stimme: »Du bist so hübsch. Willst du nicht anschließend einen Spaziergang den Hügel hinauf machen?«

Ich nickte, und da ich Mutter zurückkommen sah, warf ich ihm einen warnenden Blick zu. Er fügte hinzu: »Ich zeige dir meinen neuesten Kupfer-Strich.« Wir konnten uns vor Lachen nicht halten.

»Habe ich einen Witz verpaßt?« fragte Mutter.

»Ich habe Ihrem hübschen Bengel eine Geschichte erzählt, die in den Ohren einer reizenden englischen Lady wie Ihnen verletzend klingen würde. Ich hoffe, Sie verzeihen mir.«

Sie lächelte verschämt – ein Lächeln, welches besagte: So geht es eben zu, wenn zwei Männer beisammen sind.

Noch am selben Abend bin ich zu ihm gegangen. Wir schliefen zweimal miteinander, und ich blieb auch die kommende Nacht bei ihm – das heißt, morgens um fünf Uhr stahl ich mich zurück ins Hotel. Mutter bemerkte, wie müde ich aussähe, und ich gab ihr recht, indem ich im Zug bis Paris durchschlief.

Im Frühjahr schrieb mir Jordan einen der kürzesten Briefe, die ich je empfangen habe, und lud mich ein, den Sommer bei ihm zu verbringen. In einem Postskriptum fügte er hinzu, daß ihm auch Mutter willkommen sei – im September. Ich hatte soeben meinen Studiengang mit höchster Auszeichnung abgeschlossen und war der Meinung, daß ich mir Ferien verdient hätte, bevor ich mich im Herbst um eine Stelle kümmerte. Mutter erklärte sich damit einverstanden, daß ich vorausführe und sie später nachkäme.

Einmal fragte ich ihn, weshalb er Irland verlassen habe.

»Für einen homosexuellen Maler, der nicht an Gott glaubt, ist das kein Land«, sagte er. Nach einigem Nachdenken setzte er hinzu: »Im Grunde auch nicht für einen heterosexuellen Maler, der Katholik ist.« Bestimmte Aspekte seiner Heimat wußte er jedoch durchaus zu schätzen. Er behauptete, die Etikette sämtlicher irischer Whiskeymarken Wort für Wort herbeten zu können. Als ich von Mutters Begräbnis in London kam, stellte ich ihn auf die Probe. Ich hatte ihm eine Flasche Bushmills mitgebracht und forderte ihn auf, sein Können unter Beweis zu stellen.

»Das Etikett ist schwarz wie ein Kirchenfenster mit einem goldenen Rand. In der Mitte hat es ein zinnoberrotes Band wie einen Kummerbund, darunter befindet sich ein Haufen Goldmünzen.«

»Richtig. Und der Text? Bevor du kosten darfst, mußt du auch die Worte hersagen.« Er stützte den Kopf auf die Hände und kniff lächelnd die Augen zusammen.

»*Special old Irish Whiskey. Black Bush. Original grant to distil* – sechzehn ...«, er hielt inne und schlug sich auf den Kopf, »... hundertacht. *Blended and bottled by*, Anführungsstriche, *Old Bushmills*, Ausführungsstriche, *Distillery Co. Limited, Bushmills, County Antrim. Product of Ireland.*«

»Stimmt genau – du bist ein Genie!«

»Da steht noch mehr. Unten steht: *Registered Label.*«

Er stand auf, und wir küßten uns. Er sagte mir, wie sehr er mich vermißt habe, und erkundigte sich besorgt nach der Einäscherung meiner Mutter.

Das einzig vergleichbare Kunststück, das ich zuwege brachte, bestand im Aufsagen der französischen Seite der HP-Sauce: »*Cette Sauce de haute qualité* … etc.« Jordan sorgte dafür, daß ich es vor seinen Freunden rezitierte.

Danach verkündete er stets: »Prüfung mit höchster Auszeichnung bestanden.«

Manchmal liege ich nachts wach und frage mich, was ich tun soll, wenn Jordan stirbt. Ihm habe ich meine Laufbahn und mein Leben geopfert. Ich erinnere mich daran, über Eric Fenby, Delius' Privatsekretär, gelesen und ihn bedauert zu haben. Ein intelligenter Mann in täglicher Berührung mit einem Genie, selbst jedoch bar jeden Talents. Zwar habe ich mich aufs Malen eingelassen, jedoch tauge ich als Maler ebensowenig wie Becketts Sekretär, falls er einen hat, als Schriftsteller, oder wo ich schon dabei bin, wie Beckett selbst.

Es ist mir in den Sinn gekommen, daß ich bei guter Geheimhaltung einige Jahre lang Jordan Fitzgeralds hervorbringen und dem Galeristen weismachen könnte, es handele sich um alte Vorräte. Aber dazu wäre es erforderlich, Jordan dazu zu bewegen, unbemalte Leinwände zu signieren. Den Mut, ihn hierum zu bitten, habe ich bislang noch nicht aufgebracht.

Ich nehme an, Jordan hat mich eingestellt, weil ich haargenau ausführe, was mir aufgetragen wird. Technisches Zeichnen ist die Wissenschaft davon. Schon damals muß Jordan eine Vorahnung von seiner kommenden Blindheit gehabt haben. Er sagte, was er benötige, sei ein Philister. Wäre ich künstlerisch veranlagt, so würde dies die Übertragung seiner künstlerischen Vision auf die Leinwand nur behindern.

Nachdem ich mein erstes Gemälde unter seiner Anleitung fertiggestellt hatte, baute er sich in fünfzehn Zentimetern Entfernung davon auf und begutachtete die Malschicht. Er nickte anerkennend.

»Ich werde dich meinen Gewandmaler nennen.«

»Meinen was?«

»Eine Kapriole des 18. Jahrhunderts. Für die zeitaufwendigen Details – Spitzen und Satin – ließen sich die Porträtmaler jemanden kommen. Der beste von allen war Vanaken. Hogarth hat seine Beerdigung gezeichnet – hinter dem Sarg schritten die besten Maler Londons einher, weinten sich die Augen aus und knirschten mit den Zähnen.«

Der Lärm des Staubsaugers weckt ihn selbst aus der Entfernung des Hauses. Als ich nämlich das Gerät abstelle, höre ich ihn rufen. Ich laufe zur Scheune hinüber.

»Sind wir soweit, daß wir anfangen können«, fragt er.

»Na schön.«

»Wenn du von deinem hohen Roß wieder heruntergekommen bist.«

»Ja doch.«

Er schlägt einen mürrischen Ton an. »Frage: Wie ist ein Roß, unweigerlich? Antwort: Hoch.« Er lacht und schlägt sich auf die Knie.

»Hast du deine Pillen eingenommen?« Er schüttelt den Kopf, und ich muß die Länge des Wegs ins Haus zurücklaufen und sie ihm holen.

Als er sie endlich hinuntergeschluckt hat, sagt er: »Ich möchte, daß du das untere Drittel mit kreuzdorngrüner Lasur überziehst.«

»In einer geraden Linie?«

»Nein, ein wenig schräg – wie das Oberteil einer Reißschiene.«

Als Mutter damals im September zu uns gestoßen war, wohnte ich noch bei Jordan, aber sie dachte sich nichts dabei. Ich hatte mein eigenes Zimmer. Er hatte seins. Mutter dachte immer, Sex spiele sich nur in Schlafzimmern ab, des Nachts, wenn alles sich zurückgezogen hat. Ich hatte Jordan ermahnt, sich diskret zu verhalten, und so rückte er mir denn nur während der frühen Abendstunden auf den Leib, wenn sie ihren Spaziergang zum Kliff machte, um die kühle Meeresbrise zu genießen.

»Das ist mir die liebste Tageszeit«, sagte sie.

»Warum kommst du dann überhaupt? In England kannst du diese Temperatur den ganzen Tag über haben – sogar noch kühler.« Ich ärgerte mich über sie, weil sie keinerlei Anstalten machte, nach Hause zu fliegen. Immerhin hatten wir schon den ersten Oktober. Als ich das Thema endlich anschnitt, meinte sie, sie warte darauf, daß ich mit ihr nach Hause führe.

»Ich bleibe hier.«

»Aber wovon willst du leben? Du brauchst eine Stellung.«

»Jordan ist mein Arbeitgeber.«

»Und was tust du, wenn ich fragen darf?«

»Ich helfe ihm. Leinwände spannen. Bürsten säubern.

Das Haus in Ordnung halten. Einkäufe tätigen. Ich verschaffe ihm Zeit, sich auf seine Malerei zu konzentrieren.«

»Ein Boy?«

»Wenn du so willst. In angenehmer Umgebung bei Temperaturen, die ich genieße. Bei einem der größten Künstler des zwanzigsten Jahrhunderts.«

Bevor ich Jordan kennenlernte, hatte ich von Malerei keine Ahnung. Aber er weckte mein Interesse – gab mir Bücher zu lesen, zeigte mir Bilder. Seine berühmten Zeitgenossen verhöhnte er: »Patrick ist ein Wichser«, »McGills Linienführung hat die Subtilität eines Autos, das ins Schleudern gerät.«

Damals verwirrte mich dies alles, hielt ich sie doch alle für gleichermaßen schlecht. Ich war eher vom Wert der Post-Impressionisten überzeugt. Immerhin schätzte Jordan Picasso so weit, daß er ihn beneidete, desgleichen Bonnard. Matisse fand er unterschiedlich, und was Manet betraf – der war ein Schandfleck.

Als ich die saftgrüne Lasur aufgetragen habe, meint Jordan: »Mach mir eine Schale Schwarz und eine Schale Türkis zurecht – direkt aus der Tube. Ein Drittel Terpentin.« Er ergreift die Tennisballdose und öffnet sie. Seine Finger zögern auf der flauschigen gelben Oberfläche. Einen Ball nimmt er heraus und legt seinen Zeigefinger obenauf. »Achte auf den Drall«, sagt er und schleudert den Ball quer durch die Scheune. Der Ball schlägt einmal auf und springt etwa fünfzehn Zentimeter weit zurück. Pangur-Ban macht einen Satz, als wolle sie ihm nachjagen, doch dann besinnt sie sich eines anderen und wedelt mit dem Schwanz.

»Mein Bruder und ich haben früher Kricket gespielt, zu einer Zeit, da es weder Geld einbrachte noch ein Volkssport war. Zu Hause hatten wir einen vielleicht zehn mal zwölf Meter großen Hinterhof. Mit Kreide haben wir Stäbe auf eine Mauer gemalt. Die Feldspieler waren Eimer – wenn der Ball hineinfiel, ohne wieder herauszuspringen, waren wir ›ausgemacht‹. Aber jedesmal stritten wir uns darüber, ob wir die Stäbe getroffen hatten oder nicht. Wir warfen einen Tennisball von unten und schlichteten den Streit, indem wir den Ball naß machten. Dann hinterließ er nämlich auf den Stäben einen nassen Flecken, den keiner abstreiten konnte.«

Einmal im Jahr fährt ein von Jordans Londoner Kunsthändler gemieteter Möbelwagen vor, und zusammen mit dem Fahrer lade ich die Bilder ein. Die letzten fünf Jahre war es immer derselbe Mann. An Kunst hat er nicht das mindeste Interesse. »Die sind aber groß dies Jahr«, sagt er oder: »Er verwendet wohl ziemlich viel Grün.«

»Er ist Ire«, erwidere ich.

»Vorsicht! Immer sachte! Wenn Sie eins von diesen Dingern verkratzen, rastet er aus.« Der Fahrer spricht mit mir in einem Flüsterton, den ich unverschämt finde. Irgendwie bewirkt sein verschwörerisches Getue, daß ich nichts als ein Boy bin. Ich bin verärgert, weiß jedoch nicht, wie ich ihn maßregeln soll. Es lohnt sich nicht, einmal im Jahr.

Jordan geht, wenn überhaupt, nur selten aus.

»Was habe ich schon davon?« fragt er. »Eine Dunkelheit gleicht der anderen aufs Haar. Für mich ändert sich die

Landschaft höchstens, wenn du mir Blumen oder Kiefernzapfen mitbringst – oder, wenn du willst, furzt.«

Der einzige Ort, den er aufsucht, ist die Bank in Albufeira. Alle drei Monate bestelle ich ein Taxi und lasse ihn hinfahren. Ich führe ihn am Arm ins Bankgebäude, und der Filialleiter wartet schon darauf, seinen anderen Arm zu nehmen.

»*Bon dia*, Jordan.« Sie gehen in ein Büro, während ich am Schalter warte. Er hat mir noch *nie* anvertraut, wieviel er wert ist – ich nehme an, daß er es nicht einmal selber weiß.

Als ich die Farben angerührt habe, bittet er mich, in jede Schale einen Tennisball einzutunken.

»Du tätest gut daran, Gummihandschuhe anzuziehen«, rät er. »Jetzt möchte ich, daß du den schwarzen Ball auf die zitronengelbe Fläche links von den drei Abklebebändern drückst – etwa drei Zentimeter nach innen. Der Umriß muß verschwommen sein. Anschließend will ich eine ganze Pyramide davon, genau wie die Medaillen auf der Flasche Black Bush.«

Wir sind schon seit vielen Jahren keine Lovers mehr, doch verantwortlich fühle ich mich für ihn immer noch. Ich kann ihn doch nicht verlassen, namentlich jetzt, da er blind ist. Niemand sonst würde es bei ihm aushalten. Befriedigung und Entspannung finde ich anderswo. Die Strände hier wimmeln nur so von schönen Leibern – die Straßen sind voll von jungen Burschen mit offener Hemdbrust, die, Hornissen gleich, auf Motorrädern dahinbrausen. Aber Jahr für Jahr wird es schwieriger. Ich bin dreiundvierzig und setze allmählich Fett an. Brüstchen habe ich, wie ein halbwüchsiges Mädchen. Bestimmt weiß Jordan von meinen Affären; gestanden habe ich sie ihm noch nie.

Mein Verdruß über ihn erreicht immer neue Höhepunkte, und ich habe ihn schon öfters sitzenlassen. Einmal war es besonders schlimm: Als ich ihn rundheraus fragte, ob er mit meiner Mutter gevögelt habe, führte er zu seiner Verteidigung an: »Nicht so oft.«

Danach schlief ich eine Woche lang am Strand. Als ich zurückkehrte, war er mir gegenüber sehr freundlich – und erklärte, Künstler seien eben ein eigenes Völkchen. Aufgrund des Albatros ihrer Empfindsamkeit gingen sie anders an die Dinge heran. Ich glaube, aus diesem Anlaß entschuldigte er sich sogar bei mir.

Unsere üblichen Streitereien, die sehr häufig sind, enden damit, daß er mich angeifert: »Dann geh doch! Hau endlich ab! Mehr Schwächen als andere Männer habe ich auch nicht.« Doch jedesmal kehre ich zurück. Es ist nicht des Geldes wegen, daß ich bei ihm bleibe – wie ich Jordan kenne, wird er mir ein Jahresgehalt hinterlassen und den Rest einem Cricketing Trust oder Pangur-Ban vermachen.

Als ich die Tennisbälle auf die Leinwandfläche gedrückt habe, fragt er: »Wie sieht es aus?«

»Schön. Eigentlich sieht's richtig gut aus.«

»Eigentlich!« Er speit das Wort aus. »Wenn ich nicht *gewußt* hätte, daß es gut ausschaut, hätte ich es dich nicht machen lassen.«

»Bei einigen sieht man das umgekehrte Gummi-S.«

»Habe ich's doch gewußt!«

Ich führe ihn zur Leinwand und lasse ihn davor niederknien.

»Ich sehe zwar nichts, aber ich bin mir sicher, es hat das traurige Aussehen eines fertigen Gegenstandes.« Er tastet nach den rechtwinkligen Seiten der unteren Ecke, dann signiert er das Bild mit einem Holzkohlestift – seine typische steile Unterschrift.

Mühsam erhebt er sich und sagt: »Ich möchte, daß du mir den Bart schneidest.« Er streckt sich und läßt sich wieder auf seinem Segeltuchstuhl nieder. Ich hole die schärfste Schere herbei und fange an seinen Bart zu stutzen. Er möchte, daß sein Bartwuchs nicht älter als eine Woche wirkt.

»Reinstes Weiß«, sage ich.

Er tätschelt mir den Hintern und sagt: »Du bringst es noch zu was.«

»Laß das sein, oder ich schneide dir in die Lippe.« Er zieht seine Hand zurück.

»Warte«, sagt Jordan. »Hol mal eine Untertasse. Heb mir die Stoppeln auf.«

»Was?«

»Laß uns die Haare aufheben – sie sind weiß. Bewahr sie auf und verwende sie für ein späteres Gemälde.«

»Ist das etwa dein Ernst, Jordan?«

»Ja doch.«

Ich gehe also hinaus, spüle und trockne eine Untertasse ab, dann fahre ich damit fort, ihm den Bart zu scheren.

»Bei dir weiß ich nie, ob du mich zum besten hältst oder was.«

»Eine großartige Idee. Haarige Bilder. Früher habe ich schon mal Sand benutzt – aber... Wenigstens in eins von diesen Bildern möchte ich gern mich selbst einbringen.«

»Du machst also doch Spaß.«

»Wenn ich das richtige Medium fände, in dem ich sie schwimmen lassen könnte. Heb sie jedenfalls mal auf – ich will darüber nachdenken.«

Ich fülle die Bartstoppeln aus der Untertasse in einen Plastikbeutel, binde die Öffnung zu einem Knoten und lege den Beutel auf das Regal.

»Ich möchte, daß du mir heute abend vorliest. Und ich will mich betrinken.«

Ich weiß, das ist der Befehl, bis zu einer ihm genehmen Nachtstunde bei ihm zu bleiben und ihn sicher ins Bett zu bringen. Sein Trinkvermögen ist außerordentlich, und seine Aggressivität steht in einem proportionalen Verhältnis zu dem, was er intus hat. Das einzige, was mir zugute kommt, ist seine körperliche Schwäche, so daß ich mit ihm fertigwerden kann. Früher hat er mir Gegenstände an den Kopf geschleudert, aber als er völlig erblindete, hat das aufgehört.

»Wie du wünschst«, sage ich. Das wird eine lange, schwere Nacht werden.

Bei seinem letzten Gelage – vor etwa drei Wochen – sagte er mir: »Ich komme recht gut durch.«

»Wo durch?«

»Durch mein Leben. Es kann nicht mehr allzu lange dauern. Der Gedanke an Selbstmord ist sehr tröstlich. Das hat mir schon durch so manche schlimme Nacht geholfen. Weißt du, wer das gesagt hat?«

»Nein.«

»Dachte ich's mir. Du hast ein Weltverständnis wie der *Reader's Digest*. Versprich mir nur eines – bring mich bloß nicht in einer von diesen Mauernischen auf dem Friedhof unter.«

»Genau das werde ich tun. Und an der Tür werde ich so ein hübsches Keramikphoto von dir anbringen mit Röschen drum herum.«

»Verbrenne mich und verstreue meine Asche über den Ozean.«

Nach der Hälfte der Flasche beginnt er unweigerlich zu weinen. Die Tränen steigen ihm in die Augen, rinnen ihm die Wangen herab und benetzen seinen Bart. Wenn sie versiegt sind und er sich heftig in sein blaues Taschentuch schneuzt, sagt er: »Erstaunlich, wie gut meine Augen in dieser Hinsicht funktionieren, aber in keiner anderen.«

Wenn er sich heute abend ausheult, werde ich Salz in seine Wunde streuen – ihm sein abscheuliches Benehmen heimzahlen. Ich werde ihn fragen, ob er nicht auch seine Tränen verewigen möchte. Ob er nicht in eines seiner Gemälde eine Phiole mit Tränen einarbeiten will. Wenn ich es wirklich über die Lippen bringe, wird es einen entsetzlichen Streit geben. Er wird alles kurz und klein schlagen. Eins nämlich kann er gar nicht vertragen: daß sein Werk verhöhnt wird – auch von mir nicht.

Doch ganz gleich, wie wütend der Streit, die Gehässigkeit, die Beschimpfungen – am Morgen bin ich wieder da, Pangur-Ban bei Fuß. Habe ich mich doch inzwischen stillschweigend dreingefunden, daß ich bleibe, bis er stirbt.

Ende der Saison

Die ältere Miss Bradley spazierte ans Ende der schmalen Pier, blieb stehen und lauschte auf die heranbrandende See zu ihren Füßen. Weiße Schaumkronen sprenkelten die Bucht, und der Wind wehte so heftig, daß sie ihr Gesicht abwenden mußte. Sie war der Überzeugung, daß der Sommer vorüber sei. Erst eine Woche wieder in der Schule, und schon der erste Wintersturm! An diesem ungeschützten, baumlosen Küstenstreifen gab es keinen Herbst.

Auf dem Heimweg kam sie gern hierher, besonders an windigen Tagen. Die Mühen des Schulalltags fielen von ihr ab. Sie blieb nicht lange – eine Minute, vielleicht zwei, das Gesicht dem Winde dargeboten, die Augen geschlossen. Dann kehrte sie um und ging langsam davon. Dabei lehnte sie sich mit dem Rücken gegen den Wind in dem Versuch, sich von seiner Stärke weder durchrütteln noch zu linkischen Bewegungen zwingen zu lassen.

Ihre mit Schulheften gefüllte Aktentasche wog schwer, und sie wünschte, sie hätte das Auto genommen. Zwar lag die Schule nur einen Kilometer von ihrem Haus entfernt, doch jeden Tag lag sie mit sich selbst im Kampf, ob sie, ihrer Gesundheit zuliebe, die Strecke zu Fuß zurücklegen solle. Gleich zwei Invaliden in ein und demselben Haus, das ging nicht an.

Ihr Wohnhaus gehörte zu einer Reihe cremefarbener Häuser, die hinter langgestreckten, gepflegten Gärten abseits der Straße lagen. Einige der Häuser hatten immer noch kleine Galgen über dem Gehsteig hängen, deren *Bed & Breakfast*-Schilder im Winde schaukelten. Als sie den Gartenweg hinaufschritt, hörte sie ihre Schwester Kathleen leise lachen. Das kam ihr sonderbar vor – ein Gefühl, das sich noch verstärkte, als sie die Haustür aufschloß und Tabakqualm roch. Im Vorderzimmer saß, mit dem Rücken zum Licht, ein Mann in ihrem Lehnsessel neben dem Bücherregal und sprach.

»Ach, Mary, da bist du ja«, sagte ihre Schwester. Der Mann erhob sich höflich.

»Erinnerst du dich noch an Mr. Maguire?«

»Eh ... ja, natürlich.«

Mr. Maguire hielt ihr altes Gästebuch in der Hand. Er setzte sich wieder und schlug es so rasch auf, daß er den Finger in der Seite gehabt haben mußte. »Ich habe gerade nachgeschaut, wann wir zuletzt hier waren.« Er reichte Mary das Buch. Tatsächlich stieß sie auf Mr. und Mrs. Maguire, deren Aufenthalt auf den Juli 1958 datiert war.

»Wir waren auf Hochzeitsreise«, erläuterte er. »Wir hatten nur für eine Nacht gebucht und sind eine ganze Woche geblieben.« Der Mann sprach deutlich mit einem Belfaster Akzent.

»Mr. Maguire dachte, daß wir immer noch Gäste aufnehmen«, sagte Kathleen.

»O nein. Das haben wir schon lange aufgegeben.« Mary blätterte zum letzten Eintrag. »Im Jahre 1971.« Sie legte das Gästebuch auf die Anrichte und rückte händereibend näher ans Feuer heran.

»Wie im Januar«, sagte sie. »Hast du Wasser aufgesetzt?«

Ihre Schwester fragte Mr. Maguire, ob ihm noch eine Tasse Tee recht sei.

»Da kann ich nicht nein sagen.« Er reichte ihr seine leere Tasse und Untertasse, und Kathleen stellte sie klirrend zu ihrer Tasse aufs Tablett. Mit dem Ellbogen drückte sie die Tür auf und ging in die Küche. Mary und der Fremde blieben in der Stille zurück.

»Suchen Sie Unterkunft?« erkundigte sich Mary.

»Ja. Ich habe beschlossen, mir einen Urlaub zu gönnen. Es ist schon Jahre her, daß ich irgendwo Ferien verbracht habe.«

»Haben Sie es denn schon bei den anderen Gästehäusern versucht?«

»Nein. Ich wollte hierher kommen.«

»Das ist aber nett von Ihnen, daß Sie uns im Gedächtnis behalten haben.«

»Es ist merkwürdig, wie leicht man sich an schöne Zeiten, an Ferien erinnert«, sagte er. »Gewiß können Sie sich an uns gar nicht mehr erinnern. Wir waren ja nur *ein* Ehepaar in einem gästereichen Sommer.«

»Ja, mitunter ist es schwierig. Aber Gesichter vergesse ich selten. Namen schon eher.«

In elegantem Damensitz richtete Mary sich auf dem Kaminvorleger ein. Sie erschauerte. Von ihrer niedrigen Position aus konnte sie die tadellos geputzten Schuhe des Mannes sehen. Ihre Mutter hatte ihr stets eingeschärft, der Schlüssel zum Charakter eines Mannes sei sein Schuhwerk. »Hüte dich vor jemandem mit schmutzigen Schuhen«, hatte sie gesagt. »Noch schlimmer ist der Mann, der zwar das Oberleder putzt, hingegen es versäumt, seine Absätze zu säubern. Am schlimmsten jedoch ist der Mann, der schwarze Schuhcremeflecken an den Socken hat. Das Äußerste an Schlamperei.« Mary sah zu ihm auf, aber sein Gesicht lag im Schatten, da er mit dem Rücken nach dem grauen Licht saß, das zum Fenster hereinfiel. Er trug ein Hemd mit offenem Kragen, eine für sein Alter zu helle Hose und einen blauen Pullover, auf den ein kleines Abzeichen mit einem roten Jaguar aufgestickt war.

»Und Mrs. Maguire?«

»Meine Frau ist im Dezember verstorben.«

»Oh, das tut mir aber leid.«

»Sie war lange krank. Der Tod war eine Erlösung für sie.«

»Oh, das tut mir leid«, wiederholte sie. »Und was führt Sie in unsere Gegend?« Er zauderte mit der Antwort.

»Ich wollte Spanish Point sehen. Wo die Galeone untergegangen ist. Die *Girona*.«

»Ja, ich gehe dort selbst häufig spazieren. Viel gibt es da ja nicht zu sehen. Felsen, Meer.«

»Ich habe eine Ausstellung im Museum besucht – eine Ausstellung der Teile, die man geborgen hat – da fiel mir ein, daß ich den Ort gern besichtigen würde. Um mir das Ganze ein wenig auszumalen.«

Kathleens Stimme erscholl aus der Küche. Mary entschuldigte sich und verließ das Zimmer.

»Er will ein paar Nächte bleiben«, flüsterte Kathleen. »Ich habe ihm gesagt, ich müßte erst dich fragen. Was meinst du?«

»Was hältst denn du davon? Wirst du damit fertig werden?«

»Ja, mir macht es nichts aus. Das Geld käme uns sehr gelegen.« Mary wollte eben wieder ins Wohnzimmer gehen, als ihre Schwester sie am Arm zurückhielt.

»Aber hör dir das an!« Kathleen wieherte vor Lachen. »Wir haben uns über Bücher unterhalten. Er sagt, daß er viel liest – er ist richtig verrückt nach Büchern –, und als ich mit dem Tee hereinkam, fragte ich ihn: ›Mögen Sie Earl Grey?‹ Da sagt er mir doch: ›Ich weiß nicht. Was hat er denn so geschrieben?‹ Ist das nicht fabelhaft?« Mary nickte lächelnd, wogegen Kathleen sich vor Lachen nicht halten konnte. Sie ermahnte sich selbst: »Hör auf, Kathleen«, und patschte sich aufs Handgelenk. Sie setzte eine ernste Miene auf und legte mehr Kekse auf den Teller. Aber dann brach sie erneut in Gelächter aus.

»Eine Zeitlang sprach er dauernd von dem Dummkopf.«

»Von wem?«

»Von dem Buch ›Der Dummkopf‹. Von einem der großen Russen. Er meinte *Der Idiot*.«

»Oh«, sagte Mary. »Wirklich, Kathleen, nimm dich zusammen!« Ihre Schwester wurde wieder ernst und hob das Tablett an. Mary hielt ihr die Tür auf.

»Wenigstens hätte ich etwas zu tun«, flüsterte Kathleen ihr über die Schulter zu, als sie ihr ins Zimmer voranging.

»Das geht in Ordnung, Mr. Maguire«, sagte sie. »Wenn Sie mir eine Minute Zeit lassen, richte ich Ihnen Ihr Zimmer.« Er beugte sich leicht vor und machte eine vage Handbewegung, als wolle er Kathleen beim Tablett behilflich sein.

»Danke vielmals«, sagte er und lächelte die beiden Schwestern an. »Ich werde mich bemühen, Ihnen so wenig zur Last zu fallen wie möglich.« Mary setzte sich wieder auf den Kaminvorleger. Mr. Maguire nippte an seiner Tasse. Die Untertasse hielt er dicht vor die Brust.

»Warum vermieten Sie keine Fremdenzimmer mehr?« fragte er.

»Aus verschiedenen Gründen«, sagte Kathleen. »Einer davon bin ich. Mein Asthma wurde langsam unerträglich. Im Grunde handelt es sich bei mir um ein Nervenleiden. Der bloße Gedanke an den Sommer löste einen Anfall aus. Und dann natürlich die Unruhen in Nordirland. Nach 1969 sind die Leute einfach weggeblieben. Jetzt nennen wir dieses Seebad das letzte.«

»Als wir hier übernachteten, war das Haus voller Schotten.«

»Ja, und die Gäste kamen Jahr für Jahr wieder. Aber als die Unruhen einsetzten, wollte niemand mehr einen Aufenthalt riskieren. Später, als die neue Schule gebaut wurde, bekam Mary eine Lehrerstelle.«

»Und dann starb Mutter«, ergänzte Mary.

»Ach, wirklich? Ich hatte sie nie zu Gesicht bekommen. Wir hörten sie immer nur – oben.«

»Sie war sehr anstrengend«, sagte Kathleen, »und bei meinem Zustand kam ich mit ihr nicht zurecht. Eigentlich war sie es, die darauf bestand, daß wir die Pension weiterhin geöffnet hatten. Ihr ganzes Leben hatte sie große Angst davor, im Armenhaus zu enden. Sie hatte die intelligente Idee, kurz vor der Flaute noch die Rückseite auszubauen. An der Hypothek haben wir heute noch zu knabbern.«

Mr. Maguire stellte Tasse und Untertasse auf die Kaminplatte. »Haben Sie etwas dagegen, wenn ich ein Pfeifchen rauche?« Er sprach Mary an, die sich ihrerseits an ihre Schwester wandte.

»Kathleen?«

»Pfeife mag ich gern. Nur Zigaretten kann ich nicht ausstehen.«

Mr. Maguire holte eine kleine Pfeife und einen gelben Plastikbeutel hervor. Während er Kathleen zuhörte, die sich in Geschichten über die gute alte Zeit erging, als das Haus noch voller Gäste war, stopfte er sich sein Rauchgerät. Mary sah ihm dabei zu, wie er den Tabak mit dem Zeigefinger in den Pfeifenkopf drückte. Als er das Streichholz anriß, wirbelte er es, bevor er es an die Pfeife führte, mit der Hand kreisförmig durch die Luft, um die Lohe abzuschwächen. Die dreieckige Flamme sprang und tanzte, als er sie an den Pfeifenkopf hielt und die Luft mit leise poppenden Lippen einsog. Während des gesamten Vorgangs nickte er in einem fort und reagierte mit »Hm-hm« auf Kathleens Erzählungen.

»Sie müssen uns so nehmen, wie wir sind«, führte sie aus, »schließlich haben wir offiziell gar nicht geöffnet. Ich werde Ihnen einen Schlüssel aushändigen, dann können Sie kommen und gehen, wann es Ihnen beliebt.«

»Danke sehr«, sagte Mr. Maguire, der ein weiteres Streichholz anzündete.

»Wie steht es mit dem Frühstück – möchten Sie morgens Eier und Speck?«

»Ja, bitte. Sonst nehme ich ja nie so ein reichhaltiges Frühstück zu mir. Aber ohne das hätte ich gar nicht das Gefühl, in den Ferien zu sein. Backen Sie immer noch Ihr eigenes Weizenbrot?«

»Nein. Mein Asthma. Manchmal löst das Mehl Atemnot aus. Ich hole Ihnen einen Aschenbecher«, sagte Kathleen und sprang auf. Mr. Maguire saß da mit einem winzigen Bouquet angebrannter Zündhölzer zwischen den Fingern.

»Haben Sie jemals daran gedacht, das Haus zu verkaufen?«

Kathleen lachte auf, und Mary lächelte ins Kaminfeuer.

»Drei Jahre haben wir es versucht«, sagte Kathleen. »Würden *Sie* es etwa kaufen? Die Inserate haben so viel gekostet, daß wir den Plan aufgeben mußten.«

Als sie ausgetrunken hatten, brachte Kathleen ihn auf sein Zimmer. Dabei schwatzte sie unablässig, selbst auf der Treppe warf sie ihm über die Schulter Worte zu. Mary folgte ihnen, ihre Hände hatte sie wie eine Nonne in den jeweils anderen Ärmel gesteckt. Das Bett war abgezogen, so daß man die blau-weiß gestreifte Matratze sah. Mr. Maguire stellte seine Tasche am Fenster ab.

»Ich schalte Ihnen die elektrische Heizdecke ein, um das Bett anzuwärmen«, sagte Kathleen.

»Danke«, sagte er. »Vom Fenster aus hat man einen großartigen Blick.« Mary starrte über seine Schulter auf das metallische Meer. Bei Licht wirkte sein Gesicht teigig und verbraucht. Wenn er sprach, gruben sich seinen Mundwinkeln entlang senkrechte Furchen, und seine Stirn zerknitterte faltenreich. Für sein Aussehen hätte er fürwahr keine Trophäen gewonnen, aber irgendwie paßte sein Gesicht zu ihm. Er machte den Eindruck eines Exsportlers, drahtig und zäh, hochgewachsen genug, um krumme Schultern ausgebildet zu haben. Immerhin hatte er so dichtes Haar, daß sich ihr die Frage aufdrängte, ob er ein Toupet trüge. Falls ja, saß es ihm wie angegossen.

»Wo kann man hier denn heutzutage gut essen?«

»Das Royal ist sehr zu empfehlen«, meinte Kathleen.

»Das Royal?«

»Ist das zu teuer?«

»Zu meiner Zeit war es das.«

Kathleen hob den Fuß des Bettes und rückte es von der Wand ab.

»Versuchen Sie's doch mal im Croft Kitchen«, sagte sie. »Ich glaube, das hat noch offen. Das bißchen Saison, das wir hier noch haben, ist nämlich zu Ende.« Als sie ihn zögern sah, setzte sie hinzu: »Es liegt in der Hauptstraße gegenüber der ehemaligen Spielhalle.« Sie trat auf den Gang hinaus. »Das Badezimmer ist die zweite Tür auf der rechten Seite. Der Lichtschalter befindet sich draußen.«

»Ja, ich entsinne mich.«

»Ich hole nur eben Bettwäsche.« Kathleen eilte davon.

»Sie ist ganz aufgeregt«, erklärte Mary mit gesenkter Stimme. Mr. Maguire lächelte und nickte. Seine Stimme klang ebenso verhalten wie ihre.

»Während unserer Flitterwoche«, sagte er, »ging meine Frau ins Bad ...« Mary zog die Hände aus den Ärmeln und rückte ein Bild gerade. »... und irgend jemand schaltete das Licht aus. Sie bekam einen furchtbaren Schrecken. Erst hörte sie Schritte, dann ging das Licht aus, dann Atmen. Die arme Frau saß die halbe Nacht im Dunkeln, bevor sie sich hinauswagte. Natürlich lag ich in tiefstem Schlaf.«

»Wie entsetzlich!« sagte Mary.

Kathleen kam herein, die frische Bettwäsche wie ein weißes Akkordeon zwischen die Arme gepreßt. »So, jetzt geht's an die Arbeit«, mahnte sie und ließ die Wäsche aufs Bett fallen.

Obwohl sie sich müde fühlte und früh zu Bett gegangen war, konnte Mary an diesem Abend nicht einschlafen. Zu durchaus annehmbarer Nachtstunde hörte sie Mr. Maguire heimkommen. Außer, daß er sich etwas räusperte, verhielt er sich leise; dennoch vernahm sie jedes kleinste Geräusch – das Glucksen des Handwaschbeckens, die Wasserspülung der Toilette am Ende des Flurs und durch die Wand hindurch das Knarren seines Bettes, als er sich hinlegte. Stunden schienen zu vergehen, bevor sie endlich hörte, wie die Nachttischlampe ausgeknipst wurde, und sie fragte sich, was das wohl für ein Buch war, das ihn so spät noch in Anspruch nahm.

Mehrere Male wachte sie auf, jedesmal so tief in Schweiß gebadet, daß sie schon befürchtete, ihr sei ein Mißgeschick passiert. Sie kam sich vor wie jenes schamlos vulgäre Mädchen auf dem Kalender, der über der Kasse der Werkstatt hing – angetan mit einer triefenden weißen Chemise, die mehr enthüllte, als sie verbarg, tauchte es aus den Fluten auf. Marys Zustand wurde immer schlimmer statt besser. Wenn sie vor der Klasse stand, war ihr mitunter zumute, als habe sie ein Loch im Kopf und werde, wie eine Wärmflasche, vom Scheitel bis zur Sohle mit Wasser angefüllt. Vor einigen Monaten hatte Kathleen sich geängstigt, als sie sah, wie sich ihre Schwester, das gerötete Gesicht schweißüberströmt, mit den Fingerknöcheln auf den Küchentisch aufstützte.

»Was fehlt dir?«

Mary hatte ihr einfach gesagt, daß ihre Eierstocktätigkeit am Verlöschen war. Das innere Weib gab seinen Geist auf, jedoch nicht ohne Widerstand zu leisten. Inzwischen duschte sie zweimal am Tage – morgens, wenn sie aufstand, und vor dem Abendessen. Sie weigerte sich, einen Arzt aufzusuchen, da ihre Verfassung normal sei. Im *Gesundheitsratgeber für die Familie* fand sie alles verzeichnet, was sie wissen mußte. Häufig befaßten sich auch Leserbriefe in Frauenzeitschriften mit dem Thema, in einigen Fällen mit allen peinlichen Einzelheiten. Es war ein Zeichen der Zeit, daß man sich eine durchaus gemäßigte Frauenzeitschrift zulegen konnte und sich dennoch davor fürchtete, die Seiten aufzuschlagen, weil sie alles mögliche enthalten mochten: Sex vermischt mit Strickmustern; zwischen den Kochrezepten Orgasmen, Homosexualität und weiß Gott was noch. Sie war peinlich berührt, nicht so sehr ihretwegen als wegen der Teenager in ihren Schulklassen. Journale wie das von ihr gekaufte gelangten unweigerlich auch in deren Familien. Jedesmal, wenn ihre Augen vor einem solchen Artikel zurückzuckten, errötete sie um ihrer Zöglinge willen, die ihre Unschuld verloren. Und einige der Tageszeitungen, die kamen ihr gar nicht erst ins Haus!

Mr. Maguire räusperte sich, und sie hörte das Quietschen der Matratzenfedern, als er sich in seinem selten benutzten Bett umdrehte.

Während der letzten Schulstunde stand Mary da und starrte nicht aus dem, sondern auf das Fenster. An dieser, der Leeseite der Schule waren die Scheiben mit Regentropfen bedeckt, die bei jedem Windstoß erzitterten. Hinter ihr war eine achte Klasse mit einer Übersetzungsaufgabe beschäftigt. Sie war stolz auf ihren Ruf, die diszipliniertesten Klassen der Schule zu haben. Zwar wußte sie, daß die Schülerinnen sie deshalb nicht leiden konnten, doch später würden sie es ihr schon noch einmal danken.

Um zehn vor vier sah sie Mr. Maguire, die Hände auf dem Rücken verschränkt und den Kopf in den Wind gebeugt, aus der Stadt laufen. Als sie schließlich aus dem Schulgebäude trat, stand er lächelnd vor dem Tor.

»Hatte ich doch richtig geraten«, sagte er. »Dabei bin ich nur zufällig vorbeigekommen.« Er erbot sich, ihr die Aktentasche zu tragen, doch entgegnete sie, die sei nicht gar so schwer. Sie begannen in den feinen Nieselregen hinauszulaufen.

»Was für ein Tag! Haben Sie Kinder, Mr. Maguire?«

»Nein, meine Frau war nie so recht gesund. Das wäre zuviel verlangt gewesen.« Wieder war sie betroffen von der Ungeschliffenheit seines Akzents. Sein Gesicht entspannte sich, und er lächelte. »Woher stammen denn all die Bücher in Ihrem Haus?« fragte er.

»Die meisten gehörten meinem Vater. Er war Rektor der hiesigen Volksschule und interessierte sich für alles mögliche. Naturkunde, Naturwissenschaften, Geschichte. Wir waren es gewohnt, Bücher im Haus zu haben.«

»Da haben Sie aber Glück gehabt. Ich mußte mich ganz allein voranarbeiten. Sehr spät in meinem Leben. Stellen Sie sich vor – mit fünfzig das Abitur machen!«

»Haben Sie das gemacht?«

»Ich fürchte, ja.«

»So etwas bewundere ich.«

Mr. Maguire zuckte schüchtern die Schultern.

»Nicht jeder denkt so. Meine Frau pflegte sich über mich lustig zu machen. Aber sie mußte schwierige Zeiten durchstehen. Sie hatte starke Schmerzen und konnte mich nicht verstehen. Ich glaube, sie war eifersüchtig wegen der Zeit, die ich aufs Lesen verwandte. Sie hielt es für ein Steckenpferd, einen bloßen Zeitvertreib oder dergleichen. Da hat sie sich gewaltig getäuscht.« Als Mr. Maguire sah, daß Mary ihre Aktentasche aus der rechten in die linke Hand verlagerte, bestand er darauf, sie ihr zu tragen. Widerstrebend ließ sie ihn gewähren.

Er fuhr fort: »Wenn man einmal echte Bildung für sich entdeckt hat, kann man davon nicht mehr lassen. Ich meine nicht das Abitur und dergleichen – damit will man sich nur selbst etwas beweisen –, sondern Bücher, Ideen, Gefühle. Alles, was hiermit zu tun hat.« Er tippte sich an die Schläfe. »Und hiermit.« Er klopfte sich mitten auf die Brust.

Mary fragte: »Was lesen Sie denn so?«

»Die Klassiker. Romane. Feine Sachen.«

Der Wind zerrte an seinen Haaren und wühlte diverse Scheitel hinein. Es war ganz bestimmt kein Toupet.

»Manchmal halte ich hier an und laufe bis ans Ende vor.« Sie deutete auf die Pier, deren Rücken sich gegen die tosende See krümmte. Gelegentlich brach sich eine Woge daran, und Gischt klatschte auf den Beton. Einige Jungen mit Schultaschen veranstalteten eine Art Spießrutenlaufen über die Pier.

»Die werden ja völlig durchnäßt oder noch schlimmer«, sagte Mr. Maguire.

»Das ist noch gar nichts. Im Sommer habe ich gesehen, wie sie auf einem Fahrrad über den Rand hinaus gesaust sind. Sie hatten es an einen der Poller gebunden, so daß sie es immer wieder heraufziehen konnten. Den Anblick konnte ich nicht ertragen. Mir wurde ganz sonderbar. Am Ende mußte ich fortgehen.«

Als sie nach Hause kamen, stellte Mr. Maguire ihre Tasche in der Diele ab, nickte ihr zu und stieg die Treppe hinauf. Mary begab sich in die Küche, setzte sich auf einen Hocker neben den Herd und ließ sich trocknen, während das Wasser im Kessel kochte.

»Wo ist unser Gast?« fragte Kathleen.

»Oben.«

»Ein merkwürdiger Kerl. Aber nett.«

»Ja, ihr scheint gut miteinander auszukommen«, sagte Mary. Kathleen verdrehte ihre Augen zum Himmel.

Mary lachte und sagte: »Er hat einen Gang wie der Duke of Edinburgh.« Sie stand auf und ahmte seinen Gang nach, indem sie in der Küche auf- und ablief, die Hände auf dem Rücken faltete und den Kopf wie eine Schildkröte vorschob.

Kathleen kicherte und sagte: »Heute morgen habe ich sein Bett gemacht, und weißt du, was er liest? Oder wenigstens auf seinem Nachttisch liegen hat?«

»Keine Ahnung.«

»Ein Buch mit englischer Lyrik.«

»Warum auch nicht?«

»Irgendwie paßt das nicht zusammen. Er und Poesie. Und weißt du was? Er hat sein ganzes Schuhputzzeug mitgebracht. Bürsten, Dosen, Putztücher, einfach alles. Mutter hätte sich so gefreut.«

»Du solltest nicht herumschnüffeln.«

»Ich kann nichts dafür, daß ich es gesehen habe. Ich mußte es doch wegräumen, um das Bett zu machen.«

»Was ist schon Schlimmes dabei, wenn man sein Äußeres pflegt?«

»Nichts. Aber ein bißchen aufwendig kommt es mir doch vor.«

Kathleen hörte Mr. Maguires Schritte auf dem Flur und stürzte zur Küchentür.

»Wir haben eine Tasse Tee für Sie, Mr. Maguire«, rief sie.

Er kam herein, und als er an ihr vorbei nach seiner Tasse griff, roch Mary an seinen Händen Seife.

»Nun, hatten Sie einen angenehmen Tag?« erkundigte sich Kathleen.

»Der Regen hat mich nach Hause getrieben«, lächelte er. Sein Haar war dunkel und säuberlich gescheitelt, so als habe er Haaröl verwendet. »Sie merken, ich fühle mich schon ganz zu Hause.« Kathleen bot ihm einen Keks an, den er freilich ausschlug.

»Wie war Ihr Essen im Croft Kitchen gestern abend?«

»Es war geschlossen.«

»Wo haben Sie dann gegessen?«

»Im Café an der Strandpromenade. Das Essen war gut. Und preiswert.«

»Uahh, was für ein Laden!« Kathleen schüttelte sich. »All diese Saucen auf dem Tisch. Ganz verkrustet.«

»Nein, wirklich, es war nicht schlecht.«

»Schauen Sie, wir essen selbst nicht gerade üppig, aber Sie sind herzlich willkommen, uns heute abend Gesellschaft zu leisten.«

»Aber nein, das wäre nicht fair.«

»Wir haben nur Hackfleisch mit Mohrrüben. Es macht keine Mühe, ein zusätzliches Gedeck aufzulegen.« Mr. Maguire zögerte. Er sah Mary an, die in ihre Tasse starrte. Sie hob ihren Blick zu ihm.

»Warum wollen Sie nicht bleiben?« sagte sie.

»Nur unter einer Bedingung. Sie müssen mir das Essen eigens berechnen.«

»Dann wäre das abgemacht«, sprach Kathleen. »Über den Preis können wir später noch streiten.«

»Das ist äußerst liebenswürdig von Ihnen. Von Ihnen beiden.«

Zum Abendessen erschien Mr. Maguire mit Krawatte, aber ohne Jackett. Mary saß ihm gegenüber, die ihr über den Nacken fallenden Haarspitzen noch immer feucht von der Dusche, derweil Kathleen servierte und plauderte.

»Heute abend gibt es im Gemeindesaal eine Whistrunde, Mr. Maguire. Gäste sind sehr willkommen.«

»Es tut mir leid«, sagte Mr. Maguire, »aber ich war noch nie gut im Kartenspiel – erst recht nicht beim Whist, wo doch die Partner darauf angewiesen sind, daß man die richtige Karte ausspielt. Ich habe es ein- oder zweimal versucht, und am Schluß waren meine Schienbeine schwarz und blau.«

»Ich muß jetzt los«, sagte Kathleen. »Ich muß einen Tisch organisieren. Mary, könntest du mich nicht hinfahren? Ich muß doch die ganzen Tassen und Untertassen und all das schleppen.« Mary nickte.

»Können Sie nicht fahren?«

»Nein, ich bin zu nervös. Aber Mary ist sehr lieb, sie fährt mich überallhin.«

Kathleen fühlte sich für Gesprächspausen verantwortlich, und wenn eine entstand, so übernahm sie es zu reden, meist an Mr. Maguire gewandt.

»Was machen Sie so?«

»Im Augenblick nichts. Ich habe gerade meine Stelle verloren. Einer unter drei Millionen.«

»Oh, das ist aber schlimm.«

»Ja, als ich meine Abfindung bekam, sagte ich mir, zum Kuckuck, jetzt leiste ich mir einen Urlaub.«

»Da haben Sie recht getan«, sagte Kathleen. »Ins Grab mitnehmen können Sie's nicht.«

»Zum Mitnehmen wird wohl auch nichts übrig bleiben.«

Die beiden Schwestern lächelten. Mr. Maguire sah Mary an, und sie fühlte sich genötigt, etwas zur Unterhaltung beizutragen.

»Als was haben Sie gearbeitet?«

»In einem Lager. Kfz-Ersatzteile.«

»Aha«, sagte Mary.

»Ich habe fast mein ganzes Leben dort zugebracht.«

»Dann kennen Sie sich wohl mit Autos aus?«

»Ein wenig.«

»Meins funktioniert nämlich nicht so richtig.«

»Was ist es denn?«

»Ein Fiat.«

»Nein, ich meine, was ist kaputt?«

»Irgendwie will es nicht so recht, ist ganz lahm.«

»Ich könnte es mir morgen einmal ansehen.«

Kathleen unterbrach. »Aber ich dachte, Sie wollten morgen abreisen?«

»Hätten Sie etwas dagegen, wenn ich das Wochenende noch bleibe? Ich habe keinen Grund zur Eile.«

»Aber nein«, sagte Kathleen. »Besonders dann nicht, wenn Sie den Wagen reparieren.«

»Danke.« Mr. Maguire hatte seinen Teller binnen weniger Minuten leergegessen. Kathleen bot ihm einen Nachschlag an.

»Das macht die Seeluft«, erklärte er. »Da bekommt man so richtig Appetit. Ich koche mir auch immer dieses Gericht. Es geht so schön schnell.« Dann schien er verlegen. »Entschuldigen Sie. Das hier schmeckt hundertmal besser als meine Kochversuche. Ich meinte nur, daß man es auf den Herd stellen und sich selbst überlassen kann.«

»Ich nehme an, Sie kochen nicht gern?«

»Nein. Daheim habe ich einen festen Küchenplan. Ein gekochtes Ei, Schabefleisch. Wenn man allein ist, verliert man das Interesse am Essen. Ich finde es schon schwierig, einen ganzen Laib Brot aufzuzehren, bevor er zu schimmeln beginnt.« Er lachte. »Ich sehe mir beim Essen die Nachrichten an, den Teller auf den Knien. Den Tisch decke ich kaum noch.«

»Gibt es denn noch eine Chance, daß Sie eine andere Anstellung finden?«

»Ich bezweifle es. Mit dem Kfz-Handel steht's nicht zum besten, und in einem anderen Gewerbe kenne ich mich nicht aus. Ich bin jetzt sechsundfünfzig. Die Aussichten sind schlecht.« Er zuckte mit den Achseln. Mary betrachtete seine Hände. Sie waren groß und rot, Messer und Gabel nahmen sich in ihnen wie Spielzeug aus. Sein Daumennagel war opak, wie eine Haselnuß.

»Eigentlich will ich auch gar keine Stelle«, sagte er. »Jetzt habe ich endlich Zeit, zu tun, was ich will.«

»Und was wäre das?«

»Lesen. Meinen Garten bestellen. Ich will ein Fernstudium aufnehmen. Dieses Telekolleg. Ich habe mich gerade eingeschrieben, aber es fängt erst im Januar an. Die Studiengebühren habe ich von meiner Abfindung bezahlt.«

»Aus Ihrem Mund klingt das Stempelgeld wie eine gute Sache.«

»Ich war immer schon stark daran interessiert. Wenn in der gewerkschaftlichen Bildungsarbeit ein Kurs angeboten wird, bin ich dabei. Geschichte, Englisch, Philosophie. Einmal wurde Botanik angeboten, aber daraus bin ich einfach nicht schlau geworden. Bei allem und jedem, ich bin Dilettant.«

Vor dem Gemeindesaal stieg Kathleen aus. Sie balancierte einen Karton voll klirrender Tassen und schlug die Tür mit dem Absatz zu.

»Du, nimm dich bloß vor diesem Mr. Maguire in acht, Mary«, sagte sie durch die Fensterscheibe des Fahrersitzes.

»Der ist ein wenig unter meinem Niveau, Liebes.« Mary lachte. »Außerdem hat er es auf dich abgesehen.«

»Holst du mich ab?«

Mary nickte.

Auf dem Heimweg ärgerte sie sich von neuem über den

saft- und kraftlosen Motor. Der Wagen schien kaum die Steigung der Hauptstraße zu schaffen. Sie dachte über Mr. Maguire nach.

»Gottlob ist es Freitag«, sagte sie laut.

Sie hatte ihre Schuhe abgestreift und war gerade dabei, sich zu setzen und einen Blick in die Zeitung zu werfen, als es an der Tür sachte klopfte. Da stand Mr. Maguire mit einer Glühbirne in der Hand.

»Es tut mir leid, wenn ich störe«, sagte er, »aber meine Leselampe geht nicht mehr, und ich hätte gern gewußt, ob Sie eine Ersatzbirne haben.« Mary kletterte in Strümpfen auf einen Hocker und entnahm dem hohen Schrank eine neue 60-W-Birne. Sie überreichten sich gegenseitig die Birnen, und aus irgendeinem Grunde kam sie sich albern vor. Er hielt einen Augenblick inne, mit der Pappschachtel in der Hand.

»Regnet es?« fragte er.

»Nein, es hat aufgehört.«

Er ließ das Stück Pappe, in dem die Birne saß, gegen die geriffelte Verpackung ratschen.

»Haben Sie heute abend etwas vor?« fragte er. Mary zögerte.

»Nein.«

»Würden Sie gern ausgehen – vielleicht auf einen Drink?«

»Ich gehe nicht gern in Kneipen.«

»Wie wär's mit dem Hotel – wir könnten ins Royal gehen, nur für ein Weilchen. Einen Orangensaft, wenn Sie mögen.«

Unterdes ließ Mary die ausgebrannte Glühbirne an den winzigen Stiften zwischen Zeigefinger und Daumen wippen. »Es ist Freitag«, sagte sie. »Warum nicht?«

Mr. Maguire lächelte. »Also in etwa einer halben Stunde?«

»Ja.«

Er wandte sich rasch ab und hielt zum Zeichen des Dankes die neue Glühbirne in die Höhe. Einen lächerlichen Augenblick lang erwartete sie, daß die Birne leuchte, als wäre er eine Art Statue.

Sie schloß die Tür. Bevor sie die verbrauchte Birne in den Papierkorb warf, hielt sie sie aus Gewohnheit dicht ans Ohr und schüttelte sie. Die Birne klirrte nicht. Sie schaltete die Stehlampe aus und schraubte die heiße Birne mit einer Serviette heraus. Als sie Mr. Maguires Birne anknipste, leuchtete sie auf.

Nachdem sie im Gesellschaftsraum des Hotels den ersten Schluck Sherry zu sich genommen hatte, holte sie aus ihrer Handtasche ein Papiertaschentuch hervor und wischte den roten Halbmondflecken ihrer Unterlippe vom Glasrand. Mr. Maguire trank Guinness. Sie saß, die Schultern zurückgebogen, auf der äußersten Kante ihres Sitzes. Ihre Mutter hatte sie ihrer Körperhaltung wegen stets gescholten. Eines Tages beim Kirchgang hatte sie Mary mit der Regenschirmspitze zwischen die Schulterblätter geknufft.

»Wenn du straffe Brüste haben willst, darfst du deine Schultern nicht so hängen lassen.«

Die Stockzwinge verspürte sie bis auf den heutigen Tag. Und doch richtete sie sich, ohne sich erst auffordern zu lassen, in allem immer noch danach, was ihre Mutter von ihr verlangt hatte.

»Entspannen Sie sich«, sagte Mr. Maguire. Schunkelmusik durchbrach die frühabendliche Stille.

»Ich bin solche Lokale nicht gewohnt. Ich war hier nur auf Hochzeiten.«

»Es ist nett hier.«

»Am Montag wird es überall heißen, daß Miss Bradley mit einem Mann beim Saufen ertappt wurde.«

Mr. Maguire lachte.

»Was unterrichten Sie?«

»Deutsch und etwas Französisch.«

»Sind Sie schon einmal in Deutschland gewesen?«

»Nein, aber ein Jahr lang habe ich in der deutschsprachigen Schweiz unterrichtet. In einem wunderhübschen Ort namens Kandersteg.«

»Ich bin noch nie im Ausland gewesen. Noch nie in mehr als einem Ruderboot. Und sollten Sie jemals hören, daß ich bei einem Flugzeugabsturz ums Leben gekommen bin, dann wissen Sie, daß es auf mich gestürzt ist.«

»Es war oben in den Bergen. Ein typisches Schweizer Dorf mit Kuckucksuhrhäusern und Schnee, wenn man hinaufsah. Die Kinder waren so wohlerzogen. Es war eine Wohltat, dort zu unterrichten.«

Mr. Maguire zog seine Pfeife hervor und steckte sie an. Seinem Gesicht und der Neigung seines Kopfes nach zu schließen, hörte er ihr immer noch zu.

»Eigentlich war es wie ein Urlaub – merkwürdig, daß man sich an die schönen Dinge immer so lebhaft erinnert.«

»Vielleicht liegt es daran, daß es so wenig davon gibt«,

sagte er. »Ich entsinne mich unserer Flitterwoche, als sei es gestern gewesen. Die Stadt, Ihr Haus. Es war ein kühler Sommer. Ich saß mit Ihnen am Herd, und wir sprachen bis in die Puppen.«

»Ach, wirklich?«

»Nun ja, ein-, zweimal. Und eines Abends, ich weiß es noch, da wollten Sie tanzen gehen. Sie waren in Strümpfen und suchten verzweifelt Ihre Schuhe. Sie hinterließen eine Duftwolke.« Mary lachte und hielt sich die Hand vor den Mund. Mr. Maguire malte mit den Augen große Ringe um sich her. »Sie hatten Petticoats an, die so weit abstanden. Das Kleid war weiß mit grünen Flecken drauf.«

»Das stimmt, das stimmt. Daran kann ich mich noch erinnern. Petersiliensauce haben wir es genannt. Damals hatte man so wenig Kleider, daß man ihnen Namen gab.« Sie verdrehte die Augen zum Himmel. Es war, als hätte er ein altes Photo von ihr hervorgeholt. »Ist es nicht schrecklich, daß ich mich wohl an das Kleid, aber nicht im geringsten an Sie erinnern kann.« Plötzlich setzte sie eine scherzhaft mißbilligende Miene auf. »Und das alles ist Ihnen auf Ihrer Hochzeitsreise aufgefallen?«

»Schließlich hat man keinen Einfluß darauf, was einem auffällt.«

»Und wo war Ihre Frau, als Sie herumsaßen und sich mit mir unterhielten – bis in die Puppen?«

»Sie war schon damals leidend. Sie ist immer früh ins Bett gegangen. Ich selbst bin eine Nachteule.«

»Du meine Güte!« sagte sie. »Sich an so etwas zu erinnern – Petersiliensauce.« Mr. Maguire bestellte mehr Getränke, und Mary begann sich entspannt und warm zu fühlen.

»Ich bin froh, daß wir hier sind«, sagte sie. »Hier ist es schön.«

Einige frühere Schülerinnen von ihr traten ein und setzten sich an die Theke. Sie nickten und grinsten der Ecke zu, wo sie saß.

Mr. Maguire befragte sie nach ihrer Lektüre, und sie erzählte ihm, sie lese, um dem Alltag zu entfliehen. Pro Woche verschlinge sie vier oder fünf Bände aus der Bücherei. Alles und jedes, solange es nicht zu hohe Ansprüche an sie stelle. Und selbstverständlich nichts, das ihren Seelenfrieden störe. Nicht diesen peinlichen Unsinn, dem man heutzutage ausgeliefert sei. Bücher aus der Bibliothek sollten eine Warnung auf dem Umschlag tragen – wie Filme nach Altersstufen freigegeben werden. Kathleen war anders – sie war eher für Anspruchsvolleres zu begeistern.

Mr. Maguire meinte, sofern ein Buch ihn nicht zum Grübeln und Nachdenken zwinge, werfe er es weg. Er lese mehr erste Kapitel als jeder andere Mensch in der Welt. Was die peinlichen Sachen angehe, so könne er sie akzeptieren, solange sie nicht in pornographischer Absicht verfaßt seien. Das gehöre zum Leben wie alles andere auch.

Mary schlug einen weiteren Sherry aus, da sie schon ziemlich angeheitert war, beharrte aber darauf, Mr. Maguire noch ein Guinness zu spendieren, vorausgesetzt, er wünsche eine dritte Flasche. Schließlich gehe er stempeln, wogegen sie Arbeit habe. Als sie mit dem vollen Glas zurückkehrte, sagte Mr. Maguire: »Bücher dürfen nicht dem Eskapismus dienen.«

»Weshalb denn nicht? Wir sind von so viel Bedrückendem umgeben. Wer will davon schon lesen? Wenn ich lese, möchte ich mich lieber in eine andere Welt versetzt fühlen.« Plötzlich legte sie entsetzt die Hand auf den Mund. »Kathleen!« rief sie aus. »Ich habe Kathleen versprochen, sie abzuholen. Wie spät ist es?«

Im Gemeindesaal waren sämtliche Lichter erloschen, und Kathleen lief auf und ab. Mr. Maguire nahm ihr den Karton mit den Tassen ab, während sich Mary für ihre Verspätung entschuldigte. Kathleen blieb zur Abwechslung einmal stumm. Das einzige Geräusch, das vom Rücksitz kam, war das Pfeifen ihres Inhalationsapparats. Im Haus knallte sie die Türen zu.

»Hier sind noch einige übriggebliebene Sandwiches«, sagte sie.

Als Mary den Tee brühte, ließ sie zweimal einen Löffel fallen und gickelte. Sie kam sich albern und liebenswert vor; aber sie war sich auch bewußt, daß sie sich beeilte, in das andere Zimmer zu gelangen, wo Kathleen und Mr. Maguire allein waren.

Anderntags verschlief sie und erwachte erst von einem immer wieder aufheulenden Motor. Sie blickte aus dem Fenster und sah Mr. Maguire in einem marineblauen Overall unter der geöffneten Motorhaube ihres Wagens hantieren. Bevor sie in ihrem Morgenrock nach unten ging, machte sie sich frisch und richtete sich her. Mr. Maguire kam, die öligen Hände in die Höhe haltend, herein und wusch sich im Ausguß. Kathleen, ebenfalls im Morgenmantel, schenkte ihm aus der Kanne eine Tasse Tee ein.

»Ich denke, Sie werden den Unterschied merken«, sagte

er. »Wann ist denn der Wagen zum letztenmal gewartet worden?«

»Ach du lieber Gott«, sagte Mary. »Das weiß ich gar nicht mehr.«

»Ich habe die Kontakte eingestellt, drei Zündkerzen erneuert...«

»Davon verstehe ich nichts. Genausogut könnten Sie Chinesisch mit mir reden.« Mr. Maguire schüttelte ungläubig den Kopf und setzte sich zu Tisch.

»Sie sehen aber flott aus«, ließ Kathleen sich mit Blick auf seinen Blaumann vernehmen.

»Ich führe ihn immer im Kofferraum mit. Das ist mir schon einmal passiert – ein Radwechsel in Regen und bei Nacht.«

»Aber er sieht so sauber aus.«

Mr. Maguire nickte und wandte sich zu Mary.

»Möchten Sie den Wagen ausprobieren?«

»Ich will mich erst ankleiden. Kathleen, möchtest du auf eine Probefahrt mitkommen?«

»Nein, ich habe noch einiges zu erledigen.« In ihrer Stimme schwang ein Echo ihrer Verbitterung vom Vorabend mit.

»Bitte, ganz wie du willst.«

Sie fuhren nach Spanish Point. Mary war beglückt, wie gut ihr Wagen funktionierte; er hörte sich ganz anders an. Sie teilte dies Mr. Maguire mit, der wieder seine Freizeitkleidung trug. Sie selbst hatte Hosen an – was sie an Unterrichtstagen nie tat. Mr. Maguire sagte: »Was mich an diesem Wrack wirklich fasziniert hat, war ein Ring, den man fand.

Golden, mit einer Inschrift auf der Innenseite: *No tengo más que darte.*« Bei seinem Belfaster Akzent klang der Versuch, die Inschrift auszusprechen, komisch.

Mary lächelte. »Noch mehr Chinesisch.«

»Es ist Spanisch und bedeutet: ›Dies ist alles, was ich habe.‹«

»Das ist hübsch.« Als sie einen Traktor einholte, schaltete sie herunter.

»Ich fand es äußerst ergreifend – nach all den Jahren. Aber ich habe mich gefragt: Hat er das einer Geliebten in Spanien als Geschenk mitgebracht, oder hatte es jemand *ihm* verehrt, als er mit der Armada in See stach? Das ist ein gewaltiger Unterschied.«

»Das glaube ich wohl.« Mary betätigte den Blinker und überholte den Traktor, dabei winkte sie dem Fahrer über die Schulter kurz zu.

»Das ist Jim McLelland«, erklärte sie.

Sie spazierten unbeholfen über einen Strand mit apfelgroßen Kieseln, die sie hohl unter ihren Füßen poltern hörten. Um ihr Gleichgewicht zu wahren, mußte Mary die Arme ausstrecken; ein-, zweimal hätte sie sich beinahe an Mr. Maguire festklammern müssen.

»Das ist vielleicht dusselig«, sagte sie. Sie hielten an und sahen nach Spanish Point hinüber. Jetzt, da das Rumpeln der Steine verstummt war, war es sehr still.

»Mary.« Als sie ihn erstmals ihren Vornamen sagen hörte, blickte sie erschrocken auf.

»Ja?«

»Sie sind eine bemerkenswerte Frau«, sagte er. »Ich hatte

Ihnen doch erzählt, daß ich hierhergekommen bin, um mir diese Stelle anzuschauen.« Mit dem Kinn wies er auf die schwarzen Felsen, die ins Meer hinausragten. »Das ist aber nur die halbe Wahrheit.« Mary bekam es mit der Angst zu tun – allein am Strand mit diesem Mann, den sie kaum kannte. Sie las einen Stein auf und rollte ihn von einer Hand in die andere. Es war sein Tonfall, der sie ängstigte. Er legte seine Worte auf die Goldwaage und vermied ihren Blick.

»Ich habe dieser Stadt ein Andenken bewahrt, das mir auf gewisse Weise heilig war. Und im Laufe der letzten Tage habe ich gemerkt, daß teilweise Sie schuld daran haben – ich meine nicht Schuld. Ich meine, daß Sie ein Teil dessen sind, was gut daran ist.« Er blickte sie noch immer nicht an, sondern starrte weiterhin aufs Meer hinaus. Mary konnte nichts denken und fürchtete sich davor, was er als nächstes sagen würde.

»Ich hatte Sie vergessen, aber doch nicht ganz. Können Sie sich vorstellen, wie überrascht ich war, als ich herausfand, daß Sie immer noch hier wohnen?«

»Ich habe keine Ahnung.« Sie konnte den Sarkasmus in ihrer Stimme nicht unterdrücken. Er jedoch schien nichts zu bemerken. Sie warf den Stein vor ihre Füße und rieb die Hände gegeneinander, um sie zu säubern.

»Ich denke, wir fahren jetzt besser zurück«, sagte sie. Sie kehrten um und begannen zum Auto zurückzulaufen.

»Es tut mir leid. Ich hoffe, ich bin nicht zu weit gegangen.«

»Ich bin mir nicht sicher, was Sie meinen.«

»Die letzten Tage waren für mich sehr beeindruckend. Es stellt sich heraus«, er hielt inne, »daß Sie besser sind, als ich

Sie in Erinnerung hatte. Sie haben eine Art Gleichmut, um den ich Sie beneide. Eine innere Ruhe.« Mary lächelte ihn an und lief um das Auto herum zur Fahrertür.

»Da kennen Sie mich aber schlecht«, sagte sie, »wenn Sie meinen, ich sei ruhig und gleichmütig. Wenn ich Sie so reden höre, zittere ich wie Espenlaub.«

»Ich sage nur noch eines – und dann höre ich auch schon auf. Ich möchte gern, daß Sie darüber nachdenken, ob Sie mich nicht heiraten wollen.«

Mit weit aufgerissenen Augen und offenem Mund drehte sie sich zu ihm um. Sie lachte: »Ist das Ihr Ernst?«

Mr. Maguire lächelte und sah sie an, die Stirn zerfurcht von Falten. »Aber ja!«

»Ich kenne ja nicht einmal Ihren Vornamen.«

»Anthony.«

»Sie sehen mir aber gar nicht aus wie ein Anthony, falls Sie mir das nicht verübeln.«

»Sie brauchen nicht gleich zu antworten. Ich möchte nur, daß Sie es sich überlegen.«

Mary ließ den Motor an, blinkte links, wendete indes nach rechts und würgte den Motor auf halbem Wege ab. Sie versuchte den Motor erneut anzulassen.

»Was haben Sie bloß mit dem Motor angestellt?« fragte sie.

»Soll ich fahren?«

Mary war einverstanden, und in der peinlichsten Stille, die ihr je untergekommen war, fuhr er sie nach Hause.

Mr. Maguire erklomm die Treppe. Mary ging schnurstracks in die Küche, wo sie Kathleen singen hörte.

»Nun?« fragte Kathleen. »Ein gewaltiger Unterschied?« Mary setzte sich auf den Hocker vor dem Herd. Sie bat: »Machst du mir bitte eine Tasse Tee? Ich kann sie gut gebrauchen.«

»Was ist denn? Hattet ihr eine Panne?«

Mary fing an zu lachen. »Du wirst es mir nicht glauben.« Ihre Schwester drehte sich zu ihr um und vergaß, den Kessel mit Wasser zu füllen. »Aber ich habe soeben einen Antrag bekommen.«

»Was? Von wem?« Sie kreischte. Mary beschwichtigte sie und verdrehte ihre Augen zur Decke, wo Mr. Maguire eine Tür schloß. »Ich glaube dir kein Wort. Dann findest du ja endlich heraus, ob es wirklich ein Toupet ist.«

»Es ist nicht zum Lachen«, sagte Mary immer noch lachend. »Ich war dabei.«

»Was hast du ihm geantwortet?«

»Ich habe gesagt, ich würde es mir überlegen.«

Als Kathleen den Tee aufgoß, zuckten ihre Schultern.

»Du würdest noch damit enden, daß du ihm seine Schühchen putzt. Und für die Bügelfalten in seinem Overall sorgst. Mutter würde sich freuen.« Sie wischte sich die Augen und reichte ihrer Schwester eine Tasse.

»Du denkst doch wohl nicht im Ernst daran?«

»Nein, aber...«

»Aber was?«

»Es ist nur, daß mir noch nie jemand einen Antrag gemacht hat.«

»Doch. Zweimal. Hast du mir selbst gesagt.«

»Aber die waren doch lachhaft.«

»Und dieser hier nicht?«

»Er hat so etwas Zuvorkommendes.«

»Ein Privatier. Er lebt von der Stütze, Mary.« Kathleen feixte wieder. »Hat er einen Kniefall gemacht?«

»Sei doch nicht albern.«

Später, als sich ihr Gelächter gelegt hatte und Mr. Maguire ausgegangen war, sagte Kathleen: »Und was würde aus mir werden?«

»Um Himmels willen, Kathleen, ich habe doch nur gesagt, ich würde es mir durch den Kopf gehen lassen.«

»Ich glaube nicht, daß ich allein zurechtkomme. Finanziell.«

»Kathleen! Erlaube mal! Ich möchte schon ganz gern selbst entscheiden.«

Mary ging auf ihr Schlafzimmer, setzte sich hin und betrachtete sich im Spiegel der Frisierkommode. Eine fliegende Hitze überkam sie, und sie sah, wie ihr Gesicht rot anlief – die Schamröte einer Halbwüchsigen. Bei der Vorstellung, sich von Mr. Maguire küssen zu lassen, zuckte sie zusammen. Und dennoch wäre er ein guter Lebensgefährte. Exzentrisch, gewiß – im Grunde aber ein braver Mann. Soweit sie ihn kannte. Auf ihrer Stirn und Oberlippe erglänzten winzige Schweißperlen. Sie zog ein Papiertaschentuch aus der Schachtel auf dem Frisiertisch und tupfte ihr Gesicht trocken, dann legte sie sich aufs Bett. Vielleicht sollte sie Zeit schinden. Ihm eine Weile Briefe schreiben. Auf diese Weise würden die Dinge nicht durch seine körperliche Gegenwart kompliziert. Bis dahin wären diese Anfälle mit einigem Glück verschwunden, und bei ihr hätte sich alles wieder normalisiert. Zeit schinden. Das war die Lösung. Es würde ihm Spaß machen, ihr zu schreiben.

Für ihn wäre es eine Gelegenheit, Verse zu zitieren. Aus irgendeinem Grunde kam ihr Kandersteg in den Sinn, und mit einem leichten Kitzel dachte sie daran, ihre Flitterwochen dort zu verbringen. Im Juli, sobald die Schulferien begonnen hätten. Sie würde für Mr. Maguire den Dolmetsch spielen. Sie könnte vorsprechen und herausfinden, ob Herr Hauptmann noch lebte, und sie beide könnten noch einmal ihre Zeit an der Schule durchleben, während der arme Mr. Maguire aus dem Fenster auf die schöne Landschaft starren müßte: die grauen Dunstwolken, die gegen das Schwarz des Waldes trieben; die Reinlichkeit, die Gepflegtheit ihrer Straßen; die Pünktlichkeit der Züge, die nicht auf die Minute, sondern auf die Sekunde genau eintrafen und abfuhren; Herrn Hauptmanns haselnußbraune Augen, wenn er ihr lauschte.

Beim Abendessen mußte Kathleen, angetrieben von Nervosität, unaufhörlich reden, bis sie aus dem Zimmer ging, um Kaffee zu brühen. Mr. Maguire nickte, als wäre sein Kopfnicken ein Reflex auf die Sturzflut von Worten gewesen, den er selbst dann nicht abstellen konnte, als Kathleen aus dem Zimmer gegangen war. Er flüsterte Mary zu: »Kathleens Problem besteht darin, daß ihr die Existenz des Absatzes unbekannt ist.« Er sagte, da er gleich nach der Morgenmesse abfahren wolle, wenn die Straßen noch vergleichsweise verkehrsarm seien, würde er gern seine Rechnung begleichen.

Mary sagte: »Es wäre vielleicht ganz schön, wenn wir nachher zum Hotel laufen würden. Ich möchte Ihnen gern meine Haltung auseinandersetzen.«

»Ja, das wäre dienlich.«

»Gegen acht?«

Nachdem Mr. Maguire sich empfohlen hatte, bemerkte Mary zu ihrer Schwester: »Ich mache nachher einen Spaziergang mit ihm.«

»Das ist mir einerlei. Ich muß zur Kirche, um die Blumen zu arrangieren.«

»Ach ja, richtig. Es ist ja Sonnabend...« Kathleen schnappte sich die Tassen und stapelte sie aufs Tablett.

»Hast du dich entschieden, wie du es ihm sagen wirst?«

»Ich bin mir nicht sicher«, erwiderte Mary. »Ich bin mir ja nicht einmal sicher, was ich ihm sagen werde.«

»Ich will dich weder so noch so beeinflussen. Du kannst tun, was du willst. Ich hoffe nur, daß du dich nicht für etwas entscheidest, das du den Rest deines Lebens bedauern wirst. Und falls du dich mit ihm davonmachst, benötige ich deine Hilfe bei der Rückzahlung der Hypothek.«

»Aber natürlich.« Mary war sich bewußt, daß sie die Stimme erhob. »Du kannst sicher sein, daß ich mich vernünftig verhalten werde. Wo ich schon so lange gewartet habe...« Kathleen trug das Tablett in die Küche und setzte es krachend auf das Abtropfbrett.

Um acht Uhr verließen die beiden ihre Zimmer. Mr. Maguire, angetan mit gewichsten Schuhen, Krawatte und Jackett, stolzierte wie der Duke of Edinburgh: auf dem Rücken umfaßte eine Hand das Gelenk der anderen. Die Nacht war windstill, und zwischen den Straßenlaternen erblickten sie in Abständen Sterne. Mary war sich bewußt, daß ihre Absätze auf den Steinplatten klapperten, und fühlte sich erleichtert, als sie zu dem weicheren asphaltierten Bürgersteig kamen, wo sie mit mehr Würde laufen konnte.

Mr. Maguire räusperte sich und fragte: »Nun, haben Sie darüber nachgedacht, was ...«

»Ja, aber reden wir noch nicht davon. Reden wir über etwas anderes.« Mr. Maguire nickte zustimmend und blickte, Eingebung erflehend, zum Himmel auf.

»Was macht Ihr Leben lebenswert?«

»Ich weiß nicht.« Sie lachte nervös und versuchte eine Antwort zu geben. »Was für eine seltsame Frage! Ich denke mir, ich helfe Kindern dabei, etwas zu lernen – die Anfangsgründe einer Fremdsprache. Und ich helfe Kathleen, die nicht arbeiten kann ...«

»Ich meine nicht für andere. Für Sie selbst.«

»Mitunter, Mr. Maguire, geben Sie die sonderbarsten Dinge von sich. Es tut mir leid, aber ich verstehe den Unterschied nicht.«

»Betrachten Sie es einmal von einem anderen Blickwinkel aus. Was erzürnt Sie so richtig?«

Sie spürte, wie ihre Schulter beim Gehen die seine streifte. »Was hierzulande vor sich geht. Mordanschläge, Bomben ...«

»Wenn Sie nun einen guten Grund anführen müßten, um jemanden daran zu hindern, Sie heute nacht in die Luft zu sprengen, was würden Sie sagen?«

»Daß ich bis Montag Hefte zu korrigieren habe.« Mr. Maguire mußte lachen. »Einmal das, und die Kinder und Liebe und Kathleen ...«

»Und?«

»Und ich habe Kleider im Schrank, die ich erst ein- oder zweimal getragen habe. Und das Meer. Und das gelegentliche Gelächter im Lehrerzimmer. Eben alles.«

»Sie wären mit der Grund, den ich anführen würde.«

Es entstand eine lange Pause, bis Mary sagte: »Danke. Das ist sehr liebenswürdig von Ihnen. Aber wie ich bereits sagte, würde ich es vorziehen, mit unserer kleinen Unterredung so lange zu warten, bis wir es uns bequem gemacht haben.« Mr. Maguire zuckte mit den Achseln und lächelte. Mary steuerte auf Madge's Moden zu, um einen Blick in die noch immer erleuchtete Auslage zu werfen. Es gab nur eine einzige altmodische Schaufensterpuppe mit aufgemaltem braunen Haar statt einer Perücke. Weiße Stellen, besonders auf den roten Fingernägeln, zeigten an, wo die Farbe abgeblättert war.

»Gestern hing noch ein anderes Kleid da«, sagte Mary. »Das hat mir besser gefallen.« Sie gesellte sich wieder zu Mr. Maguire in der Mitte des Gehwegs, sah sich aber noch mehrmals um.

Sie saßen am selben Tisch wie am vorhergehenden Abend, und Mr. Maguire bestellte die gleichen Getränke.

»Bald wird man mich zu den Stammkunden zählen«, sagte Mary, als er neben sie auf die Sitzbank schlüpfte. »Nun denn. Ich denke... Zunächst einmal muß ich gestehen, daß es mir außerordentlich schwerfällt, mich in einer solchen Situation auszusprechen. Ich gerate richtig ins Schwimmen.« Sie versuchte zu verhindern, daß sie sich wie zu Beginn einer Unterrichtsstunde anhörte, aber was sie sagte, war voller Kunstpausen. Sie sprach, so leise sie konnte, aber deutlich. »Sie sind ein interessanter und, soweit ich es beurteilen kann, guter Mann – aber das ist kein Grund«, wieder hielt sie inne, »sich mit jemandem zu verheiraten. Es ist alles so schnell vonstatten gegangen, daß ich ein Stück Narrheit darin entdecke. Und das paßt gar nicht zu mir.«

»Zu mir aber«, sagte Mr. Maguire lachend.

»Es gibt soviel zu bedenken. Ich bin nicht mein eigener Herr. Ich muß auch an Kathleen denken.«

»Sie redet ganz schön viel.«

»Ja, manchmal ist es, als lebte man mit einem laufenden Radio. Nie erwartet sie eine Antwort.«

»Lieben Sie sie?«

»Ich glaube, ich muß wohl. Wenn Sie tagein, tagaus mit jemandem zusammenleben, gewinnen die trivialsten Dinge größte Bedeutung.« Sie nippte an ihrem Sherry und spürte, wie das Glas zwischen ihren Fingerspitzen zitterte. »Und dann gibt es andere Dinge, die mir angst machen. Ich glaube, ich bin nicht so jemand.« Mr. Maguire sah sie an, indes vermochte sie seinem Blick nicht standzuhalten und wandte sich wieder ihrem Sherryglas zu.

»Meine Frau war lange, lange Jahre bei schlechter Gesundheit – dieser Aspekt braucht Sie also nicht zu beunruhigen. Ich habe nicht die Angewohnheit. Ich würde Ihre Wünsche respektieren. Obschon ich es vermisse, daß jemand neben mir liegt, wenn ich einschlafe.« Mary stellte sich vor, wie sie, glitschig vor Schweiß, wach lag und darauf achtete, zwischen sich und Mr. Maguires langsam atmendem Körper genügend Abstand zu wahren.

»Ich kann einfach nicht glauben, daß mir so etwas widerfährt.« Sie lachte und drehte sich zu ihm, um ihm in die Augen zu sehen, die Hände fest auf dem Schoß gefaltet. »Meine Antwort lautet – so freundlich es nur geht – nein. Aber warum schreiben Sie mir nicht? Warum kommen Sie nicht wieder und bleiben das nächste Jahr länger bei uns? Ein Briefwechsel wäre eine gute Möglichkeit, sich besser kennenzulernen.«

»Ihre Antwort lautet also nein – für den Augenblick?«

»Ja«, entgegnete Mary. »Ich meine, in unserem Alter, das ist doch lächerlich.«

»Ich wüßte nicht, wieso. Könnte ich Weihnachten kommen?«

Sie malte sich aus, wie sie und Kathleen, in neuen Kleidern, die Bäuche vollgeschlagen mit Pute, Rosenkohl und Mince pies, in Lehnsesseln vor sich hin dösten und den größten Teil des Tages vor dem Fernseher verbrachten. Das Weihnachtsprogramm war stets der Höhepunkt des Fernsehjahres.

»Nein. Weihnachten nicht.«

»Also Ostern?«

»Schreiben Sie mir, und wir werden sehen.«

Mr. Maguire lächelte und zuckte die Schultern, als hätte er eine Wette verloren.

Als sie am nächsten Morgen aufstand, war Mr. Maguire schon fort. Kathleen hatte ihn früh geweckt und ihm sein Frühstück serviert. Als er die Rechnung bezahlt hatte, hatte sie ihm einen nicht geringen Betrag für die Wartung des Wagens abgezogen.

Nach der Messe, umgeben von der Wirklichkeit der Sonntagszeitungen, dachte Mary, wie albern die ganze Affäre gewesen sei. Je mehr sie über die Begegnung nachsann, desto unangenehmer wurde sie ihr. Sie beschloß, seinen ersten Brief aus Höflichkeit zu beantworten, aber das wäre dann auch schon, wie sie sich fest vornahm, das Ende der Angelegenheit.

Am Montag fühlte sie sich niedergeschlagen und gestattete sich den Luxus einer im Laufe des Tages auf vier verschiedenen Klassenstufen wiederholten Stunde, in der sie von Kandersteg, seinen Kuckucksuhrhäusern und dem braven Herrn Hauptmann erzählte.

Der Große Profundo

Nach den jüngsten Regengüssen war der Fluß so angeschwollen, daß die Brückenpfeiler wie Schiffsbuge wirkten und ich eine Zeitlang den Eindruck hatte, die Brücke bewege sich, mit mir darauf, reißend schnell voran. So sehr war ich dieser Täuschung erlegen, daß ich den Ton als Teil von ihr akzeptierte. Er war hoch und schwelgerisch. Mal wurde er vom Verkehrslärm überdeckt, mal schwang er sich, voller Tremoli und Glissandi, darüber hinaus. Meine Neugier war geweckt, ich wollte herausfinden, welches Instrument einen solchen Klang hervorbrachte. Andere fühlten sich wohl gleichermaßen angezogen, hatte sich doch auf dem linken Flußufer eine Gruppe von etwa fünfzig oder sechzig Menschen zu einem Kreis versammelt – einkaufende Frauen, Männer mit Kindern auf den Schultern, junge Burschen, die sich vordrängelten, um einen besseren Platz zu ergattern. In der Mitte stand ein hochgewachsener Mann, der eine laute Ansprache hielt und mit den Armen fuchtelte. Ich schob mich langsam nach vorn und mußte mich auf die Zehenspitzen stellen. Den Ursprung der Musik, die just in diesem Augenblick plötzlich erstarb, konnte ich dennoch nicht ausmachen. Aller Aufmerksamkeit richtete sich auf den Mann in der Mitte, dessen Augen feurig funkelten, indes er brüllte. Barfuß lief er auf dem Kopfsteinpflaster einher und drehte sich hin und wieder abrupt herum, um den ganzen Kreis von Zuschauern ins Auge zu fassen. Auf dem Boden zu seinen Füßen stand ein langgestreckter, schwarzer Koffer. Mit einer schwungvollen Bewegung öffnete er die Schnappverschlüsse und riß den Deckel auf. Der Koffer war mit rotem Plüsch ausgeschlagen; von meinem Standort im Rücken der Menschenansammlung konnte ich ansonsten jedoch nur wenig erkennen.

»Nicht umsonst werde ich der Große Profundo genannt«, schrie der Mann. Er trug ein scharlachrotes Hemd mit aufgestreiften Ärmeln und offenem Kragen, doch die Hose über seinen bloßen Knöcheln sah schäbig aus. An den Knien war sie ausgebeult und in der Leistengegend zu bleibenden Falten zusammengedrückt. Seine langen, grauen Haare fielen ihm auf die Schultern herab, sein Vorderkopf jedoch war kahl, so daß sein Gesicht länglich, ja eiförmig wirkte. Er sah nicht sonderlich gut aus, der Mann.

»Was Sie heute hier zu sehen bekommen, wird Sie vielleicht nicht in Erstaunen versetzen, aber ich wette einen Schilling gegen ein Pfund, daß niemand unter Ihnen es mir nachtun kann. Ich bitte Sie um nichts als Ihre ungeteilte Aufmerksamkeit.«

An der Brüstung sah ich eine männliche Gestalt sitzen, die an dem Vorgang nicht das geringste Interesse zu haben schien. Der Mann mußte der Urheber der Musik von vorher gewesen sein, in der Hand nämlich hielt er einen Geigenbogen und zwischen den Knien eine Säge. Der Griff war auf den Boden gestützt, und das Sägeblatt deutete auf seine Brust. Während er seine Gerätschaften in einer großen Reisetasche zu verstauen begann, murmelte er etwas vor sich hin.

»Ich möchte, daß Sie sich genau ansehen, was ich Ihnen vorführen werde.« Der Große Profundo beugte sich zu seinem Koffer nieder und entnahm ihm drei Degen. Fechtdegen. Als er ihre metallenen Körbe gegeneinanderschlug, gaben sie deutlich einen hohlen, schneidenden Klang. Einen der Degen warf er der Menge zu, um ihn herumreichen zu lassen, während er die beiden anderen klappernd zusammenstieß, damit auch jeder es hören konnte.

»Damen und Herren, probieren Sie ihn ruhig aus. Überzeugen Sie sich davon, daß es sich nicht um einen von diesen Dolchen handelt, wie sie auf der Bühne verwendet werden. Deren Klinge sich in den Griff schiebt. Hier, Bürger, gibt es keine Tricks; was ihr hier zu sehen bekommt, ist echt. Echte Beduinenwaffen.«

Nach langem Hin und Her verschluckte er die drei Degen (sie waren dünn und die Knöpfe an den Spitzen nicht größer als Streichholzköpfe) und schwankte, die Arme in die Hüften gestemmt, im Kreise umher, während die drei silbernen Körbe ihm aus dem Rachen ragten. Das Publikum war beeindruckt. Es zollte ihm lauten Applaus und stachelte ihn zu noch waghalsigeren Kunststücken an.

Daraufhin holte er einen Gegenstand hervor, der sich wie die billige Imitation eines Schwertes ausnahm – von der Art, wie Filmkomparsen weit weg von der Kamera sie bei sich führen. Es hatte eine breite, flache Aluminiumklinge und einen kreuzförmigen Griff aus billigem messingartigen Metall. Er nahm das Gegenstück dazu heraus und ließ beide in der Menge herumgehen, während er auf dem Kopfsteinpflaster umhersprang, lauthals jeden Schwindel abstritt und unablässig die Echtheit seiner Vorführungskünste beteuerte.

»Wenngleich ich Ihre ungeteilte Aufmerksamkeit verlange, möchte ich Sie dennoch bitten, nach dem Arm des Gesetzes Ausschau zu halten. Die Polente billigt meine Künste nicht. Bei Trompetern, Akrobaten und Zinkern drückt sie ein Auge zu; doch was einen Mann anlangt, der sich auf öffentlicher Straße in Todesgefahr begibt, nimmt sie eine gänzlich andere Haltung ein.«

Die Menge blickte sich unverzüglich um und suchte das Flußufer ab.

»Die Luft ist rein«, rief eine Frau.

»Nur zu!«

Er nahm die beiden Schwerter wieder in Empfang und hielt sie sich an die Brust. Dann grätschte er die Beine, um sein Gleichgewicht zu halten, warf den eiförmigen Kopf zurück und öffnete mit berechnendem, schmerzhaftem Zaudern den Mund. Ich war drauf und dran, ihm zuzurufen: »Nun aber los! Spar dir dein Palaver!« Der Mann verschluckte beide Schwerter und stolzierte, gen Himmel starrend, im Ring umher, dann zog er sie Hand über Hand unter dem Beifall der Menge wieder hervor.

»Und JETZT, meine Damen und Herren«, rief er mit einer Stimme, die den Höhe- und Schlußpunkt seiner Nummer ankündigte, wobei er einen Blick über die Schulter warf, um sicherzugehen, daß die Polente, wie er sie nannte, wirklich nirgendwo in Sicht war, »jetzt werde ich Ihnen etwas vorführen, das Ihre wildeste Vorstellungskraft übersteigen wird.«

Er griff in seinen schwarzen Koffer und holte ein weiteres

Schwert hervor – ein schweres, zweischneidiges Langschwert. Indem er mit der blanken Fußsohle sein ganzes Gewicht darauf verlagerte, versuchte er es durchzubiegen, doch vermochte er es nicht; daraufhin schwang er es mit einem mächtigen beidhändigen Hieb gegen das Kopfsteinpflaster, daß es klirrte und die Funken stoben. Er balancierte es auf der Spitze. Allein die Klinge reichte ihm bis zu seinem zurückweichenden Haaransatz. So stand er da und ließ die Menge sich weiden an der Länge des Schwertes, das er zu verschlucken gedachte. Er breitete die Arme aus. Die Zuschauer verstummten, und es war nur noch der Verkehrslärm auf der Brücke zu vernehmen. Mit gespielter Anstrengung wuchtete er das Schwert empor und balancierte die Schneide einen Augenblick lang auf seinem Kinn, dann senkte er sie in seinen Schlund hinab. Bis zum Heft. Sowie er sie restlos eingeführt hatte, brach die Menge in Begeisterungsrufe aus. Als der Schausteller, die nackten Füße in den Boden stemmend, den Kopf im rechten Winkel zu seinem Leib, wie ein Träumer im Kreis der Menge umherwandelte, konnte ich selbst von meinem Standort im Hintergrund aus das scharfe Rasseln seines Atems hören, der an dem Hindernis vorbei entwich.

Diesmal war auch ich beeindruckt. Es war physisch nicht möglich, daß er auch dieses letzte Schwert verschluckt hatte – es hätte ihm zu den Zehen wieder herauskommen müssen. Irgendwo gab es einen Kniff bei der Sache, doch als er das zwei Meter lange Schwert aus seinem Hals hervorzog, schloß ich mich dem Applaus an. In diesem Augenblick spürte ich, wie mich jemand anstieß, und der kleine Mann, den ich seine Säge hatte wegpacken sehen, zwängte sich in die Mitte und streckte seinen Hut hin, um unseren Obolus einzusammeln. Mein Geld befand sich in einer meiner Innentaschen, und ich hätte meinen Mantel aufknöpfen müssen.

»Kein Kleingeld«, erklärte ich.

»Kleingeld wollen wir auch gar nicht«, entgegnete der Sägespieler und bahnte sich einen Weg an mir vorbei. Während die Menge sich verlief, lungerte ich weiter herum. Der Große Profundo packte seine Requisiten in den Koffer. Nach jedem einzelnen Stück schleuderte er sein langes Haar zurück und richtete sich auf. Der Sägespieler stöberte in seinem Hut, fischte die Münzen mit dem höchsten Nennbetrag heraus und ordnete sie auf der Balustrade zu Säulen auf. Der Große Profundo setzte sich und zog seine Stiefel an.

»Entschuldigen Sie, meine Herren«, sagte ich und ließ jetzt doch einige Münzen in den Hut fallen. »Ich studiere an der Universität und bin zufällig Zeuge Ihrer Nummer geworden. Äußerst interessant.«

»Danke«, sagte Profundo. Nach all dem Gebrüll klang seine Stimme sanft. »Es ist angenehm, ein solches Lob aus dem Munde eines Mannes mit Universitätsabschluß zu hören.«

»Nein, nein, noch ist es nicht soweit. Der Abschluß steht mir noch bevor. Ich habe Ihnen auch nicht aus irgendeinem Grund gesagt, daß ich studiere, sondern weil ich Ihnen einen Vorschlag unterbreiten möchte.« Der Große Profundo, der sich seine Schnürsenkel band, blickte hoch. Mir fiel erneut auf, daß er keine Socken trug. »Ich bin Schatzmeister eines Studentenklubs an der Universität, der ein- bis zweimal im Jahr Darbietungen organisiert. Hätten Sie, meine Herren, sei es getrennt oder gemeinsam, Interesse an einem Auftritt bei uns?«

»Wieviel?« fragte der Mann mit der Säge von der Balustrade her.

»Wir können Ihnen nur ein geringes Honorar bieten. Aber am Abend selbst dürfen Sie eine Sammlung durchführen.«

»Wenn die anderen auch so wenig geben wie Sie eben, lohnt es sich nicht«, sprach der Mann, der das Geld zählte.

»Was verspricht sich denn die Universität davon, sich unseresgleichen anzusehen?« fragte der Große Profundo und lächelte bei der Vorstellung.

»Unser Klub verspricht sich allerhand davon. Er trägt den Namen ›Klub Ächter Exzentriker‹. Wir treffen uns einmal im Monat und trinken ein paar Pints, manchmal gibt es Unterhaltung.«

Das war nicht die ganze Wahrheit. In diesem Jahr waren wir erst zweimal zusammengekommen, und beide Male bestand die Unterhaltung aus Stripteasetänzerinnen.

»Nämlich?« fragte der Sägespieler.

»Musiker. Gelegentlich auch eine Sängerin. So etwas in der Art.«

»Wir werden es uns überlegen«, sagte der Große Profundo. Er schrieb mir seine Adresse auf, und ich versprach ihm, mich nach der nächsten Ausschußsitzung mit ihm in Verbindung zu setzen.

Als ich davonging, hörte ich den Sägespieler sagen: »Acht Pfund und etwas.«

»Wenn meine Mutter noch lebte, Jimmy, wäre sie stolz auf mich. Ein Auftritt an der Universität!« Der Große

Profundo lachte und stampfte mit den Stiefeln auf den Boden.

Der Ausschuß des Klubs Ächter Exzentriker war von der Idee begeistert und schlug einen großzügigeren Geldbetrag vor, als er jeder der beiden Stripperinnen bewilligt worden war. Doch reichte dieser, wenn er zwischen den beiden Künstlern aufgeteilt wurde, noch immer nicht aus. Ich hielt eine Rede, in deren Verlauf ich ausführte, daß sie, wenn sie ihrem Ruf als Exzentriker – haha! – gerecht werden wollten, mehr berappen müßten. Eine Singende Säge und ein Schwertschlucker auf Universitätsgelände! Was für ein Coup! Wer würde sich dem versagen, ungeachtet der Kosten? Schließlich billigte der Ausschuß, wenn auch widerstrebend, das Zweifache der Summe, die den Stripteasetänzerinnen gewährt worden war. Und es erhob sich kein Einspruch gegen eine Kollekte am Abend der Vorstellung.

Mit diesen Neuigkeiten und dem Vorschlag, ihn für die Universitätszeitung zu interviewen, fuhr ich zum Großen Profundo. Er wohnte in einem Stadtteil, in dem die Mauern mit Parolen beschmiert und mit Glasscherben bestückt waren. Ich parkte und verriegelte den Wagen. Als ich einige Kinder auf einem Sofa mitten auf dem Bürgersteig spielen sah, prüfte ich die Türgriffe nach und nahm mein Tonbandgerät mit. Es war ein teures Modell, wie es von Berufsjournalisten verwendet wird. Mein Vater hatte es mir gekauft, als ich Interesse am Journalismus bekundet hatte.

Unter den Türklingeln der Mietskaserne gab es auf Papierstreifen eine Auswahl an Namen. Unter der Klingel von 14 C war der Name Frankie Taylor zu lesen. Ich schellte und wartete. In den Ecken wirbelten Papierfetzen und Staub auf. Ein Fenster tat sich auf, und mein Mann lehnte sich heraus.

»Erinnern Sie sich noch an mich?« rief ich. Die Gestalt am Fenster nickte und winkte mich nach oben. Die steinerne Treppe stank nach verkochtem Essen. Als ich den vierten Stock erreichte, stand der Große Profundo schon barfüßig auf dem Treppenabsatz und erwartete mich.

»Ja, ich erinnere mich«, sagte er und schüttelte mir die Hand. »Der Student. Die Treppe schafft auch die Stärksten.« Er führte mich, der ich schwer atmete, in die Wohnung und bot mir einen Stuhl an, den ich jedoch ausschlug. Wäre er – wären er und der Musiker – wohl am dreizehnten des kommenden Monats abends frei? Der Schwertschlucker zuckte mit den Schultern und erwiderte, höchstwahrscheinlich ja. Er setzte sich in seinen Lehnsessel und zog die Knie an die Brust. Dann federte er hoch und fragte mich, ob mir eine Tasse Kaffee genehm sei. Höflich lehnte ich ab. Ich erbot mich, ihm Datum und Uhrzeit der Veranstaltung aufzuschreiben; indessen versicherte mir Profundo, daß sie sich rechtzeitig einfinden würden. Er setzte sich wieder hin und begann an seinen Zehen herumzupuhlen.

»Möchten Sie ein Bier?«

»Was für eins denn?«

Er sprang auf und sagte: »Ich schaue mal nach, was wir noch da haben. Ich wußte ja nicht, daß Sie kommen würden.« Er öffnete einen Schrank und schloß ihn wieder, dann verließ er das Zimmer. Ich trat ans Fenster, um nachzusehen, ob mein Auto noch heil war.

Profundo kam mit drei Dosen Bier zurück, die mit Plastikschlaufen zusammengehalten waren.

»Tennent's Lagerbier. Noch von Weihnachten«, sagte er. Er brach eine Dose aus der Halterung, reichte sie mir und nahm sich selbst eine andere. »Machen Sie sich um Ihr Auto keine Sorgen. Da unten steht es ziemlich sicher. Die Nachbarn werden schon aufpassen.«

Ich ließ mich auf dem Stuhl nieder, den er mir zuvor angeboten hatte, und sagte: »Ich wollte Sie noch etwas anderes fragen. Ich arbeite nämlich für die Studentenzeitung *Rostrum* und hätte gern gewußt, was Sie davon halten, sich irgendwann einmal von mir interviewen zu lassen.«

»Ich?«

Ich zog an der Lasche, und die Dose schnappte auf. Das aus der dreieckigen Öffnung hervorsprudelnde Bier schmeckte lauwarm.

»Wieso ich? Was hätte ich Ihnen schon zu sagen?«

»Unsere Leserschaft ist vielseitig interessiert. Ich bin mir sicher, daß wir bei Ihrer Lebensweise schon keinen Reinfall erleben werden.«

»Na, na, na ...« Er lachte und blickte auf seine Füße. Ohne Jimmy, den Sägespieler, wirkte er schutzlos. Er war ein schüchterner Mann, der meinem Blick nicht standhielt. In einem ruhigen Plauderton sprach er – nicht durchdringend wie jüngstens am Flußufer.

»Wenn es Ihnen von Nutzen ist – für Ihr Studium, meine ich ... Oh, möchten Sie ein Glas?«

»Nein, danke«, sagte ich. »Haben Sie gerade zu tun? Hätten Sie etwas dagegen, das Interview jetzt abzuhalten?«

»Sehe ich so aus?« sagte er und spreizte die Hände. Ich

baute mein Gerät auf, nahm einen Schluck aus der Dose und begann mein Interview (*siehe Anhang*).

Am Abend des dreizehnten mieteten wir die Bar im Gebäude der Studentenvereinigung an und errichteten an einer Wand eine niedrige Bühne. In meiner Eigenschaft als Schatzmeister war ich unabkömmlich, so daß ein anderes Ausschußmitglied des Klubs mit seinem Wagen ausgesandt wurde, die beiden Artisten abzuholen. Die Veranstaltung war hervorragend besucht – jedermann trug Gesellschaftsanzug –, und ich freute mich darüber, daß wir unsere Kosten bereits an der Abendkasse wieder hereingeholt hatten. Demnach stellten alle weiteren Einnahmen – neue Mitgliedsbeiträge und Alkoholkonsum – einen Reingewinn dar. Ich selbst hatte an diesem Abend an die vierzig neue Mitglieder rekrutieren können – einen Teil des Rugbyklubs, Freunde von den Jungen Konservativen, Ingenieure, Medizinstudenten und, was am außergewöhnlichsten war, einige Mitglieder des unlängst gegründeten Klubs der Eisenbahnfans.

Die Vorstellung sollte um neun Uhr beginnen, doch in der Bar war schon anderthalb Stunden vorher die Hölle los. Noch nie habe ich Studenten so viel saufen sehen – nicht einmal die Ächten Exzentriker. Bereits um acht Uhr begann alles in die Hände zu klatschen und zu singen: »*Why are we waiting?*« Dies jedoch in durchaus aufgeräumter Stimmung.

Um Viertel vor neun wurde ich vom Eintreffen der Künstler unterrichtet und ging hinaus, sie zu begrüßen. Sie standen beide draußen im Korridor. Der Große Profundo schüttelte mir herzlich die Hand. Jimmy nickte mir zu und sagte: »Können wir uns hier irgendwo umziehen und unsere Sachen herrichten?«

»Wie bitte?«

»Gibt es hier keine Garderobe?«

»Nein. Nein, das tut mir leid. Ich hatte nicht gedacht, daß Sie als Straßenkünstler und so eine Garderobe brauchen.«

»Straße ist Straße, drinnen ist drinnen.«

»Schon gut, es wird schon gehen«, sagte Profundo. Er begann sein kariertes Hemd auszuziehen und sich das scharlachrote überzustreifen. Seine Brust war erstaunlich behaart. »Fang du schon mal an, Jimmy, bring die Leute in Stimmung.« Jimmy schimpfte weiter herum und holte seinen Bogen und seine Säge hervor. Profundo drängte sich an ihm vorbei und warf einen Blick durch die Glastüren.

»So wie es aussieht, haben wir volles Haus.« Dann hielt er inne. »Gibt es hier denn keine Frauen?«

»Nicht bei den Ächten Exzentrikern«, sagte ich. »Eine unserer Vorschriften.«

»So exzentrisch sind wir nun auch wieder nicht«, ergänzte ein anderes Ausschußmitglied. »Wir können uns auch allein unterhalten.«

Durch die Hintertür schlüpfte ich wieder hinein, um Jimmys Darbietung zu lauschen. Die Melodie, die er spielte, war dieselbe, die ich damals auf der Brücke gehört hatte; im geschlossenen Saal freilich klang sie anders, sentimentaler. Die Töne schraubten sich in die Höhe, verhielten zitternd und stürzten wieder ab. Einer der Zuhörer unmittelbar zu meiner Linken zog ein weißes Taschentuch hervor und tat so, als müsse er sich die Augen tupfen. Beim Spielen der Singenden Säge ist ein starkes Vibrato vonnöten, damit die Noten an Konsistenz gewinnen. Folglich zittert die linke Hand des Spielers, wenn die Säge den Ton verändert.

»Der hat ja die Parkinsonsche Krankheit«, schrie einer der neugewonnenen Medizinstudenten. Ansonsten jedoch lauschte das Publikum dem Musiker aufmerksam und spendete ihm Beifall, als er seine Melodienfolge beendet hatte.

Danach setzte ein großer Ansturm auf die Theke ein. Alles dachte, es gäbe eine Pause, und ich mußte den Großen Profundo so lange zurückhalten, bis die Menge es sich wieder bequem gemacht hatte, was geraume Zeit in Anspruch nahm. Während er geduldig ausharrte, wies ich ihn darauf hin, daß der Boden mit Bier überspült sei, was ihm auf seinen bloßen Füßen gefährlich werden könne.

»Und nun, meine Herren vom Klub Ächter Exzentriker, habe ich das große Vergnügen, Ihnen den einzigartigen, den großen, den profunden, den Großen Profundo ...« Ich kündigte ihn so beredt im Stile des alten Varieté an, daß sich das Publikum, als er endlich auftrat, applaudierend von den Sitzen erhob. Er rannte, den schwarzen Koffer auf den Schultern, auf die Bühne zu und sprang mit einem Satz hinauf. Für einen Mann seines Alters war er nachgerade gelenkig. Die Bewegungen, mit denen er seine Gauklerkiste öffnete, besaßen Schwung und Kraft.

Bei meiner ersten Begegnung mit ihm war mir gar nicht aufgefallen, daß die Sprüche, die er vom Stapel ließ, sobald er die Bühne erreicht hatte, so kindisch waren. Sein Marktgeschrei hatte er nicht auf ein Publikum wie die Ächten Exzentriker abgestimmt. Einige seiner Witze riefen höfliches

Lachen hervor. Als er die drei Degen einführte und beifallheischend die Arme ausbreitete, gab es eine Art ironischer Hurrarufe. Seiner Nummer mangelte es an Musik, und jemand begann auf einem der Tische einen Trommelwirbel, der sich durch den gesamten Saal fortpflanzte, bis die Bar vor Lärm dröhnte. Andere begannen eine Trompetenfanfare zu imitieren. Als er die beiden Aluminiumschwerter der Filmkomparserie hinabsenkte, bemerkte jemand nicht gerade laut, aber doch laut genug: »Der ist vielleicht naiv. Der würde aber auch alles schlucken.« Daraufhin erhob sich ein Gelächter, das als verhaltenes Prusten und Schulterzucken begann, schließlich jedoch explodierte und in der Bar widerhallte. Er brachte sein Publikum zum Schweigen, indem er das Langschwert vorzeigte. Neben ihm stand ein kleiner dreibeiniger Schemel, auf dem Jimmy gesessen hatte, als er die Säge gestrichen hatte. Mit zusammengebissenen Zähnen holte der Große Profundo weit aus und bohrte die Klinge des breiten Schwerts mehr als zwei Zentimeter ins Holz. Um sie wieder herauszuholen, mußte er den Fuß gegen den Schemel stemmen und mit aller Kraft zerren, und dies löste weiteres Gelächter aus. Um die Länge des Schwerts im Vergleich zu seiner eigenen Körpergröße vor Augen zu führen, stellte er es mit der Spitze auf das kleine Podium. Eine Stimme rief: »Wenn du's dir in den Arsch schieben tätst, das wär' wenigstens noch was!«

Und dennoch fuhr er fort. Begleitet vom Getrommel auf den Tischen, ließ er, Hand über Hand, die Schneide in die Tiefen seines Körpers hinab. Als sie der Länge nach in ihm steckte, breitete er die Arme aus, neigte den Kopf nach hinten und promenierte auf der Bühne auf und ab. Einige Zuschauer in der Menge waren beeindruckt, denn sie jubelten und klatschten; andere jedoch lachten weiter, sei es, daß sie betrunken waren, sei es über einen Witz von eben. Dann aber geschah das Unglück.

Die Menge sah es kommen, denn plötzlich wurde sie leiser. Den Kopf zurückgebogen, tat der Große Profundo ein, zwei Schritte nach vorn – und trat über den Rand der Plattform. Er kam schwerfällig mit dem rechten Fuß auf, der auf dem nassen Boden abglitt. Zwar vermochte Profundo sich aufrecht zu halten, doch stieß er ein tiefes Geräusch hervor wie ein Stöhnen oder Würgen, das niemand im Publikum überhören konnte. Mehrere Sekunden lang stand er reglos da, bevor er das Schwert herauszog und abging. Einige Zuschauer erhoben sich und spendeten Beifall, andere eilten geradenwegs zur Theke. Jimmy kämpfte sich mit einem gelben Plastikeimer durch die Menge, um eine Sammlung durchzuführen.

Hinterher im Korridor entschuldigte ich mich für das Benehmen des Klubs und überreichte dem Großen Profundo den Scheck.

»Ich habe beide Beträge zusammen aufgeschrieben. Ich wußte Jimmys Namen nicht, deshalb habe ich den ganzen Scheck auf Frankie Taylor ausgestellt.«

»Danke.« In der Korridorbeleuchtung sah Profundos Gesicht grau aus.

»Ich nehme ihn an mich«, sagte Jimmy. »Ihr Publikum ist vielleicht ein Scheißverein.«

»Ich glaube, wir haben die Bar zu früh geöffnet. Tut mir leid.«

»Das können Sie wohl sagen. Das gute Geld ist doch alles

über den Tresen gegangen. Ganze drei Pfund haben die mir gegeben. Seit zwanzig Jahren sind mir keine Pennies mehr im Eimer vorgekommen.«

Bevor Frankie das Langschwert wieder im Koffer unterbrachte, wischte er die Klinge mit einem kleinen, feuchten Tuch ab. An dem weißen Lappen entdeckte ich rote Flecken.

»Wollen Sie nicht einen trinken?« fragte ich. »Auf Kosten des Hauses?«

Sie lehnten ab. Sie hatten es eilig, sich zu verabschieden.

Als ich die Klingel von 14c betätigte, war es Jimmy, der den Kopf zum Fenster herausstreckte und mich nach oben beschied. Als ich im vierten Stock anlangte, stand die Tür angelehnt. Jimmy durchstöberte einen Schrank. Er sah kaum auf.

»Wo ist Frankie?« fragte ich.

»Ja, wissen Sie das denn nicht? Er liegt im Krankenhaus.«

»Was?«

»Er war eine Woche lang kohlrabenschwarz im Gesicht, bis er sich behandeln ließ. Hatte wohl innere Blutungen.«

»Steht es ernst?«

»Man weiß nicht, ob er durchkommt oder nicht. Wenn Sie seine Gesichtsfarbe gesehen hätten, hätten Sie nicht sehr viel Hoffnung für ihn.«

Jimmy fuhr damit fort, in den Kleidern und Papieren herumzuwühlen. Er hielt einen schwarzen Büstenhalter in die Höhe und betrachtete ihn.

»Wo zum Teufel hat er diesen ganzen Weiberkram

her?« murmelte er, wobei er eher mit sich selbst als mit mir redete. »Weshalb wollten Sie ihn denn sprechen?«

»Nur mal hereinschauen. Und ihm sagen, daß der Artikel in der nächsten Ausgabe erscheinen wird.«

»Davon hat er jetzt aber viel.«

Er hielt sich einen Pullover an die Brust, aber als er die Löcher in den Ärmeln sah, schleuderte er ihn wieder in den Schrank zurück.

»Außerdem wollte ich ihm etwas zurückgeben, das ich mir ausgeliehen hatte.«

»Was?«

»Es hat mit dem Artikel zu tun.«

»Ich werd's ihm geben.«

»Wenn es Ihnen recht ist, würde ich es solange noch behalten.«

»Wie Sie wollen«, sagte er und schloß die Schranktür. »Aber der Mann ist tot, bevor die Woche um ist.«

Anhang

Der Grosse Profundo – Schwertschlucker

(*Rostrum*, 37. Jg., H 18)

Der Interviewer überlegte des langen und breiten, ob er bestimmte Abschnitte des im folgenden vorgestellten Materials aufnehmen solle, glaubte sich indes dazu berechtigt, weil es die Wahrheit ist. Versäumt es ein Schriftsteller, ob Romancier, Kritiker oder Journalist, die Welt so wiederzugeben, WIE ER SIE WAHRNIMMT, *so hat er seinen Beruf verfehlt.*

Der Interviewer suchte seinen Gesprächspartner in dessen Wohnung in der Lower Coyle Street auf. Die Wohnungen dort waren eng und dürftig möbliert, ohne Rücksicht auf Ordnung oder Geschmack. Es handelte sich um eine Dürftigkeit, die nicht der Askese, sondern der Armut entsprang. Während des Interviews war der Gesprächspartner zunächst nervös, namentlich wegen des Vorhandenseins eines Tonbandgeräts; sobald er hierüber jedoch hinweggekommen war, animiert. Die ganze Zeit hindurch war er barfuß und fummelte unentwegt an seinen Zehen herum.

INTERVIEWER: Können Sie mir sagen, wie Sie zu einem derart ausgefallenen Beruf gefunden haben?

PROFUNDO: Läuft das Gerät schon? Nun gut. Also. O Gott, ich weiß nicht. Für die Welt des Zirkus habe ich mich schon immer interessiert. Als ich aufwuchs, war das die einzige Unterhaltung, die uns geboten wurde.

INTERVIEWER: Wo war das?

PROFUNDO: Auf dem Lande – in einem Dorf etwa dreißig Meilen südlich von hier. Der Zirkus kam etwa zweimal im Jahr vorbei. Im Sommer und vielleicht um die Weihnachtszeit. Das Ganze gefiel mir ungemein. Der Geruch der Tiere – das Gelächter, das sich erhob, wenn sie die Manege vollschissen. Und was für Menschen! Einen Augenblick sah man sie an der Tür beim Geldeinsammeln, im nächsten schwangen sie schon hoch oben auf dem Trapez. Und das ohne Sicherheitsnetz! Wie auch immer, ich war damals etwa sechzehn, und sie hatten einen Wettbewerb im Schnelltrinken veranstaltet. Ich wollte nicht gewinnen, weil ich fürchtete, meine Mutter könnte mir auf die Schliche kommen – was Alkohol betraf, war sie sehr argwöhnisch –, aber ein Bier konnte ich so hinunterstürzen. *(Er führte es mir vor.)* Wie durch einen Trichter. Ich habe nämlich keine Gurgel, verstehen Sie? Ein Feuerfresser hat mich darauf aufmerksam gemacht – ich dachte, ich sei ganz normal. Er nahm mich unter seine Fittiche und überredete mich zum Schwertschlucken.

INTERVIEWER: Haben Sie sich dem Zirkus angeschlossen?

PROFUNDO: Nicht gleich, aber im folgenden Jahr. Das war das Jahr, als sie das sechsbeinige Kalb vorführten. Das ist etwas, das ich nicht abkann – die Art und Weise, wie sie Mißgeburten vorzeigen. Ich meine gar nicht die Liliputaner und so – die verdienen gutes Geld und haben nicht viel andere Arbeitsmöglichkeiten. Aber ich erinnere mich, wie ich eine Einlaßkarte für das Zelt löste, um mir dieses Tier anzusehen. Es war einfach nur mißgestaltet. Das war alles. Aus seinem Hinterteil ragten zwei halb verkrümmte Extrabeine heraus. Das Tier tat mir leid – und mir wurde ziemlich übel. Aber gesagt habe ich nichts. Man stellte mich als Handlanger ein. Zu Beginn versuchte ich alle möglichen Sachen. Akrobatik – alles, was man mir beibrachte.

(In diesem Augenblick führte mir mein Gesprächspartner einen einarmigen waagerechten Handstand auf der Tischkante vor. Der Anblick rief mir die Gemälde Chagalls in Erinnerung, auf denen Bauern ohne sichtbare Aufhängevorrichtung über ihrer Welt schweben. Diese körperliche

Tätigkeit schien seine Nervosität zu vertreiben, und er begann sich für sein Thema zu erwärmen.)

Das bekommt mir nicht bei meinem Alter. Deswegen konzentriere ich mich ja auch auf Schwerter. Die verlangen einem nicht so viel ab.

INTERVIEWER: Macht es Ihnen denn immer noch Spaß?

PROFUNDO: Bei jedem Wind und Wetter, das ist schon eine ziemliche Schufterei, und in letzter Zeit kommen mir Zweifel. Aber wenn ich es aufgeben würde, was könnte ich sonst tun? Wie würde ich den Tag herumbringen? Eines meiner Hauptprobleme besteht darin, daß ich mit dem Publikum nicht so gut zurechtkomme. Da gibt es doch Kerle, die brauchen nur aufzutreten, und die Menge frißt ihnen aus der Hand, sobald sie nur ein paar Witze gerissen haben. Das ist die reinste Anbiederei. Die ganze Zeit über geben sie zu verstehen: »Habt mich gern, habt mich um meinetwillen gern. Es ist völlig schnuppe, was für eine Nummer ich abziehe, ich will, daß ihr *mich* mögt.« Wenn Ihre Nummer nichts taugt, was soll das dann? Das ist doch genau der Grund, weswegen *Sie* da vorne stehen, und nicht irgend jemand aus dem Publikum. Die Leute bilden sich immer ein, mit einem bißchen Übung könnten sie die Sache selbst hinkriegen. Das steckt doch auch hinter dem ältesten Kunststück im Zirkus. Jemand bittet um Freiwillige und greift sich eine Frau aus dem Publikum. Er wirft sie umher – auf einem Pferd, einem Trapez, einem Trampolin –, und wir sehen ihren Schlüpfer blitzen, und die ganze Zeit umklammert sie ihre Handtasche. Sie wären verblüfft, wie viele Leute darauf hereinfallen. Dabei ist es ein Komplott. Den Part habe ich so gern gespielt – aufrecht auf einer der Bänke sitzen und so zu tun, als sei man die kleine, alte Dame.

INTERVIEWER: Und wann haben Sie als Hauptfach das Schwertschlucken gewählt?

PROFUNDO: Ach, das muß nun schon an die dreißig Jahre her sein. Damals war das noch eine Glanzleistung. Nicht so, wie Sie es neulich erlebt haben. *(Lacht.)* Damals hatte ich STIL. Ein Kostüm wie einer von diesen Stierkämpfern, Goldtressen auf Scharlachrot, Epauletten, langes schwarzes Haar und eine Stimme, die beinahe das Zelt zum Einsturz brachte. Und dann die Schwerter. Haben Sie die Dinger gesehen, mit denen ich mich jetzt abgeben muß? Alles Ramsch – außer dem Langschwert.

INTERVIEWER: Was ist aus den guten geworden?

PROFUNDO: Ich bin mir sicher, die sind beim Pfandleiher gelandet. Aber ich habe sie nicht hingebracht. Erinnern Sie sich, wie ich sie herumgehen lasse, damit die Leute sie befühlen können? In einigen Städten, in denen ich aufgetreten bin – ich will ja keine Namen nennen –, wurden sie nicht zurückgegeben. Irgend jemand hat sich damit aus dem Staub gemacht. Aber kurz nach dem Krieg herrschten schlimme Zeiten. Ich kann es den Leuten nicht einmal verdenken. Wenn man der Menge so kostspielige Gegenstände überläßt, hat man im Grunde nichts Besseres verdient. Aber einige davon waren regelrechte Prachtstücke. Ich hatte sie in ganz Europa gesammelt.

INTERVIEWER: Ich wußte gar nicht, daß Sie so weit herumgekommen sind.

PROFUNDO: Am besten war es in Frankreich nach dem Krieg. Die Leute hatten Entsetzliches miterlebt. Sie wollten sich amüsieren und unterhalten.

INTERVIEWER: Aber die Leute hatten doch gar nicht soviel Geld – gleich nach dem Krieg.

PROFUNDO: Wer redet denn von Geld? Ich rede davon, wann ich meine besten Publikumserfolge hatte. Man wußte mich zu schätzen. Ich hatte Fans. Es kamen Künstler, um mich zu zeichnen.

INTERVIEWER: Künstler?

PROFUNDO: Nun ja, ein Künstler – aber der kam immer wieder. Damals wußte ich ja nicht, wer das war – ein kleiner Mann mit einem weißen Bart und einer Brille. Er sprach nicht viel – zeichnete mich bloß die ganze Zeit.

(In dem Augenblick sprang mein Gesprächspartner auf, wühlte unter seinem Bett herum und holte aus einem Koffer eine Aktenmappe mit Eselsohren hervor. Diese enthielt Zeitungsausschnitte, Photos von sich und in einem Cellophanumschlag eine signierte Zeichnung von Matisse.) (Siehe Illustration.)

Na, was sagen Sie jetzt?

INTERVIEWER: Das ist sicherlich Tausende wert.

PROFUNDO: Ich weiß, sie ist wertvoll, aber ich würde sie nicht verkaufen. Nie und nimmer. Anfangs gefiel sie mir nicht sonderlich – ich meine, es ist ja nur... Aber je mehr ich sie betrachtete, desto mehr sagte sie mir zu. Er hat von mir etwa dreißig Stück angefertigt. Jemand hat mir gesagt, daß irgendwo in New York eine hängt.

INTERVIEWER: Meinen Sie, ich könnte sie mir ausleihen, um sie zusammen mit dem Artikel zu reproduzieren?

PROFUNDO: Gewiß. Aber Wiedersehen macht Freude.

INTERVIEWER: Selbstredend. Warum lassen Sie sich die nicht rahmen und hängen sie auf?

PROFUNDO: Dann gewöhnt man sich daran. So sehe ich sie nur alle zwei Jahre einmal – wenn mich jemand besucht. Dann wirkt sie frisch. Unterm Bett ist sie viel besser aufgehoben. Das letzte Mal habe ich sie Jimmy gezeigt. Er hat nicht viel davon gehalten.

INTERVIEWER: Ich wollte Sie schon nach ihm fragen. Wie paßt er hierher?

PROFUNDO: Jimmy habe ich vor ein paar Jahren kennengelernt, als ich zurückkehrte, um hier zu arbeiten. Die größte Schwierigkeit bei Straßenauftritten besteht darin, die Aufmerksamkeit der Passanten zu erregen. Das besorgt er für mich. Der Klang dieser vermaledeiten Säge lockt sie aus kilometerweiter Entfernung herbei, und alle Welt bleibt stehen und hört zu. Sobald es einen Menschenauflauf gibt, beginne ich mit meiner Darbietung. Den Erlös teilen wir uns. Jimmy hat ein gutes Gespür für Geld.

INTERVIEWER: Das habe ich gemerkt.

(Der Gesprächspartner bot seine letzte Dose Bier an, die jedoch ausgeschlagen wurde. Er ging in die Küche, um zwei Gläser zu holen. In seiner Abwesenheit fiel dem Interviewer auf, daß sein Gesprächspartner bei dem Gewühle in einem der Schränke eine Kiste bewegt hatte, die bei näherer Betrachtung eine Kollektion Damenunterwäsche enthielt.

Als er zurückkam, stellte ihm der Interviewer in aller Unschuld die folgende Frage.)

INTERVIEWER: Haben Sie Familie? Töchter?
PROFUNDO: Nein. Ich wohne allein.

(Da erst ging dem Gesprächspartner auf, daß sich die Frage auf den Inhalt der Kiste bezog. Er schien sich zu genieren.)

Ach die. Die waren nicht für Ihre Augen bestimmt. Läuft Ihr Gerät noch?

INTERVIEWER: Nein. Ich habe es abgestellt. Ich hoffe, Sie nehmen mir die Frage nicht übel, aber sind Sie homosexuell veranlagt?

PROFUNDO: Nein, ich nehme sie Ihnen nicht übel, und ich bin auch nicht homosexuell veranlagt. Zu meiner Zeit habe ich viele Frauen geliebt. Zuweilen stelle ich mir nur ganz gern vor, selbst eine zu sein. Das Tragen ihrer Kleider ist eine Art Tribut an sie. Es schadet ja niemandem.

INTERVIEWER: *(Nach peinlichem Schweigen.)* Und wie sehen Sie die Zukunft?

PROFUNDO: Ich warte, bis es soweit ist, und schaue sie mir an. *(Lacht.)*

INTERVIEWER: Und zum Abschluß – haben Sie irgendwelche Betriebsgeheimnisse, die Sie ausplaudern können?

PROFUNDO: Da gibt es nichts auszuplaudern. Sie stellen wohl besser das Gerät wieder an. Fertig? Betriebsgeheimnisse. Früher habe ich die Klingen peinlich saubergehalten – sie mit Spiritus eingerieben. Aber auf dem Brot, das in Ihren Magen rutscht, sitzen mindestens ebenso viele Bakterien. Deswegen habe ich nach einer Weile damit aufgehört.

INTERVIEWER: Aber *wie* in aller Welt schlucken Sie das große Schwert?

PROFUNDO: Das Langschwert? Genauso wie die anderen auch. Es ist eine Kunst. Erklären kann ich es auch nicht. Einmal habe ich mit einem Mann zusammengearbeitet, der Glühbirnen, Steck- und Stricknadeln verzehrte, aber so etwas würde ich nie wagen. Mein Talent liegt auf einem anderen Gebiet.

INTERVIEWER: Ich danke Ihnen.

Entlegen

Eigentlich schrieb sie gegen Monatsende immer einen Brief; da es jedoch Dezember war, verwendete sie eine alte Weihnachtskarte, die sie zwischen den Rentenheften auf dem Grund der Keksdose aufgestöbert hatte. In ihrer Straßenkleidung stand sie auf Zehenspitzen am Schlafzimmerfenster und wartete darauf, daß der Land Rover des Vogelbeobachters über die drei Kilometer entfernte Hügelkuppe gefahren käme. Als sie ihn endlich sichtete, stürzte sie aus dem Haus, schlug die Tür hinter sich zu und rannte, wie es ihre Art war, steifbeinig den Feldweg entlang auf die Straße. Sie war bestrebt, gemächlich zu gehen und ruhig zu atmen, bevor der Land Rover blinkte und mitten auf der einspurigen Fahrbahn anhielt.

»Darf ich Sie mitnehmen?«

»Ja, gerne.«

Sie lief um den vibrierenden Motor herum und kletterte auf das aufgerissene Sitzpolster. Aus der Ritze quoll pilzfarbener Schaumstoff. Meist mußte sie, um überhaupt ihre Beine unterbringen zu können, irgendwelche Gegenstände beiseite stoßen. Sie hätte sich lieber von einem anderen Wagen mitnehmen lassen, aber ein anderer kam nie vorbei. Der Mann würgte den ruckenden Schalthebel in die Gänge, und sie mußte schreien – jeden Monat war es dasselbe.

»Wohin fahren Sie?«

»Bis auf die andere Seite.«

»Hab' ich ein Glück, daß ich Sie gerade immer so erwische!«

Er war angezogen wie einer von diesen Anhaltern – grüne Khakijacke, Kordhose und hochgeschnürte Bergschuhe. Seine langen Haare waren ungewaschen, und seine Bartzotteln standen ab wie die Zitzen einer Geiß.

»Fahren Sie diesmal bis in die Stadt?«

»Ja.«

»Könnten Sie mich dort absetzen?«

»Gewiß doch. Weihnachtseinkäufe?«

»Ja, das wäre gut.«

Die Straße raste dahin, krümmte und wand sich über Torfmoore. An den Ausweichstellen, die durch hohe schwarzweiße Pfähle markiert waren, damit sie sich von der Landschaft abhoben, weitete sich die Fahrspur. Gelegentlich gab es schwarz-braun gefärbte Einschnitte im Moor, vernarbte Fischgrätmuster. Dort war Torf gestochen worden.

»Wie geht's den Vögeln?« schrie sie.

»Prima. So viele wie dieses Jahr hatte ich noch nie.«

Er hatte einen englischen Akzent, und sie war überrascht, daß seine Backenknochen von Mitessern übersät waren und daß er schmuddelige Hände hatte.

»Bislang zweiundzwanzig nistende Paare.«

»Das ist aber schön.«

»Verglichen mit sechzehn im letzten Jahr.«

»Was sind es denn für welche?«

Er nannte ihr die Arten, doch sie konnte ihn nicht richtig hören. Als sie auf die Hauptstraße gelangten, verfielen sie eine Weile in Schweigen. In einer Kurve mußte der Vogelbeobachter plötzlich abbremsen. Mitten auf der Straße standen, in entgegengesetzter Fahrtrichtung, zwei Autos, deren Fahrer sich miteinander unterhielten. Der Vogelbeobachter brummelte etwas und steuerte sein Fahrzeug um sie herum. Der Land Rover neigte sich schräg, als er den Randstreifen erklomm.

»Das sollten die mal in Birmingham versuchen.«

»Stammen Sie daher?«

Er nickte.

»Weshalb sind Sie hier auf die Insel gezogen?«

»Wegen der Vögel.«

»Ja, kann ich mir denken, daß es da unten nicht allzu viele gibt.«

Er lächelte und wies auf eine offene Rolle Polo auf dem Armaturenbrett. Als sie diese nahm, sah sie, daß das oberste Pfefferminz beschmutzt war. Die Reliefbuchstaben waren beinahe schwarz. Sie klaubte das obere Pfefferminz heraus und reichte es ihm. Das weiße darunter schob sie sich selbst in den Mund.

»Danke«, sagte sie.

»Sind Sie auf der Insel geboren?«

»Ich? Ich bin eine Asphaltpflanze«, schnaubte sie. »Vor zweiundvierzig Jahren habe ich mich von einem Mann hierher locken lassen.«

»Gesehen habe ich den aber noch nie.«

»Das überrascht mich nicht. Er ist schon lange tot.« Mit den Zähnen zerbrach sie den Pfefferminzring.

»Das tut mir aber leid.«

Mit der Zunge schob sie die beiden Halbmonde aus Pfefferminz im Mund herum.

»Was hat er denn gemacht?«

»Er hat sich ertränkt. Im See.«

»Das tut mir leid. Aber das meinte ich nicht.«

»Am Weihnachtstag. Er war nicht ganz richtig im Kopf – hatte einen Dachschaden weg.«

Es entstand eine lange Pause, die er nur unterbrach, um nochmals sein Beileid zu bekunden. Dann sagte er: »Was ich meinte, war – was hat er beruflich gemacht?«

»Was spielt das jetzt schon noch für eine Rolle?«

Der Vogelbeobachter schüttelte den Kopf und konzentrierte sich auf die Straße vor ihm.

»Er war Schäfer von Beruf«, sagte sie. Dann, ein wenig später: »Er war Treiber. Es braucht immer einen im Haus, der treiben kann.«

In der Dorfmitte setzte er sie ab, den steilen Hügel zum Postamt mußte sie selbst hinaufsteigen. Sie atmete durch den Mund und verschnaufte auf halbem Wege, indem sie sich an einem niedrigen Geländer festhielt. Mit zunehmendem Alter wurden die Entfernungen immer größer.

Auf der Post zeigte sie ihr Rentenheft vor, nahm ihr Geld in Empfang und kaufte eine Briefmarke erster Klasse. Sie wartete, bis sie wieder draußen war, bevor sie den Brief aus ihrer Tasche hervorkramte. Sie leckte die Briefmarke, klebte sie auf den Umschlag und warf diesen ein. Hügelabwärts lief es sich leichter.

Sie ging zum Co-op, um Zucker, Tee und Haferflocken einzuholen. Der Laden war mit armseligen Girlanden aus Flittergold behängt, und aus den Lautsprechern plärrten Weihnachtsschlager – *Rudolf* und *I Saw Mammy Kissing*

Santa Claus. Wegen der Schlange, die sich hinter ihr bildete, wechselte sie mit Elizabeth an der Kasse nur wenige Worte. Beim Fleischer erstand sie ein Schweinekotelett und etwas Schinkenspeck. Der Speck hier hielt sich länger als das vorgepackte Zeug.

Als sie ihren Einkauf erledigt hatte, überlegte sie, womit sie sich die Zeit vertreiben könnte. Sie könnte die junge Mary besuchen, aber dann müßte sie mit ihr reden. Da sie nicht genug zu sagen wußte, war es ihr peinlich, dem Ticken der Uhr und dem Geschrei der Seevögel in der Ferne lauschen zu müssen. Das Plaudern konnte man sich ganz schön abgewöhnen, wenn man die ganze Zeit allein war; zudem war Mary schüchtern. Statt dessen beschloß sie, im Café eine Tasse Tee zu bestellen und sich ein Mandeltörtchen zu gönnen. Sie setzte sich ans Fenster, von wo aus sie nach dem Postauto Ausschau halten konnte.

Das Café war warm, und auch hier hing Weihnachtsschmuck. Jedesmal, wenn die Tür aufging, flatterten die herabhängenden Rauschgoldgirlanden. Irgendwo erklangen von einem Tonband Weihnachtslieder. Zwei Kinder, die mit ihrer Mutter zusammensaßen, spielten auf der Tischplatte mit einem neuen Spielzeugauto. Die Cellophanhülle hatten sie auf den Boden geworfen. Beide ahmten sie Motorengeräusche nach, auch wenn nur eines von ihnen den Wagen um die Teller herum schieben konnte. Das andere wartete ungeduldig darauf, daß es an die Reihe käme.

Sie wandte den Blick von ihnen ab und starrte in ihren Tee. Als man ihn am zweiten Weihnachtstag herausgezogen hatte, war an jedem Handgelenk eine Autobatterie festgebunden gewesen. Wenn er etwas anpackte, dann gründlich. Eine von ihnen hatte er seinem Lieferwagen entnommen, der am Seeufer abgestellt war, und die Karre mußte zur Werkstatt geschleppt werden. Wäre er ein Saufbruder gewesen, hätte er ausgehen und sich betrinken oder in schlechte Gesellschaft geraten können. So aber waren es einzig seine tiefen Depressionen. Den ganzen Tag über hatte sie das Radio laufen lassen, um ihr Grauen abzuschütteln.

Als *Stille Nacht, heilige Nacht* erklang und die Kinder zu zanken anfingen, wer von ihnen jetzt an der Reihe sei, wartete sie nicht ab, bis sie ihren Tee ausgetrunken hatte, sondern ging mit ihrer Einkaufstasche langsam zum Dorfrand. Dann und wann hielt sie inne, um sich umzublicken. Das Scharlachrot des Postautos erregte ihre Aufmerkamkeit, sie postierte sich auf dem Seitenstreifen und streckte den Arm aus. Als sie in dem Fahrer Stuart erkannte, lächelte sie. Er hielt den Lieferwagen an, und sie duckte sich, um durchs Fenster zu spähen.

»Ist heute etwas für mich dabei?«

Er beugte sich zu dem Korb mit Briefen hinüber, der den Beifahrersitz einnahm, und begann die mit Gummibändern zusammengehaltenen Brief- und Kartonbündel zu durchstöbern.

»Mein Job wäre gar nicht so schlecht, wenn wir nicht dieses gottverdammte Weihnachten hätten.« Er besah sich den einzigen Brief für sie. »Ja, aber nur der hier.«

»Oh, schön. Da Sie ohnehin in meine Richtung fahren, könnten Sie mich ebensogut mitnehmen.«

Er seufzte und blickte über die Schulter nach der Häuserzeile.

»Laufen Sie um die Ecke und warten Sie da auf mich.«

Sie nickte und ging voraus, indes er einige Briefe zustellte. Von den Häusern aus war der Parkplatz nicht zu sehen. Sie setzte ihre Tasche ab, um auf ihn zu warten. Stuart schien lange zu brauchen. In der sich vertiefenden Dunkelheit starrte sie auf den See hinab. Zur Nachtzeit kehrten die Gänse zurück und erfüllten die Luft mit ihrem Geschnatter. Sie hörten sich an wie ein Tanzsaal voll fröhlicher Menschen, deren Gelächter der Nachtwind aus der Ferne herüberträgt.

Bitte beachten Sie auch die folgenden Seiten

Bernard Mac Laverty im Diogenes Verlag

Geheimnisse

Erzählungen. Aus dem Englischen
von Hans-Christian Oeser
Leinen

»Was an den Geschichten zuallererst auffällt, ist ihre Direktheit; ihre vollkommen unmanierierte, ohne Erzähler-Attitüde und Sprachschnörkel auftretende und gerade deshalb um so nachhaltiger beeindruckende Kunstfertigkeit, mit deren Hilfe der Leser beinahe willenlos der Illusionsstrategie des Autors ausgeliefert ist, weil er sich sagen kann: Ja, so muß es gewesen sein.«
Wolfgang Steuhl/Frankfurter Allgemeine Zeitung

»Eine wundervolle Sammlung, über die leisen Töne des Lebens, voller Humor, Klarheit und Finesse.«
The Daily Telegraph, London

»Mac Laverty gehört in die Reihe der großen Geschichtenerzähler, neben Čechov, Joyce und Mansfield.«
The New York Times Book Review

Lamb der Ausgeflogene

Roman. Deutsch von Hanna Neves
detebe 21296

Bruder Sebastian, mit eigenem Namen Michael Lamb, ist nicht lammfromm, wie sein Vorgesetzter es erwartet. Er rettet einen schwererziehbaren Knaben vor der schweren Erziehung, zu der ihn das irische Internat zwingt – die beiden fliegen aus, nach England. Die Polizei sieht es als Kidnapping. Entkommen oder nicht – ein ur-irisches Thema, abgewandelt von einem der begabtesten jungen Erzähler, der selber entkommen ist.

»Bernard Mac Laverty, der inzwischen bereits mit weiteren Romanen hervorgetreten ist, hat hier auf knappem Raum in realistischem Stil einer Tragödie Gestalt verliehen, die nach einer filmischen Aufbereitung geradezu verlangt.« *ORF, Wien*

»Mit diesem Erstlingsroman hat Bernard Mac Laverty ein Werk geschaffen, das deutlich die Kluft zwischen Liebe und Verstand in unserer düsteren Zeit erhellt.«
Die Furche, Wien

»Nach *Cal* (Regie: Pat O'Connor) wurde jetzt auch Mac Lavertys Erstling *Lamb* verfilmt. Colin Gregg machte aus der dramatischen Geschichte ein Stück ausdrucksstarkes Gefühlskino. Van Morrison lieferte die suggestive Musik dazu. So entstand ein Streifen, der unter die Haut geht.« *Sonntagsblick, Zürich*

Cal

Roman. Deutsch von Nikolaus Stingl
detebe 21387

Die Geschichte von Cal und Marcella, im heutigen Nordirland; sie könnte seine Retterin sein, und als er sie zum Lachen bringt, kann er sein Glück kaum fassen. Von Liebe zu sprechen, das weiß er, erfordert Ehrlichkeit und Aufrichtigkeit, aber das hat Zeit.

»Bernard Mac Lavertys Roman hat in Großbritannien Aufsehen und Anteilnahme hervorgerufen. Der Autor versteht es, die menschlichen Ursachen und Konsequenzen der irischen Malaise ins Blickfeld zu rücken, die in den Medienberichten oft zu kurz kommen. Ein Buch, dem viele Leser zu wünschen sind.«
Die Furche, Wien

»Mit *Cal*, gedreht nach dem Roman von Bernard Mac Laverty, zwingt der junge irische Regisseur Pat O'Connor seine Zuschauer in die Tristesse des nordirischen Bürgerkrieg-Alltags hinein, läßt sie dessen Ausweglosigkeit erleiden. Dieser Film macht frösteln und deprimiert. Aber das ist nicht die Schuld seiner Autoren.«
Der Stern, Hamburg

Brian Moore im Diogenes Verlag

Die Frau des Arztes

Roman. Aus dem Englischen von Jürgen Abel. detebe 21997

Sheila Redden, seit sechzehn Jahren mit einem erfolgreichen Arzt verheiratet und Mutter eines fünfzehnjährigen Sohnes, reist ihrem vielbeschäftigten Mann nach Frankreich voraus, wo die beiden einen gemeinsamen Urlaub verbringen wollen. In Paris lernt Sheila den zehn Jahre jüngeren Amerikaner Tom kennen und verliebt sich in ihn.

»Sheila Redden ist die faszinierendste Ehebrecherin, die uns seit langem in der Literatur begegnet ist.«
Time Magazine, New York

»Was den Leser sofort gefangennimmt, ist die Kunst des Autors, Personen zu zeichnen und bei aller Tristesse humorvoll zu bleiben, eine Kunst, die wir schon in seinem Roman *Schwarzrock* bewunderten.«
Frankfurter Allgemeine Zeitung

Ich bin Mary Dunne

Roman. Deutsch von Hermann Stiehl. detebe 22431

Ein Tag im Leben der Mary Dunne. Mary, Anfang dreißig, zweimal geschieden, dreimal verheiratet, kanadisch-irischer Abstammung, ist eine weltgewandte, attraktive New Yorkerin. Jede Ehe war ein Schritt zu ihrer Persönlichkeitsentfaltung. Nun ist sie eigentlich am Ziel ihrer Wünsche angelangt: Ihre dritte Ehe verschafft ihr eine gesicherte Existenz, gesellschaftliche Anerkennung und sexuelle Erfüllung – doch um welchen Preis.

»*Ich bin Mary Dunne* – so betörend einfach geschrieben – und dabei so komplex und befriedigend wie alles, was Moore bisher vorgelegt hat.«
The Observer, London

Dillon

Roman. Deutsch
von Otto Bayer. Leinen

Gerade hat Michael Dillon einen Entschluß gefaßt, der seinem Leben eine Wende geben und ihn zum glücklichsten Menschen der Welt machen soll, da verwandelt sich sein Leben in einen Alptraum: Maskierte Männer dringen in sein Haus ein, nehmen ihn und seine Frau als Geisel und zwingen ihn, nach ihren Befehlen zu handeln.

»Ein subtil geschriebener Psychothriller vor brisantem politischem Hintergrund und zugleich eine starke Liebesgeschichte.«
Norddeutscher Rundfunk, Hannover

»Nicht umsonst wird Moore Nähe zum Altmeister literarischer Spannung, Graham Greene, bescheinigt.«
Süddeutsche Zeitung, München

»Ein gutes, ein notwendiges Buch.«
Der Tagesspiegel, Berlin

»Der beste Polit-Thriller, der in diesem Jahr zu empfehlen ist.« *Frankfurter Rundschau*

Die Antwort der Hölle

Roman. Deutsch
von Rudolf Rocholl. detebe 21998

Brendan Tierney ist vom Ehrgeiz besessen, sich mit einem Bestseller an die Spitze zu schreiben. Bei seinem skrupellosen Kampf um den Erfolg vernachlässigt er seine Familie, entfremdet sie sich schrittweise und wird allmählich auch sich selber fremd. Immer mehr verfällt er seiner Besessenheit...

»Das Buch verdient es, daß es den Weg zu den deutschen Lesern findet, die von ihren eigenen Schriftstellern mit vergleichbaren Romanen nicht gerade überfüttert werden.« *Frankfurter Allgemeine Zeitung*

»Brian Moore führt seinen Roman mit solcher Intensität auf den erschütternden Schluß zu, daß sich ein Vergleich mit keinem Geringeren als Dostojewskij aufdrängt.« *New York Times*

Die Farbe des Blutes

Roman. Deutsch von Otto Bayer
detebe 21996

»Literarischer Thriller, Psychogramm, Fiction oder Faction – Brian Moores Roman *Die Farbe des Blutes* entzieht sich solchen Schubladen. Angelsächsische Autoren zeigen oft ein Faible für politisch brisante Themen als Hintergründe für ihr Œuvre. Kein Wunder, denn wie sein Kollege Eric Ambler weiß auch Moore, Ex-UNO-Beauftragter in Polen, wovon er schreibt.
Auf Stephan Bem, Kirchenführer eines Ostblocklandes wird ein Attentat verübt, kurz darauf nimmt ihn die Staatspolizei in Gewahrsam, aus dem er entflieht. Bem ist hin und her gerissen zwischen Verantwortung als Kardinal, den Reformbestrebungen der illegalen Gewerkschaft und innenpolitischer Machbarkeit. Moore verfaßte keinen religiösen Roman, er schildert vielmehr die inneren Konflikte eines Menschen, der Frieden sucht und nicht finden kann.«
M. Vanhoefer/Münchner Merkur

Katholiken

Roman. Deutsch von
Elisabeth Schnack. detebe 20546

Als im Jahr 2000 selbst das internationale Fernsehen auf die Mönche im Westen von Irland aufmerksam macht, die, von aller Modernisation der Liturgie unbeeindruckt, noch immer die Messe auf lateinisch lesen und damit ungewollt Zulauf aus allen Ländern finden, sendet Rom einen jungen Geistlichen, einen Vertreter der aufgeschlossenen Theologie, zum Kloster auf der abgelegenen Insel aus, um autoritär nach dem Rechten zu sehen und die Ordnung durchzusetzen – die neue, liberalisierte Ordnung. Ein Roman nicht nur von der Problematik der Institution Kirche, sondern von den verzwickt vertauschten Positionen von Progressivität und Konservativismus.

»Wohl das beste Buch eines Schriftstellers, den ich sehr bewundere... Komisch, traurig und sehr ergreifend.«
Graham Greene

Schwarzrock

Roman. Deutsch von
Otto Bayer. detebe 21755

»Abenteuerbuch, Heiligenlegende und Parabel zugleich« *(The New York Times Book Review)*, läßt *Schwarzrock* vor dem Leser mit peinlich genau recherchierten Details das frühe 17. Jahrhundert neu erstehen, als die Jesuiten in den französischen Teil Nordamerikas kamen, um die ›Wilden‹ zur höheren Ehre Gottes zu bekehren und zu taufen. Die Schwarzröcke stoßen auf Widerstand, der ›Aberglaube‹ des primitiven Jägers auf den christlichen Glauben. In diesem Abenteuer eines unerbittlichen und manchmal blutigen Dramas hat Brian Moore mit großer Kunstfertigkeit ein tiefgehendes menschliches Dilemma porträtiert.

»Das Sympathische an Moores Roman ist, daß er keine Seite veredelt oder verteufelt, ihn beschäftigt vielmehr das absolute Nichtverstehen zwischen Indianern und Europäern. Er erzählt knapp und konzentriert, jedes Detail ist wichtig. Die erotischen Passagen, an denen es nicht mangelt, sind fern jeder Lüsternheit.«
Frankfurter Allgemeine Zeitung

Die Große Viktorianische Sammlung

Roman. Deutsch von
Helga und Alexander Schmitz
detebe 21931

Ein unscheinbarer junger kanadischer Geschichtsprofessor erträumt eines Nachts die Große Viktorianische Sammlung: da steht sie plötzlich auf dem Parkplatz eines schäbigen kleinen Motels in Kalifornien – die unerhörteste Kollektion aller Kunstwerke, Kuriosa und Erotika dieser Epoche.
Der Mann, dem sich unversehens ein Traum verwirklicht, wird zum Gefangenen eines Alptraums aus Sensationslüsternen, Spinnern, Geschäftemachern, Gleichgültigen, Fachleuten, Freunden, Verwandten.

»Brian Moore kann die meisten seiner Zeitgenossen in Grund und Boden schreiben.« *Kingsley Amis*

Die einsame Passion der Judith Hearne

Roman. Deutsch von
Hermann Stiehl. detebe 21856

»Die Menschen, die im Mittelpunkt dieses Romans stehen, sind mehr oder weniger im Leben gescheiterte Existenzen, die einzig aus ihren Träumen und irrealen Hoffnungen die Kraft zum Leben und zum Weiterleben gewinnen. Das Dasein in Belfast, dem Schauplatz dieses Buches, hält für sie, nahezu alle praktizierende Katholiken, außer der Sonntagsmesse eigentlich nur noch das Kino und die Kneipe bereit. *Die einsame Passion der Judith Hearne* handelt von der Verlorenheit unter den Menschen, von der Gottverlassenheit einer Kirche, die dem Hilfesuchenden nur leere Formeln oder Strafpredigten anzubieten hat. Brian Moore, der selber aus Belfast stammt und das Milieu aus intimer Kenntnis beschreibt, erzählt seine Geschichte zwar mit humorvoller Distanz, aber doch auch stets mit Anteilnahme und Liebe.«
Eckart Klessmann/Frankfurter Allgemeine Zeitung

Liam O'Flaherty im Diogenes Verlag

Der Denunziant

Roman. Aus dem Englischen
von Heinrich Hauser
detebe 21191

Während des von radikalen Gruppen in den frühen zwanziger Jahren neu entfachten irischen Bürgerkrieges bestimmen Terror, gegenseitige Bespitzelung, Angst und Verrat das Leben in Dublin. Francis Joseph McPhillip wird wegen Mordes gesucht und von Gypa Nolan, seinem Genossen und besten Freund, an die Polizei verraten. Immer enger zieht sich das Netz zusammen, und immer verzweifelter und sinnloser setzt sich der Verdächtigte zur Wehr.

Zornige grüne Insel

Eine irische Saga. Aus dem Englischen
von Hubert Roch
detebe 21330

»Die Lektüre dieses Romans ist ein ganz ungewöhnliches Erlebnis. O'Flahertys Erzählkunst vermag nicht nur seinen Platz neben den großen Romanen aus allen Sprachgebieten zu behaupten, sondern beweist auch, wie ein ›historischer Roman‹ den Leser zu packen, zu rühren und zu erschüttern weiß, wenn ein Meister ihn geschrieben hat. Im Jahr 1845 begann für Irland eine Folge von Unglücken und Entbehrungen, die weit über das Maß dessen hinausging, was die Bevölkerung der Grünen Insel als ihr alltägliches Los zu tragen gewohnt war. Durch eine Kartoffelkrankheit sahen sich die Menschen ihres Hauptnahrungsmittels beraubt; die Pachtzinse waren nicht mehr aufzubringen, wurden aber unbarmherzig von den englischen Gutsbesitzern und den Vertretern Ihrer Majestät Königin Victoria eingetrieben. Wucherer verstanden, ihre vor-

teilhaften Geschäfte zu machen; die kleinen Pächter standen – der eine früher, der andere später – buchstäblich vor dem Nichts. Die Leute starben an Flecktyphus oder ›einfach‹ vor Hunger...«
Tages-Anzeiger, Zürich

Armut und Reichtum

Ausgewählte Erzählungen
Aus dem Englischen von
Elisabeth Schnack
detebe 20232

»Seine Geschichten atmen den Geruch des Meeres und des beißenden Qualms der Torffeuer. Auch wer noch nie in Irland war, wird dieses seltsame Land mit seinen tragisch-skurrilen Bewohnern nach der Lektüre von O'Flahertys Erzählungen lieben.« *Der Monat, Berlin*

Ich ging nach Rußland

Ein politischer Reisebericht
Aus dem Englischen von Heinrich Hauser
detebe 20016

1930 bereiste der ›aristokratische Sozialist‹ und ›wilde Ire‹ Rußland; seinen Bericht müßte man eine Satire nennen, wenn er nicht ein Porträt wäre; seine Prognosen der machtpolitischen Entwicklung hat die Wirklichkeit bis in Details bestätigt; seine System-Analyse hat an Aktualität noch gewonnen: der ›heimatlosen Linken‹ heute ist die Sowjetunion ebensowenig ein Modell des Sozialismus.

Tiergeschichten

Zusammengestellt und übersetzt
von Elisabeth Schnack
detebe 21253

»Alle Geschichten sind unsentimental, knapp und klar in der Beschreibung, es sind nicht die idealisierenden, verniedlichenden Erlebnisse mit Tieren, wo einer vor den Menschen flieht und das Glück zum Beispiel in der gesunden Katzenwelt findet, es ist vielmehr, als übertrage der Autor seine Erfahrungen mit Menschen in die Welt der Aale, Schmetterlinge, Amseln, Pferde usw., ohne aber den belehrenden Ton der Fabeln zu übernehmen.« *Der Bund, Bern*

Frank O'Connor
Meistererzählungen

Mit einem Nachwort
detebe 22451

»Frank O'Connor gehört wie Liam O'Flaherty und Sean O'Faolain zu der auf Yeats folgenden Generation. Da sie beides – das Schwärmen wie das Richten – mit dem gleichen Übermaß und der gleichen unbändigen Kraft der Worte tun, die jedem Iren in die Wiege gelegt ist (in Irland gibt es nur Dichter), so kommt es, daß hier eine Literatur gedeiht, so nahrhaft und würzig, so voller Frische, Humor und Bizarrerie, daß das übrige Europa, hätte es nur Ohren zu hören, daran in der Tat literarisch gesunden könnte.«
Frankfurter Allgemeine Zeitung

»Einer der besten Kurzgeschichten-Erzähler, die wir haben.« *Times Literary Supplement*

»Hergelaufene und Heruntergekommene, Säufer und Kirchgänger, Pfarrer, Mädchen, Matrosen und Mechaniker, kurz, das ›wunderbare katholische Volk‹ der irischen Stadt Cork wird von dem Überzeugungs-Iren O'Connor porträtiert: mit Ironie, Spott und Bizarrerie. Aber erst Mitleid und Anteilnahme an den Schicksalen seiner Helden machen aus dem guten Autor Frank O'Connor, aus dem Verächter der Pointe, dem Virtuosen der Andeutung, einen bedeutenden Dichter.« *Der Spiegel, Hamburg*